丫鬟不好追

下

風文創 428

青梅煮雪 著

目錄

第三十一章

今日顧媛媛外面穿著一件輕薄的籠煙紗長褙子，裡面是件挑線百水裙，方才未下雨前還覺得這般穿著很清爽，可這大風一吹來，免不了令人瑟瑟發抖。

忽覺手上一暖，顧媛媛心頭一駭，差點驚呼出聲，甩手要掙開。

「冷嗎？」謝意的聲音輕輕傳來。

顧媛媛一怔，小手被一雙溫暖的掌心包覆，不知怎的卻鬆了口氣。

「爺，快放開。」顧媛媛小聲道。雖然眼下天色漆黑，倒是不必擔心會被人看到，可這般仍是不妥。

這時天邊一道閃電劃破蒼穹，慘白的光照亮了每一個人。

顧媛媛猛地往後退了兩步，用力掙脫開來；而謝意似乎並不打算為難於她，只是由得她退開。

一陣風起，吹散了方才那黑壓壓的烏雲，還給天地一片光亮。

顧媛媛抹去了心頭的不安，用指尖梳理著被風吹得散亂的髮絲。這個小動作謝意很熟悉，也覺得最是可愛不過，每每她感到緊張之時便會用手指梳理長髮，似乎想藉此理順心頭的思緒。

顧媛媛微微嘆了口氣，回過頭來，見謝意和謝鈺兩人正同時望向她。

不用說，謝意仍是一副散漫的模樣，一雙狹長的眸子似笑非笑，而謝意身旁的謝鈺則是用複雜的眼神看著她。

顧媛媛心頭咯噔一下，忙低下頭去。莫不是方才之事被謝鈺瞧見了？謝鈺離謝意最近，就算是聽見或看見也極有可能……

天色雖不比方才那般駭人，可這大雨依舊沒有減緩的趨勢，不過一會兒的工夫，便有送傘的船隻駛來。

江氏安撫著兩位姪女，拉著兩人說了好一會兒的話，這才命人回去好好照顧。

顧媛媛從小廝手中接過了傘，為謝意撐開。眾人一一上了船，待船靠岸，這才紛紛作別。

回寫意居的路上，顧媛媛一言不發，只是為謝意撐著傘，兩人一前一後，隔著一個肩膀的距離。

「怎麼了？」顧媛媛見謝意忽然止步不走，出言詢問。

謝意嘆了口氣，拍了拍顧媛媛的肩膀道：「都濕了。」

顧媛媛側頭一看，果然如謝意所說，自己的右肩已經濕透了。原是只顧著給謝意打傘，一不留神便淋濕了。

「不礙事的，回去把衣服換下就好了。」顧媛媛輕聲道。

謝意握住傘柄道：「行了，我撐著吧。」

顧媛媛執拗地不肯撒開手。「您是主子，哪裡有主子為奴婢撐傘的道理。」

謝意沈默了一會兒，問道：「這又是賭哪門子的氣？」

顧媛媛神色淡淡，回道：「爺說笑了，奴婢何曾跟爺賭氣了？」

謝意嗤笑。「一口一個奴婢倒是恭敬得很了，今日是怎麼了？在梧桐苑的時候便神色不對。給爺說說，哪院的丫鬟竟是能動搖我們阿鳶的情緒？」

謝意不問還好，這般一問便讓顧媛媛想起了雲煙今日所說的話……通房丫鬟、江謝兩家再結姻親，每一句話都像是一根刺，扎在顧媛媛心頭，一瞬間心思全數亂了。

謝意見顧媛媛竟是發起呆來，雨水繼續打濕她的肩膀，便握住她的手，將傘往她頭上移過去了些。

顧媛媛冷冷道：「爺又何必如此，阿鳶只是一個奴婢罷了，爺大可收起戲耍的心思。」

她也知道這話說得不合適，謝意向來對她是好的，即便曾經坦言心悅自己，也不曾強迫自己什麼。方才的話出口，顧媛媛便心知不妥，可不知怎麼的，心裡頭堵得不行，開口就是這般帶著刺。

倏地手上一緊，傘被謝意奪了過去，下一刻便可憐兮兮的在地上打著轉，雨水這般順著頭頂淋下，顧媛媛瞬間被淋了個清醒，驚覺自己居然在跟上司鬧脾氣，這不是找死嗎？

謝意在雨中拂袖而去，顧媛媛知道這次怕是真的將他給惹毛了。看著地上的傘，她不禁苦笑，卻是不敢再這般鬧下去，三步併作兩步向謝意跑去。

「爺……」謝意負手走得急，顧媛媛只得在後面一路跑才追得上他。

聽到身後傳來的動靜，謝意止住了腳步。

顧媛媛頓了頓，小聲喚道：「爺……我……」還未曾思索該怎麼說，眼前一黑，謝意身上那件鴉青色暗紋番西花的繡金外袍已經覆在自己頭上。

顧媛媛一怔，拿下外袍，見謝意並沒有理她的意思，而是轉身繼續向前走去，只得捧著外袍，無奈地再度跟上。

「披上。」謝意冷冷的聲音隔著雨簾傳來。

顧媛媛低嘆，乖乖地將袍子披在頭上，遮住些雨水，跟在謝意身後。

待回到了寫意居，新月等人見到謝意和顧媛媛的樣子，都嚇了一大跳。

「爺，怎麼回事，怎麼淋成這副樣子？」新月忙從一旁拿出巾帕給謝意遞去。

顧媛媛抹了把臉上的雨水，示意寫意居的幾個掃灑丫鬟快去燒水。

「別忘了熬些薑茶來。」顧媛媛邊接過新月手中的巾帕，邊對那幾個丫鬟吩咐。

「鳶姊姊不是跟爺去問月亭了？怎麼？竟是沒有傘嗎？」新月疑惑道。

怎麼沒有傘……顧媛媛苦笑。

見到顧媛媛的表情，任是新月也看得出這兩人間的氣氛有些不對，趕緊道：「我去看看熱水燒好了沒。」

屋裡瞬間安靜下來，只聽得見窗外大雨傾盆的聲音。

顧媛媛不顧自己渾身也濕漉漉，從一旁拿起另一條乾淨的巾帕，幫謝意擦拭頭髮。

「爺，是阿鳶失言了。」顧媛媛覺得還是先道歉為妙。

謝意閉眸假寐，並不開口。

顧媛媛小聲道：「是阿鳶不好，惹了爺不痛快，爺莫要跟阿鳶一般見識……」

「妳可知錯哪了？」謝意沈聲問道。

顧媛媛苦笑。「阿鳶錯在不該跟爺置氣，不該違逆爺的心意。」不該因為聽到雲煙她們的話而心生酸楚。

謝意揉了揉眉心，緩緩道：「阿鳶，爺以為很多事妳會看得明白。」

顧媛媛喉中一梗，垂下頭不再言語。她明白，也清楚，可偏偏仍會產生一些微小的情緒。

謝意輕嘆一聲，扣住顧媛媛的手腕。「阿鳶……」

話音剛起，新月便從外面推門而入，顧媛媛下意識地抽回自己的手。

「爺，熱水燒好了，您先沐浴吧，這般穿著濕衣裳怕是要著涼的。」新月道。

謝意起身道：「阿鳶，妳也先下去收拾一下，把衣裳換了去。」

顧媛媛屈身福了一禮後便退下了。

窗外的大雨依舊，似乎沒有停下來的趨勢。

顧媛媛匆匆沐浴完畢，換了身乾淨的衣裳。頭髮上的水滴沿著脖子落在肌膚上，讓人很不舒服，她從一旁撈起一塊乾巾帕擦拭著頭髮，視線無意間落在一旁的檀木鏤空匣子上。

她不由自主地伸手打開，裡面靜靜躺著一支做工精美的玲瓏點翠藤花冠笄。

這冠笄散發著柔和的光芒，顧媛媛怔怔地看了一會兒，眸光一轉，將匣子合上；再抬頭時，她眼中水光瀲灩，緩緩舒了口氣，向主廂走去，途中正巧遇上了新月。

「鳶姊姊，薑茶熬好了，給妳留了一份在小廚房，快去喝了祛祛寒。」

顧媛媛看了新月手中的白瓷盅一眼，看來這是要給謝意送去的。

「我來吧。」顧媛媛接過新月手中的白瓷盅道。

新月點頭應下，將手中盛了薑茶的白瓷盅遞給顧媛媛。

顧媛媛來到謝意房外，試著開口。「爺……」

許久後，裡頭才傳來謝意的聲音。「進來吧。」

顧媛媛進去時，兩個負責為主子洗浴的小丫鬟已經為謝意穿好中衣，見到顧媛媛進來，謝意便揮手示意那兩個小丫鬟退下。

「怎麼頭髮也不擦乾就跑來，外面風大也不怕吹了頭疼。」謝意似漫不經心地道。

顧媛媛放下手中的白瓷盅，從一旁拿了件輕羽織繡袍給謝意披上。「已經擦了，見乾得差不多了這才過來的。」

謝意半倚在編花青籐椅上，手支著頭，半合著眼，微濕的墨色長髮披散在身後，偶有水滴順著落下，雪白色的中衣衣襟微敞，露出大片胸口，肩上隨意披著暗紫色輕羽織繡袍。

顧媛媛早就習慣了謝意這副懶懶散散，好似沒有骨頭般的模樣，她將白瓷盅端上前道：「新月熬了薑茶，爺趁熱喝了，雖是夏季，淋了雨怕也會著涼。」

謝意微微睜開眼睛問道：「嗯？那妳可喝過了？」

顧媛媛捧著白瓷盅回道：「有的，只是還在小廚房裡，待會去拿。」

謝意點了下頭，接過顧媛媛手中的白瓷盅，掀開上面的暗紋瓷蓋，一股辛甜的味道撲面而來。

謝意將白瓷盅湊到唇邊試了試溫度，溫而不燙，剛好合適。低頭飲進半盅，唇邊逸出一絲笑意。

顧媛媛自是沒看到那抹笑，見謝意接過白瓷盅，方直起腰身，腕間便被扣住，一股強大的力道將她拉去，她一個身形不穩，直直倒入謝意懷裡。

顧媛媛心頭一駭，第一個反應是這般倒下去非把謝意壓個半死不可，可她顯然高估了自己這點分量，不僅未能將謝意壓個半死，反而被擁了個滿懷。

她還沒能做出反應，只覺唇上一熱，謝意似笑非笑的眸子就這般近距離出現在眼前。他柔軟而靈活的舌撬開她的牙扉，辛辣又甜膩的薑汁滑入口中，順著喉嚨緩緩流入胃裡，薑茶的滋味在兩人唇舌間輾轉蔓延。

謝意似乎沒有想要就此放過顧媛媛的趨勢，而是騰出手扣上她的後腦勺，她的髮絲還帶著微微的濕潤，入手涼滑似水，隨著這一扣，更加深了這一吻。

此時的顧媛媛只覺得全身的氣血從腳趾逆流到頭頂，在頭頂聚集處盡數炸開。一瞬間忘卻了思考，入眼的只有謝意似琉璃般神采流轉的狹長雙目，以及唇上溫熱的觸感，其餘的便是那充斥滿腔的辛辣與甘甜。

室內的溫度似乎都升高了，令人有股透不過氣來的窒息感……顧媛媛右手抵住謝意的肩頭，用盡最後的力氣推開他。

謝意也明白何謂點到為止，在顧媛媛舌尖一勾，便鬆開禁錮在她頭上和腰間的手。

顧媛媛跌跌撞撞地起身向後退去，眉間微蹙，一雙似曜石般通透的眼眸漫上一層水霧，紅唇卻是嬌豔欲滴。

謝意看慣了顧媛媛的巧言淺笑、淡然沈穩，何嘗見過這般懵懂不知的神色？這副茫然中帶著驚慌失措的模樣，像極了從前射獵時候見過的一隻誤入陷阱的小鹿。

「鳶兒這般模樣，當真是醉煞了人。」謝意誠懇地道出自己的心聲。

顧媛媛穩了穩身形，調整好紊亂的氣息，再抬頭時再也無方才的模樣；可她心頭確實更茫然了，之後又能怎樣呢？是惱是怒？是悲是嘆？為何這些感情自己此時都沒有，有的只是一股無力感，讓人心頭發酸。

許久後顧媛媛才緩緩道：「爺若無事，奴婢先退下了……」

一句話似是用盡了全身的力氣，令人覺得疲倦不已。言罷，也不等謝意的指令，自顧自向外面走去。

突然，身邊傳來一聲細碎的嘆息，顧媛媛身子一滯，竟是被謝意從後面擁住。

「莫要生氣。」謝意的聲音從頭頂傳來，伴著一聲輕笑。「鳶兒甚美，令人難以自持。」

顧媛媛羞惱，這謝意竟還如此出言戲弄她？

「阿鳶，爺是真的心悅於妳。」謝意的語氣裡沒了方才的輕佻，而是一種說不出的認真。

顧媛媛只覺得方才那種心酸再次漫上心頭，手被輕輕握住，謝意修長的十指扣住她的指，一個不易被察覺的輕吻落在髮間。

「有爺在，別擔心。」

謝意的聲音輕淺而堅定，白日雲煙說的那些擾亂顧媛媛一整天的繁瑣聲音似乎在這一刻消失殆盡。

「我知妳所願，妳且要相信，妳想要的我都會給妳。」這是謝意鬆開她之前所說的最後一句話。

顧媛媛閉了閉眼睛，緩緩舒了口氣，雖是從頭至尾都沒有言語，但是與謝意相扣的手卻不曾掙開過。是了吧，果然還是不知不覺便已交心於他，或許是在朝夕相處的時光裡，或許是在被他擋在背後的險境裡，長久以來不只是她在照顧謝意，其實她何嘗不是依賴於他？

心似雙絲網，中有千千結。這一把欲理還亂的情思，終是浮出水面，顧媛媛無意識地將手指插入髮間，一下下梳著。

謝意重新坐回青籐椅上，端起方才未曾喝完的薑茶，笑道：「阿鳶可想清楚了？」

顧媛媛抬頭，疑惑地看向謝意。他似乎一點都沒有受到影響，依舊一副懶散模樣，端著白瓷盅似笑非笑地看著她。

她心頭忽然冒出一把無名火，分明就是這人將自己心頭擾得一團亂，偏偏糾結的人就只有自己，當真是氣人。

顧媛媛決定不去搭理謝意，扭頭要走。

「回去別忘了把薑茶喝了。」謝意提醒道。

他還真敢提！顧媛媛氣惱地瞪了謝意一眼。

謝意挑了挑狹長的眸子道：「不然讓爺親自來餵我家鳶兒？鳶兒覺得怎麼樣？」

「我覺得……做人不能這麼無恥……」顧媛媛咬牙說完，就一溜煙地跑了。

第三十二章

顧媛媛終究沒有再去小廚房取那碗新月為她留的薑茶，莫要說薑茶，她暫時都不想吃到有關於薑的東西。

那辛辣的味道似乎還殘留在唇齒間，久久未能散去，讓她的耳尖抑制不住地發燙。

「那個混蛋……」顧媛媛第三次小聲念叨。

窗外的雨終於有了將停的趨勢，天色一如被洗過般澄淨，稀稀落落的雨滴沿著屋頂的琉璃瓦落下，不似雨盛時的轟鳴聲，聽起來倒像是一支支交響曲，讓人漸漸平靜下來。

其實顧媛媛頗喜歡下雨天的，讓人跟著變得慵懶且心靜，若是能擁著一卷書窩在被子裡，聽著雨聲看書，實在是再好不過了。

只不過這種日子也就在腦子裡想想、過過癮罷了，即便是大丫鬟也不可能懶散到這種地步。顧媛媛忽然有些感慨，忙碌這麼多年，竟忘了自己上輩子也是個懶骨頭，卻在這裡生生熬成了勤勞的小蜜蜂。

看著窗外被雨打落的海棠，雖然依舊鮮豔，卻是墜在地上；可落紅終究不是無情物，這殘花亦會以另一種方式重新綻放。顧媛媛忽然想起了什麼，從箱底翻出幾把精巧的小刻刀，再從袖袋裡取出白芷塞給她的木頭。

仔細嗅聞這木頭，散發著一股淡淡的香味，也不知是什麼樹木……顧媛媛先活動了下手腕，接著推開西廂的窗子，半趴在窗前，聽著外面滴滴答答的雨聲，開始擺弄起小刻刀來。

雕人像真是有些許難度，顧媛媛打量著這塊木頭，以她的功力自然不可能雕刻得栩栩如生，只求能有其形了。她琢磨了下比例，想到白芷謹慎小心的模樣，倒不知是什麼樣的祈福這般鄭重，若是十分有效，要不要也給謝意雕一個來？

手下一頓，顧媛媛第四次嘆息道：「那個混蛋……」

她甩了甩腦袋，從一旁撈起一條銀色的錦帶，攏了攏及膝的長髮，將其全部束於腦後，紮了個簡單的長馬尾，露出整張小臉。

既然是要雕謝鈺的人像，自然要先仔細琢磨謝鈺的模樣。顧媛媛想起那張美豔的臉龐、極美的鳳目，以及眼角下殷紅的淚痣，不可聞地輕嘆了聲。

夫何瑰逸之令姿，獨曠世以秀群。謝鈺的美，哪裡是她拙劣的刀工能刻畫出一二的？無奈既是答應了白芷，只得認認真真地去完成。

只要白芷同自己為謝鈺祈願的心情是真摯的，哪怕是雕出一個四不像，也是能夠為他帶來好運的吧？顧媛媛在心裡這般安慰自己。

當謝意尋來時，看見的便是顧媛媛半趴在窗前認真雕刻木頭的模樣。

只見她身上穿了件玄色廣袖交襟長袍，腰間束了寬腰封，渾身上下沒有半分首飾妝點，反而襯得她肌膚瑩白如玉，猶似凝脂，纖細的腰身更顯得不盈一握；雖然長髮盡數被攏起，用古怪的方式紮在腦後，倒顯得整個人乾淨又明朗。

「這又是在做什麼？」謝意出聲問道。
顧媛媛早就看到了謝意，只是不願意抬頭，聽到謝意這般問，也不回答。
「倒是長脾氣了？」謝意笑著又問。
顧媛媛抬起頭來，見謝意站在窗外，雙臂抱於胸前，含笑望著她。
「爺說笑了。」顧媛媛站起身來，微微福了一禮，接著自顧自地坐下，繼續刻著手中的木頭。
謝意今日的心情似乎比往日要好，手撐在窗邊向屋裡看去。
「這是要雕什麼玩意兒？小心些，別傷了手。」他忍不住出言提醒。
顧媛媛索性任性一回，不去搭理謝意。
謝意也來了興致，倚在窗邊看著，見她手中的木頭已經被削去多餘的邊角，緩緩打磨出一個人形。「哦？這是要雕像了？」
顧媛媛隨意應了一句，手上卻更加賣力，腦中一遍遍回想著謝鈺的樣貌，手中的木頭漸漸成了形。
倏地，一隻手伸來按住她拿刻刀的手，她一驚，差點沒把木雕上謝鈺的臉劃出一道刀痕。
「妳雕的是誰？」謝意冷冷問道。
顧媛媛這才恍然想起，她家爺還在一邊看著呢。她默默收起一旁的刻刀，朝謝意彎了彎唇角，試圖將手抽回來。

謝意沒有半分要放開的意思，毫不費力地將木雕拿了過去，這般一細看，臉上的神色更加陰鬱。

「那個……這個不是……」顧媛媛著急地想要拿回木雕，卻不知怎麼解釋。

謝意狹長的眸子瞇起，譏笑道：「怎麼？思慕我三弟？」

顧媛媛無奈道：「怎麼會，只是受人所託。」

謝意聽了這話，陰沈的臉色方才緩和了些，打量了下木雕道：「是這樣嗎？誰託妳的？」

「這個就恕奴婢不能告訴爺了。」顧媛媛還記得白芷的叮嚀，既已答應了她，又怎麼能告訴謝意？

謝意也不甚在意，他知道思慕三弟的丫鬟應該不少，但是這個經由顧媛媛的手精雕細刻出來的木雕像仍是令他不甚開懷。

「這個還要給別人呢，爺別給弄壞了。」顧媛媛俯過身去，想要將謝意手中的木雕像拿回來。

謝意將木雕像遞還給她，不悅道：「一個木雕而已，做什麼刻得這般仔細。」

顧媛媛接過木雕像道：「受人之託，忠人之事。爺若是喜歡，奴婢也可給爺雕一個來。」

謝意聽了這話，唇邊才有了些笑容，倚在窗邊道：「好，那妳快些把這個給人還了去。」

顧媛媛無語，總要雕好才能給人家吧，可看到謝意臉色才剛好了些，便不想去拂他的意，開口應下，先將木雕收了起來。

謝意見顧媛媛將木雕收起，不免又再次提點她快些還回去，見她一一應下，這才放下心來；畢竟心愛的女人身邊放著自己三弟的雕像，怎麼想都令人不愉快。

之後謝意便開始詢問方才顧媛媛所應允的也幫他雕刻小像的事情，顧媛媛見謝意似乎十分感興趣，也就跟著談論起雕刻之技。最後謝意決定讓顧媛媛將兩人的小像都雕刻出來，取天作之合、琴瑟和鳴之意，惹得顧媛媛不知是羞是惱，頻頻目露嗔意。

只是在謝意眼中看來，即便是嗔意，那也是頗有風情的嬌嗔，很令人受用。

和著院中稀稀落落的小雨及滴滴答答的水聲，兩人隔著窗子相談，直到雨聲盡，暮色臨……

到了夜裡，顧媛媛才明白什麼叫出來混的遲早要還。因衝著謝意使了小性子，被怒丟了傘，淋了些雨，擱在小廚房的那碗薑茶終究也沒喝下，或許是這兩個原因，種下了病因，開始時只是略有些疲倦，她只當是忙了一天的勞累，誰知夜裡幫謝意整理好床鋪，伺候他睡下後，這才感到整個人都混混沌沌的，半夜裡便發起了燒，喉嚨乾渴，輾轉難眠。

迷迷糊糊間，她彷彿聽到謝意的聲音，想睜開眼睛，卻沒有力氣，這時唇上一涼，似乎有杯盞湊了過來，她下意識地張開嘴，茶水順著喉嚨而下，乾澀的喉嚨終於舒緩了些。不多時，額上被覆了條方巾，涼意讓身上的熱度略微下降，這才睡得稍稍安穩。

但說是安穩，不過是比方才略好了點。意識依舊像是陷入一個大泥潭裡，起起伏伏，終究是越陷越深，卻不知何時到底，只是一直這般往下陷落，恍惚間，一隻手拉著她，就是這隻手，才沒有讓她墜入阿鼻……

耳邊依稀響起雞鳴，震開了無邊黑暗，顧媛媛睜開眼睛，看見天邊正泛起魚肚白。

「嗯？醒了？」

一隻溫熱的手覆上額頭，謝意的嗓音中似乎還帶著鼻音。

「可算是退了燒。」說著，似是鬆了口氣，伴著細碎的嘆息。

「已是卯時了嗎？」顧媛媛艱澀地開口，嘶啞的聲音連自己都嚇了一跳。「是了，這時辰也好去喚新月把沈郎中請來，替妳再看看。」謝意道。

顧媛媛輕聲應著，卻見謝意笑著盯著她看。

「若是讓爺去叫新月那丫鬟，阿鳶總要先放開爺的手才是。」謝意笑著道。

顧媛媛一怔，才發覺手上扣住的另一隻手。她趕緊鬆開，只是指尖還未能收回，便被謝意反手握住。

「昨晚就想去請郎中，奈何一直被妳拉著不放開，卻是抽不出身來。怎麼，現在清醒了，就想趕快甩開爺了？」謝意一邊笑，一邊揉捏著掌中的小手。

顧媛媛的手背細滑柔軟，手指纖長，指尖上卻有些薄繭，畢竟是一個常年做事的丫鬟，不是養於深閨的小姐，摸著摸著，謝意竟是有些流連，不肯放開。

顧媛媛心知謝意是故意這麼說，卻不知這手是抽出來的好，還是任由謝意握著的好，只得無奈道：「那爺隨意，奴婢昏沈得厲害，無心與爺爭辯。」

謝意本是見顧媛媛精神好了些，方才這般忍不住逗她，聽了這話，忙放開顧媛媛，為她仔細掖了被角道：「先睡會兒，說來到底是我不該同妳置氣，反累妳受罪一場。」

聽謝意這般跟自己低頭認錯，別有一番詭異之感，令顧媛媛躺著都有些不安生。「不關爺的事，是奴婢出言無狀。」

謝意將顧媛媛額前被汗水沾濕的髮絲拂開，輕聲道：「好好休息吧。」

顧媛媛見謝意起身時身子微晃了下，這才想到昨晚那個一直陪著自己、餵水敷帕的人便是謝意不假，唇角不自覺彎起。

新月等人見謝意起得這般早，又未好好穿戴，只披著件袍子就從屋內走出，皆是十分詫異。

謝意跟新月說了顧媛媛的情況，叮囑她快些將沈郎中請來，這才又重新回到屋內。

其實顧媛媛已經退了燒，只是熬了一夜，身子到底有些虛，剛醒來便又沈沈睡去。謝意一直等到沈郎中來把了脈，開了藥，又吩咐人下去煎藥，待看著顧媛媛將藥喝完，這才鬆了口氣，回到臥房稍作休息。

梧桐掩著樓閣，陽光稀稀疏疏地落在院中。

一陣笑聲伴著輕聲嬌語從梧桐苑屋內傳來，江氏接過江雨心遞來的茶盞，小意呷了一口，掩唇道：「姝兒真是聰慧，今日姑母竟是未贏一局呢。」

江雨姝只是垂著頭，抿唇微笑，並不言語。她自幼通琴棋，曉書畫，端是有一番清高心氣，只是靦覥不喜多言。今日江氏尋她下棋，她自是展現了一番高超棋藝，如今得了姑母的稱讚，讓她不由得開懷起來。

江雨心在一旁輕嘆，她這個長姊打小起便是被捧在手心呵護的，這般在江氏面前分毫不讓地贏下多局，就算江氏不在意地出言誇讚，可坦然受之仍是不妥。

「姊姊自小就比家中姊妹聰慧，心兒便是快馬加鞭也趕不上姊姊半分呢！心兒雖不甚懂棋，卻也看得出姑母是有心讓著姊姊。這倒真是巧了，莫不是姊姊的聰慧竟是隨了姑母去？姊姊妳說是不是？」江雨心在一旁歪著腦袋說道，悄悄朝江雨姝眨了眨眼睛。

「姝兒從記事起，便常聽祖母、祖父說起家中女兒要論聰慧，當是姑母第一。」江雨姝自然領悟妹妹之意，也明白自己該接什麼話。

江氏聞言，更是開懷，笑意連連道：「就數五丫頭最會說話，當真是開心果一般，有妳們倆在，姑母是真心覺得好，到底是有體貼的姑娘可以說話了。」

江雨心接話道：「依心兒看，妍姊姊才是姑母的體貼姑娘，昨日妍姊姊跟心兒說話，她十句裡就有一句是惦記著姑母的。」

江氏雖喜歡江雨姝才學聰慧，但卻抵不住江雨心這張巧嘴，正待要說什麼，眼神微微一掃，看到了一個小丫鬟的身影，本來上揚的唇角緩緩斂去，伸出手來撫著額角。

江雨心看到江氏的神色，便心有領會，微笑道：「姑母下了大半日的棋，怕是也累了，姊姊同我兩人便不擾姑母午睡了。」

江雨姝也跟著起身福了禮。

江氏微微一笑道：「也好，這麼一說倒真是有些乏了。讓早梅和晚杏兩人帶妳們去轉轉，要是累了就早些回柳苑休息。」

待江家姊妹離開後，梧桐苑恢復了寧靜。過了會兒，杯盞破裂的聲音打破了這未能持續許久的靜謐——

第三十三章

「意兒當真一晚未睡陪著那丫鬟？」

江氏閉著眼睛，手肘支於棋案上，扶著額頭。

屋中站著的小丫鬟也是一哆嗦，半晌才小聲道：「應是如此。」

江氏久久未再言語，過了一會兒才道：「先下去吧。」

那丫鬟應了一聲，起身退下。

墨玉命人將破碎的茶盞碎片收拾好後，在一旁重新為江氏倒了杯茶，又替她仔細地按揉額角。

「姑娘也莫要生氣，大爺尚且年輕，對一個丫鬟上心在所難免。」墨玉在一旁小聲勸慰道。

江氏苦笑。「可偏偏是那模樣的丫鬟。」

「那丫鬟也無甚稀奇之處，想來也就容貌生得好些，若是夫人不喜歡，便尋個由頭打發了就是。」墨玉回道。

江氏搖了搖頭。「妳以為我沒這麼想過？意兒將那丫鬟看得緊，哪是能隨便打發出去的，若是使的手段強硬，怕惹得意兒同我離了心……」

墨玉沈思了一會兒道：「男兒哪裡有長情的？今兒個爺對那丫鬟好，明兒個說不定便移了情，姑娘倒也不必過於憂思。」

江氏嘆了口氣。「若是這樣也就好了。」

墨玉眸光一轉，說道：「有句俗話說得好，得不到的才是最好的。咱們越是這般攔著，就越是讓大爺覺得心頭癢，看那丫鬟哪裡都是好的；若真是隨了大爺的願，怕是不用多時便膩了味。」

江氏喃喃道：「果真是這樣嗎……」

墨玉手上動作輕柔，語氣更是溫柔。「可不是嗎，何不正隨了大爺的心意，好讓他心頭也感激姑娘？」

江氏並未答話，微微睜開眼睛，彷彿在思量著什麼……

再說那江雨心和江雨姝兩人，才剛從江氏那裡出來，便遇上了謝妍。

「五兒，今天去柳苑找了妳一大圈都不見妳，原來是跑來母親這裡了。」

謝妍直接忽略一旁的江雨姝，上前拉著江雨心的手，讓江雨姝本來欲打招呼的表情僵了僵。

江雨心是多玲瓏的人兒，怎麼會察覺不到江雨姝這點變化，當即笑著道：「剛剛姑母找姊姊下棋，我閒來無事，便跟著來了。」

江雨心說這話是要提醒謝妍，旁邊還有個江雨姝。

「哦，那倒是好了，到底是有人陪母親下棋，也省得母親整日閒來無事總訓我。」謝妍語氣涼颼颼的。

江雨心忙轉了話題道：「妍姊姊這是尋五兒做什麼？」

這話讓謝妍想到了此行的目的。「倒也沒什麼大事，只是得了閒，想來尋妳說說話。」

一旁的江雨姝掩唇輕咳了兩聲道：「我身體不適，恕不能陪二表姊了。」

謝妍自是求之不得。「表妹既然身體不適，就快些回去歇著吧。」言罷便拉著江雨心向傲雪居走去。

江雨心在心頭苦笑，江雨姝向來極為敏感心細，謝妍這般態度，怕是讓她頗為難受；可謝妍這邊並沒有體會到江雨姝的心思，只一味地拉著江雨心。

江雨心無奈想著只能晚上再去江雨姝那裡哄哄她了。

「妍姊姊，這是要帶我去哪裡？」

「到了妳就知道了。」

江雨心只得跟在她後面，她對江府不熟悉，只知道繞過了無數亭臺，轉過了許多樓閣，最後到達一處院落。這院子頗大，門前被一排香樟樹掩著，裡面還能聽到幾聲女子的嬌笑，以及隱隱唱曲的聲音。

「這是？」江雨心疑惑道。

謝妍在門前停下腳步，拉過江雨心躲到一棵樟樹後面。

「這是家裡新尋來的戲班子，從前府中也有一個，後來祖母去世後便遣散了。」謝妍邊說邊往外院子裡看去。

江雨心心中更是納悶，這謝家二姑娘尋自己過來看戲班子是要做什麼？

這時一聲調兒傳來，聲音婉轉細膩，清亮動人，從低到高，最後狠狠拔了個尖聲，聽得人渾身汗毛都豎了起來，每根髮絲都透著舒坦。

江雨心順著聲音向裡面看去，只見一男子身量高挑，從背影看端的一副玉樹臨風之姿，男子此時正在練嗓子，手中持著一把紙扇，玉腕一轉，紙扇一合，蓮步輕移，身形一晃一動間，竟是美得令人無法挪目。

江雨心看呆了，心道只是背影就這般風采，若是正面該是何等絕代？

這般想著，那男子正好轉過頭來，只見他容長臉，一雙丹鳳眼，膚白若敷粉，唇紅似施朱，風姿特秀，當比一塊美玉，如切如磋，如琢如磨，令人見之傾心。

江雨心不禁心嘆，這般容貌怕也只有謝家三爺才可比肩。她悄悄偏過頭去，見謝妍的眼神裡滿是癡色，已是忘我。

江雨心心頭一跳，莫不是謝家嫡小姐思慕這戲子？這可當真不是什麼好事。

過了好一會兒，謝妍才回過神來，想起江雨心還在一旁。

「五兒，妳看那人可好？」謝妍口中問道，目光卻仍流連在那人身上不肯移開。

「這是府裡新來的戲班子中的人？」江雨心不答反問。

謝妍點頭。「他叫蘇涼生，是這戲班的臺柱，更是這蘇州第一名角。」

江雨心見謝妍如此清楚，怕是早已打聽過了，只得道：「聽這蘇老闆練嗓，竟是這般好音色，倒真是當之無愧的第一了。從前在上京時，家中也是有戲班子的，卻不如蘇老闆唱得好。」

聞言，謝妍表情滿是自豪，似乎比自己被誇讚還要高興。「那是當然，即便是我也不曾見過他登臺的樣子，不知那時候的他是何等風姿……」

江雨心暗自嘆息，看來這謝家的掌上明珠對這個名角戲子真的癡迷甚深了，只是不知謝妍是一時的迷戀，還是真的情有獨鍾？

「五兒，我心悅那蘇涼生。」謝妍小聲道。

江雨心一怔，她沒想到這謝家二姑娘竟是這般大膽的性子，就這樣明晃晃地說了出口。

謝妍繼續分享著她的秘密。「五兒，此事我只講給妳一人聽，妳可要好好替我保密才行。」

江雨心心想，關於這種事情，她其實一點都不想知道，但顯然謝妍已經當她是好姊妹了，迫不及待地將心事講給她聽。

不過這種事情既輪不到她來評點，更輪不到她來勸阻。江雨心只得點點頭，答應幫她保密。

身為一個丫鬟，在主子起床之前起床，在主子睡著之後睡覺，勤勤懇懇、披星戴月都是必要守則之一，就算是顧媛媛也不例外。

只是昨日生病，被謝意看顧著，這令她十分忐忑，又看到謝意忙前忙後為她端茶、餵藥，這感覺絕對不是一種享受。

跟了謝意這麼多年，顧媛媛深知他脾性雖然不暴戾，但也不是什麼好脾氣的人，若是惹得這位爺不高興，那脾氣一上來，說炸也就炸了；但當妳在一個時不時會爆炸的火藥桶眼中看到滿滿的溫柔，這種詭譎感就可想而知了。

顧媛媛身體底子向來不錯，大抵也跟她每天忙活有關，一年到頭也不會生什麼病，這次病倒也只歇息了一天，第二日早上起來時，已覺渾身舒爽了許多。

不過就算謝意表現出十二分的溫柔繾綣，顧媛媛也不覺得自己能夠就此在謝家稱王稱霸了，在其位謀其職，盡其責做其事，儘管丫鬟是個沒有人權的職業，可當顧媛媛沒有選擇的餘地時，能做的就只有踏踏實實做好分內的事。

可是，這分內之事並不包括陪主子調情吧？

好吧，就算是顧媛媛也不得不承認，身為丫鬟，在這方面似乎沒有選擇或拒絕的權利，但是當謝意興致勃勃地要幫她畫眉的時候，顧媛媛真的很想抓住他的肩膀搖一搖叫他快醒醒。

不過她當然不可能真的這麼做，只是一本正經道：「爺莫要開玩笑了。」

謝意放下手中的眉墨與毛筆，起身道：「阿鳶不喜這畫眉之趣？」

顧媛媛接過一旁的眉墨，輕掃娥眉，岔開了話題。「爺今兒個起得甚早。」

謝意將顧媛媛妝檯底下的檀墨色錦盒抽了出來，一打開，裡面珠光璀璨，貴氣逼人。

「爺送妳的東西盡數壓在箱底，當真這般不喜？」謝意從裡面挑出一支嵌紅寶石滴珠鳳尾步搖遞到顧媛媛面前。

顧媛媛好奇道：「爺這是要出門？」

「若是沒記錯，那林秋然的帖還放在妳那兒。」謝意回道。

顧媛媛這才恍然想起最近的注意力全放在江家表姑娘那頭，卻忘記之前在一品齋時曾接過總督家公子林秋然的請帖。思及至此，顧媛媛忙去找出那燙金帖，打開一看，果不其然，正是今日。

「爺這是要去赴宴了？」顧媛媛問道。

謝意點頭。「快些梳妝，隨爺一同去。」

顧媛媛一怔。「奴婢也要跟著嗎？」

若是平日陪謝意吃吃喝喝也就算了，這好歹是貴族聚宴，林府自會備上婢女無數，又何至於帶自己的丫鬟？

謝意將步搖塞到顧媛媛手中。「自然。」

既然主子都這麼說了，顧媛媛也不再多言，按謝意的意思梳妝，待拾掇完畢後，便隨著謝意出門。外頭小廝吳桐早已備好了馬車，待謝意上了車，便朝林家駛去。

林家的家主便是兩江總督林鶴，仔細說來，林家與謝家也算交好，除了林鶴同謝望交情不錯外，林鶴夫人吳氏也同江氏交好，只是謝意向來無心於世家應酬，便跟林家這一代少有交集了。

此時的林家大公子林秋然正擺宴青竹園。青竹園中青竹生，四面皆為竹林，清風拂來，翠葉欲滴。園中擺著雕花黃梨長案桌，鋪著繡金絲絨毯，上頭擺放琉璃美酒及玉盞。

「秋然兄莫不是要讓我等乾坐到日暮吧？」一名身著湖藍錦緞袍的男子冷哼一聲道。

林秋然無奈地笑了笑。「耀之且莫心急，謝公子應是到了。」

那湖藍錦緞袍的公子臉色更沈，口中道：「我等都已到齊，便堪堪等他一人？」

林秋然未言，只是朝一旁的青衣婢女遞了個眼神。那婢女了然，玉手擊掌，絲竹之音伴著清風而來，令人精神一震。

紗羅輕動，暗香襲來，一支由妙齡美人組成的舞隊飄然而至。眾公子皆被美豔舞者吸引了目光，倒也忘了方才的不愉快。

這支舞隊是林秋然花重金從玉煙閣買來的蘇州七妙，為了安撫眾人的情緒，只得先讓她們上場。見眾人神色緩和，林秋然吩咐幾句後，決定親自去府門前等候謝家那遲遲未來的大公子謝意。

「這七妙當真是名不虛傳，這下耀之兄可滿意了？」坐在李耀之身旁的公子笑道。

李耀之目光從美人身上移開，冷笑道：「我便是看不慣謝意那小子。」

「耀之慎言。」一旁一個身著墨綠色緞袍的男子沈聲道，這男子身形挺拔秀雅，面若冠玉，除了方才這句話外，從頭至尾未曾出言過。

李耀之將酒杯重重拍於案上，怒道：「我可不怕他！這些年來，他給過誰臉面了？」

此言一出，場上皆靜。按理說他們這些世家子弟從小就有些交情，不過相識相交並非是他們個人之意，而是他們背後的家族勢力。

謝家在江南的地位，自然是首屈一指，可他們這些人哪個出身差了？這麼多年來，任憑誰相邀，謝意通通沒給過好臉色，全部拒絕，那姿態讓這些紈袴大爺們恨得牙癢癢，誰知今日倒是開了眼，那林家大公子竟是邀到了這目中無人的謝意。

只是一個時辰過去，謝家大公子仍遲遲未到，這擺明了就是擦他們的面子；而李耀之向來對謝意最不服氣，才會從方才開始就壓著一腔火氣。

黑楠木馬車慢悠悠行駛在街上，顧媛媛放下簾子。「爺這是要遲了。」

謝意目光一直未曾從顧媛媛身上離開過，聽聞這話，無所謂道：「遲便遲了。」

顧媛媛扶了扶頭上的珠釵，無奈道：「爺這是要去赴宴的？」

謝意點點頭，將顧媛媛拉到懷裡。「自然是去赴宴的。」

顧媛媛掙扎了幾下，終是沒有拗過謝意，只得任由他捲起自己的一綹髮絲去把玩。

「依奴婢看，爺不似去赴宴的。」顧媛媛看著謝意道。

謝意一手攬住顧媛媛纖細的腰身，一手繞著她一綹髮絲，挑眉。「哦？那是去做什麼的？」

「去找碴的！」

謝意的笑聲從車廂裡傳出，隨著馬車戛然而止，笑聲也停了下來，原來已到了林府。

第三十四章

林秋然剛到府門前，便看到一輛黑楠木大馬車悠哉地從街頭駛來，還未靠近，車內便傳來一串笑聲。

他上前幾步，待馬車停妥，見上頭的珠簾被一隻瑩白玉手撩起，接著便迎上一雙猶如秋泓的美目，他認得那是謝意身旁的侍女。

美目輕轉，顧媛媛微微側身，讓謝意從車中下來。

「謝公子總算是來了。」林秋然笑道。

謝意微微還禮。「讓林公子久等了。」

「無礙，謝公子能來，是秋然之幸。大家都已到齊，謝公子隨在下來吧。」林秋然客氣道。

謝意也不虛禮，隨林秋然向府內走去。

再說青竹園這邊，一曲舞畢，蘇州七妙自然沒有就此退下，而是來到眾人身旁奉酒伺候，氣氛十分和諧。

「獨步青竹碧海，衣袂徒惹清風，這青竹園果真名不虛傳。」

一聲輕笑傳來，眾人抬起頭，見林秋然帶著兩個人前來。同林秋然並肩的是一年輕公子，身著暗紫色寶相花刻絲錦袍，雲紋繡金腰封，纏枝廣袖，髮如潑墨，眉飛入鬢，一雙狹長的眸子帶著散漫。觀其打扮，感其氣度，眾人便知這就是那謝公侯家的大公子謝意了。

而落後謝意一步的是一妙齡侍女，這侍女身著丁香色百蝶花卉紋妝袍，對襟暗花輕紗抹胸袘地長裙，長髮半綰，上頭戴了支嵌紅寶石滴珠鳳尾步搖。只見她膚白似玉，娥眉輕掃，一雙美目似瀲灩湖光，眉間描著一朵嫣紅的梨花鈿，更映得她仙姿玉色。若只是容顏清美也罷，偏生那一抬眸間，神色氣度更令人心折，只一眼便讓眾人覺得身旁的美人都失了顏色。

這侍女便是顧媛媛。其實顧媛媛自己也頗為不習慣，她是按謝意的意思打扮的，相較於她平日的穿著，可算是盛裝出席了。

只是對顧媛媛來說，她便是打扮得跟一朵花一樣，也不過是宴會上的一個配角，挑梁的主角自然輪不到她，她所要做的就是乖乖跟在謝意身旁就好。

「謝賢弟坐這裡吧。」一路上林秋然與謝意閒聊了幾句，把對他的稱呼換做了謝賢弟。

謝意沒有推辭，也未去見過眾人，直直走向林秋然左邊的空席，大剌剌地往上一坐，顧媛媛則跪坐在他身側，為他斟酒。

「謝公子真是好大的架子。」李耀之冷冷道。

謝意挑著散漫的眼神看了李耀之一眼，並未言語。

李耀之本就不喜謝意，這般等了大半晌更是惱火，再加上被謝意這淡淡一掃，立刻拍案而起。「謝意你莫要這般張狂！」

謝意聞言，嗤笑出聲，這撫臺家的公子，也太沈不住氣。

林秋然好不容易才邀來謝意，結果他人才剛到，氣氛就瀰漫著一股火藥味，著實讓人心堵。他身為東道主，怎麼也得出言打個圓場才是。

「謝賢弟是有事在路上耽擱了，讓大家久等是秋然的不是。今日咱們小聚，當然要開懷些，秋然備下了美酒和美食，望能合諸位的心意，在此秋然先敬各位一杯。」說完，林秋然率先執起玉盞，想要一酒抿恩仇。

謝意也拿起酒杯，遙遙一舉飲盡，從頭到尾沒有搭理李耀之一句。

那撫臺家公子李耀之自然不願善罷甘休，他拂袖將身旁美人遞上的酒甩在一旁，指著謝意的鼻子道：「自持身分便這般目中無人──」

「耀之。」

李耀之的話還沒說完，便被一道低沈嗓音給阻止。他咬了咬牙，這才氣鼓鼓地坐下。

謝意循聲看去，見出言的是坐在李耀之身旁一名穿著墨綠色緞袍的男子。

林秋然嘆了口氣，故作輕鬆的一一給謝意做介紹。

謝意把玩著手中的酒樽，目光一直放在酒樽的雕花暗紋上，這態度更是讓在座眾人覺得被漠視，即便有人面上不顯，心底也是不痛快。

「這位是提督學政孫大人家的公子，孫斐。」當林秋然介紹到墨綠色緞袍的男子時，謝意才悠然抬頭勾唇一笑，朝孫斐舉起酒杯。

「許久未見，意弟別來無恙。」孫斐跟著舉起了杯盞。

謝意微微仰頭，一飲而盡。「今日能再見到孫大哥卻是意外，倒也不枉此行。」

說起來孫家和謝家還是親戚，謝望胞弟謝善的正妻孫氏，便是孫斐的姑母。

謝意此言一出，竟是毫無保留的將在場之人盡數得罪，除了宴請的東家林秋然和孫斐外，其他人竟沒一個入得了謝意的眼。

顧媛媛替謝意斟滿酒樽，心嘆謝意要惹人發怒，根本不用開口，只一個散漫又輕蔑的眼神，就如同一巴掌，打得你臉上火辣辣的；可若是連個眼神都得不到，那才真叫屈辱。

林秋然掩唇輕咳，以謝家在江南的地位而言，即便是他總督府也要禮讓三分，故這次能將謝意邀來，著實令他驚喜；然而他沒想到的是，謝意根本就是有意來挑事，那撫臺家的公子李耀之向來是個霸道慣的主，碰上謝意這個比他還猖狂的，能不氣悶嗎……

陽光透過窗牖照進屋中，被一方綢絲繪竹紗攔下。窗牖下是一方紅木妝檯，上頭擺著一面雕花大銅鏡，鏡中映著一張明豔秀麗的臉，明眸皓齒，烏髮雲鬢，只是秀眉緊鎖，為容顏添上一朵愁雲。

「姑娘……姑娘？」丫鬟茴香輕聲喚著。

「啊？」林瑞雪回過神來。

「姑娘這是怎麼了？打從早上就不住的走神。」茴香疑惑地問道。

林瑞雪抿了抿唇，沒有言語，手中繞著裙裳上的絲條，一時間愁腸百結。許久後像是下了什麼決心一般，小聲對茴香道：「妳可知我大哥今日在青竹園擺宴的事？」

茴香想了想，回道：「前幾日聽那邊的丫鬟們說，似乎有這回事。」

林瑞雪垂下頭思量半晌，再抬起頭時，一張白生生的臉蛋悄悄染上了紅霞。「聽說……

聽說今日宴請的人裡有那謝家大公子……」

「謝家大公子？難不成是……」茴香忽然想起上次在謝公侯府上遇到的那個容顏綺麗的年輕公子。

林瑞雪咬了咬唇。「就是他。」

茴香心頭一跳，看自家姑娘這模樣，怕是心悅那謝家大公子了？說起來那謝大公子生得猶若玉人，難免讓人傾心，且從上次的事來看，他為人良善，品性也極為不錯，況且家世相當，與自家姑娘倒真是一對璧人。

「姑娘這是惦記著那謝家公子了？」茴香試探問道。

林瑞雪霎時紅了耳尖，支支吾吾了半晌，終是點點頭。自那日從謝家回來後，她常常想到那時的情形，所謂「一見傾心」便是如此吧。

茴香心想自家姑娘本就到了許人家的年歲，就算是老爺、夫人也常常為她的婚事思量，既是姑娘自己心儀的公子，那是再好不過了。

「茴香，我想去看看……」林瑞雪突然說道。

茴香一怔，姑娘一個未出閣的女子說的是哪裡的傻話。

「茴香，我只是去看一看，不會有人知道的。」林瑞雪又說。

茴香的臉一下子白了，忙拉著林瑞雪道：「姑娘這可使不得！」

其實林瑞雪也明白不妥，若是被母親知道，少不得又是一頓罵，可是她真的很想見到「謝意」，千番相思萬般情擾得她心頭鬱鬱，只一眼，她就遠遠地看上一眼就好。

茴香見自家姑娘一臉堅定，也知道姑娘的脾氣，若是她決定了的事情，便是十匹馬也拉不回。

「茴香，我就看一眼，看一眼就回來。」林瑞雪絞緊袖口，低聲道。

茴香苦著臉道：「大爺在青竹園裡設宴，姑娘也過不去啊；若是被大爺知道了，一定會挨罵的。」

林瑞雪嘆了口氣，眉心緊鎖。

「姑娘就不要去了吧……」茴香試著再勸。

林瑞雪抬起頭，唇邊揚起一個笑容，水汪汪的大眼睛裡神采奕奕，湊到茴香耳邊小聲說了些什麼。

「可是……姑娘……」聽完林瑞雪的話，茴香急得快要哭出來了。

林瑞雪臉色一沈，厲聲道：「沒有可是，就按我說的辦。」

茴香不敢再說，只能唯唯諾諾地應下。

另一頭，青竹園裡一片安靜，靜到只聽得到風吹竹葉的沙沙聲響。

一陣低低的笑聲響起，越來越大，最後變成一陣大笑。顧媛媛平靜地看著謝意，直到他止了笑聲，這才從一旁遞過酒樽。

謝意對面席上的華服公子臉色黑得可媲美鍋底。

謝意一甩袖子，滿臉譏諷地掏了掏耳朵，對顧媛媛詢問道：「嗯？他方才說什麼，我可是聽錯了？」

顧媛媛微微彎了彎唇角回道：「范公子說願意以揚州雙姝換奴婢一人。」

對面席上的華服公子名叫范恭，是布政司范大人家的公子。雖然范恭的家世背景在眾人裡不是頂尖的，卻算是江南世家公子中最出名的。

由何而為名？范恭的愛好就是收藏美人，家中珍藏的美人無數。傳聞這范家公子有一特技，名曰「聞香識人」，平日與家中眾美人嬉戲時，以帕覆眼，只消聞上一聞，便能喚出美人的名字。據范恭自己說，美人皆有其獨特香味，只是世人不識，著實可惜。

謝意自從到了宴上，話雖不多，卻已惹得在場很多人心頭不痛快，後來宴中偶有幾個公子想要反擊幾句，卻盡數被謝意高傲的姿態和言語甩了個難堪。不過說起來，謝意當真沒主動招惹他們，只是擺出那般任由你出言挑釁，他便不說話的姿態，讓人氣到不行。

當大家都氣呼呼地盯著謝意時，只有范恭從一開始便將目光鎖定在跟隨謝意入席的美人身上。

他閱美無數，這女子的容貌在他看過的美人中絕對算不上最好的，可妙就妙在那一雙靜如秋泓的眸子，以及婉約寧謐的氣度。看謝意連參加宴會都將她帶在身旁，那必定也是他心頭所愛。范恭思量半晌後，終是捨不得放棄這般美人，便在方才說出以自己那揚州雙姝換取謝意身旁美人的提議，誰知謝意竟放聲大笑，似乎是聽到絕妙有趣的笑話一般。

顧媛媛雖沒聽說過揚州雙姝，但在場很多人卻是知道的。那揚州雙姝乃是從小便被調教出來的「揚州瘦馬」，打小習得琴棋書畫，容貌和身形都是上乘，既有大家閨秀的才學氣度，又有風塵女子的妖嬈嫵媚，因此這揚州雙姝也算得上是范恭的心頭肉了。

在他人眼裡看來，謝意若是肯換，也定是不吃虧的。

不過顯然事情並未能如范恭所願，他看到謝意先是一怔，譏諷攀上唇角，笑得樂不可支，再見到那個美人一臉平靜，似乎自己說出來的話，根本就沒被她放在心上一般。

「呵，怕是謝公子沒見過那揚州雙姝，所以不懂得其中滋味。謝公子身旁的美人自是無雙，但若是以容貌來說，我那雙姝絕不遜於這美人，何況是以二易一？」范恭並不想就此放棄，先是出言嘲諷謝意沒見識，後又嘗試說服謝意。

「哦？以二易一？」謝意挑眉。

范恭見這事似乎有望，心頭一喜。「是，若是謝公子願意，我現在便可命人接那姊妹兩人過來。」

謝意嗤笑。「你這人倒真是有趣至極。」

范恭臉上的笑容一僵，皺眉道：「不知謝公子此言何意？」

謝意接過顧媛媛遞來的酒樽，狹長的眸子裡滿是嘲弄，聲音卻很冰冷。「竟有人想要以腳邊砂礫易爺心頭之珠，當真可笑。」

范恭臉上是再也掛不住了，他心愛的美人居然被謝意輕貶為腳邊砂礫！這其中的嘲弄意味顯而易見，令人無法忍耐。

「謝某且勸范公子一句，不要想得太美。」謝意輕笑道，語氣似乎是朋友間的玩笑一般。

林秋然扶額，他此時只想趕緊結束這場宴會。本來李耀之跟謝意不對盤也就罷了，這個范恭又來添什麼亂？

范恭被謝意氣得臉色鐵青，卻不知從何處發火。謝家不是他惹得起的，他也不似李耀之一般莽撞到無謂的地步，可這般不上不下著實令人難堪，只得氣沖沖地拂袖離去，竟是連跟林秋然道別都忘了。

林秋然無奈地看著范恭離去的身影，苦笑道：「謝賢弟……實在是……」

謝意輕輕挑眉道：「這可真是怪了，說出這般荒謬的提議，我不應允，他反而走了。」

林秋然默默在心底大喊「拜託你就少說幾句啊」，可臉上依舊扯出一個笑容來。「范公子恐是有急事才離去，諸位且不要放在心上。」

這話說得實在牽強，就連林秋然自己都不忍心編下去了。

謝意笑了笑，不甚在意地起身道：「今日多謝秋然兄盛情款待，可謝某似乎並不受歡迎啊。」

林秋然額角抽了抽，他還能說什麼，想要抱謝意大腿的人多得是，奈何謝意根本沒有將腿伸出來的意思，還一人踢上一腳。

「如此，謝某就先告辭了。」謝意施施然道。

林秋然忽然有種如釋重負的感覺，但嘴上還是挽留道：「謝賢弟這又是何必，若是為兄有何招待不周之處，還請多多包涵才是。」

「方才想起家中有事，恕謝某不再留了。」謝意懶得再想理由，便隨意將林秋然方才說的話拿來用。

林秋然起身道：「如此便由在下送謝賢弟出門。」

謝意擺了擺手道：「秋然兄無須多禮。」

謝絕了林秋然的好意，謝意對孫斐微微一禮，便帶著顧媛媛悠然離去，就像在逛自家園子一般，何時想來就來，想走就走。

林秋然本是執意要送，但見謝意態度堅決，只得無奈留下。

面對靜得出奇的園子，李耀之率先怒道：「狂妄至極！」

孫斐被酒盞掩住的唇邊逸出一聲嘆息，後又搖頭輕笑起來。

「咳……」林秋然想說些什麼，卻不知從何開口。

「今日的酒甚好，真是讓孫某欲罷不能。」孫斐忽然冒出一句，接著又在心底補充一句。今日的宴會也很是有趣。

林秋然立刻笑道：「這酒乃是前些年用青竹上的無根水所釀，正巧與今日的青竹園相得益彰。孫斐兄既然喜歡，在下便命人給孫斐兄備上一些帶回去。」

孫斐也不推辭。「如此孫某就先謝過林公子了。」

有孫斐先轉了話題，其餘人也不再提謝意之事，宴會就這麼繼續進行著。

第三十五章

林瑞雪作侍女打扮跟著其他丫鬟一起站在青竹園裡，這個距離雖有些遠，卻也能夠看得清宴上眾人。

儘管下定決心要遠遠看上一眼，可她心裡依舊緊張得一塌糊塗。她左顧右盼，卻一直未能看到心中所思之人。

林瑞雪蹙著眉頭，拉過一旁一個侍女問道：「妳可知道今日來的人都有誰？」

那侍女並未認出林瑞雪，小聲道：「這咱們哪裡知道，只知道今日來的可都是世家公子。」

林瑞雪秀眉糾作一團，喃喃道：「難道沒有謝家公子嗎？」

一旁的侍女聽到了，詫異地回頭道：「方才走的那位似乎就是謝家公子，我們離得遠些，只聽到他自稱謝某，八成就是了吧。」

林瑞雪心頭一緊。走了？竟是這般讓她錯過了嗎？

「何時走的？」林瑞雪連忙追問。

「沒多大會兒呢。」

聞言，她迅速提裙，轉身離去，留下一臉詫異的侍女……

林府門外，顧媛媛扶著謝意上了馬車。

今日謝意飲了不少酒，這時候似是酒勁上來了，有些許微醺，一雙狹長的眸子半合著，整個人安安靜靜的，也不鬧騰。

顧媛媛嘆了口氣，從一旁取出茶盞，倒了杯茶湊到謝意唇邊，看著他將杯中的茶水飲盡，接著從袖中掏出手帕為他擦去唇邊不小心沾上的水漬，手腕卻被謝意輕輕握住。

「若是累了就先睡會兒。」顧媛媛從容地抽出手輕聲道。

也不知謝意有沒有聽進去，他只是半靠在軟榻上，拍了拍身前繡毯，示意顧媛媛坐近一些。

顧媛媛假裝沒有看見，把杯子放好後，將頭轉向窗外。

「阿鳶……」謝意聲音有些醉意，竟是帶著幾分撒嬌的意味，聽得顧媛媛一個激靈，她何曾聽過謝意用這般語氣說話？

她回過頭來，見謝意狹長的眸子裡蒙上一層水氣，像是一隻小狗般正等著主人摸摸腦袋。

顧媛媛恍惚想起謝意其實也只是一個剛剛長大的孩子，可這麼多年來，她又何嘗見過謝意流露出孩子氣的一面？

「阿鳶過來。」謝意的聲音中帶著些模糊不清的鼻音。

顧媛媛一時有些心軟，輕嘆口氣，上前坐在謝意身側的繡毯上，控制不住地伸出手，將他滑落在臉頰上的髮絲拂到耳後。望著他蒙著層水氣的眸子，她只覺得好可愛，心都快融化了，伸手在謝意頭上摸了摸。

忽然視線一晃，她一聲驚呼，待反應過來後，入眼的便是繪著百鳥圖的馬車壁頂，以及謝意同往日一般無二的狹長雙目。

只見那雙眼中透著似笑非笑的情緒，再沒了方才霧濛濛的模樣。

「好大的膽子，竟敢摸爺的腦袋。」謝意一手扣住顧媛媛的手腕，另一手屈起支著地，將她覆在身下，唇角笑得肆意。

他本來只是想逗逗自家丫鬟，誰料到她竟把手伸到自己頭上來，先是輕輕抓了三下，後是揉了兩把，這分明是往日她摸廚房裡的大黃時的手勢。

「是爺先故意裝醉騙阿鳶在先……」顧媛媛抿唇道，她真是太大意了，竟被謝意那副模樣騙了。

想到自己剛才還心軟，心軟個鬼啊！什麼剛長大的孩子？這貨什麼時候像個孩子了！

謝意輕輕抬起顧媛媛的下巴。「嗯？怪爺了？」

顧媛媛對於謝意這全副武裝的輕薄姿態已經完全免疫。「自然是爺錯在先，若非是爺故意逗弄阿鳶，阿鳶又怎麼會失禮？」

謝意眼中的散漫盡數轉成溫柔，輕輕笑出聲。「伶牙俐齒的丫頭。」

顧媛媛不怕謝意這般逗弄，卻怕極了他滿是溫柔的模樣，她急忙將頭轉向一邊，卻染紅了耳尖。

感覺他的髮絲掃在她的頰上，似麻似癢，彷彿連呼吸都要停止了。他靠得越來越近，近到能夠聞得到他唇齒間的青竹酒香——

「車上可是謝公侯府的公子？」

一個夾雜著急促喘息的聲音從車外傳來，擾亂這一室的旖旎氛圍，也讓顧媛媛猛地回過神來，推開謝意。

她忙攏了攏亂了的髮絲，緩了兩口氣，穩聲道：「何人在外面？」

茴香聽到女子的聲音，先是一怔，隨後思量許是婢女也在裡頭，便道：「奴婢是林府的丫鬟，有一物要轉交給謝公子。」

原來林瑞雪在得知謝家公子已經離開林府後，便下意識地追了出去，茴香只得一路小跑著跟在後面。

希望能夠再看謝家公子一眼的想法在林瑞雪腦中翻騰，她的腳步越來越快，眼見著到了門前，那身影卻已上了馬車。

林瑞雪鼻子一酸，她承認她動心了，她日日思慕謝府裡見到的那人，他的音容笑貌一遍遍纏繞在她的心頭，令她嚐盡了相思的滋味。她抹了把眼淚，一咬牙，將腰間繫著的荷包塞到茴香手中。

「姑娘妳這是……」茴香愣愣地問道。

林瑞雪推了茴香一把。「幫我將這荷包交給謝公子，快去！」

茴香臉色蒼白，哀聲道：「姑娘這萬萬不可！若是被人知道了，那可就糟了！姑娘，茴香求您了，莫這般衝動……」

林瑞雪咬了咬唇，默默拿回荷包，從荷包裡倒出一樣東西，遞給茴香。「這個總行了吧，算我求妳了茴香，快給他送去吧。」

最後茴香終是拗不過林瑞雪，只得走向馬車，開口詢問。

顧媛媛撩開簾子，見外面站著一名面孔陌生的小丫鬟。

「正是謝家的馬車，不知是要交予謝公子何物？」

茴香看見顧媛媛先是呆了呆，隨後連忙回神，糾結了會兒還是咬牙道：「這是我家姑娘贈予謝公子的，還望……望謝公子能明白姑娘一番心意……」

顧媛媛疑惑地伸出手去，只見一顆紅豆落在掌心……

華貴的車廂裡此時一片安靜，中央的案几上擺放一只金蟾香爐，裊裊清香幽幽地飄散在空氣中。

謝意揉捏著手中玲瓏的紅豆，在腦海中反覆將自己見過的姑娘思索過一遍，當過濾到第三遍的時候，終於輕嘆出聲。

「阿鳶妳是知道的，爺向來記憶力很好……咳，這個林總督家的姑娘，爺從來沒見過。」

顧媛媛撥了撥爐鼎中的香灰，漫不經心道：「玲瓏骰子安紅豆，入骨相思君知否？」

謝意揉了揉眉心。「八成是這位姑娘搞錯了……」

顧媛媛面上無波，但笑不語。謝意既然說從未見過，那便是當真沒有見過了；抑或者是見過，但未能記得清楚，在心頭沒個印象罷了。

不過這位林家小姐也是頗有膽氣，竟敢追出來送上紅豆；若是一般大家閨秀心儀哪家公子，最多也是在父母面前稍稍透露幾句罷了，敢這般私下送東西的，倒真是寥寥無幾。

其實林瑞雪當時也是急昏了頭，朝思暮想的郎君近在咫尺卻無緣得見，只得遞物來一解相思苦。

「這倒是十分有可能，或許那姑娘眼睛不太好看偏了，將哪家公子錯看成爺，所以搞了這麼一齣。」謝意還在一旁分析林瑞雪認錯的機率有多大，這個理由顯然能夠說服他自己。

顧媛媛依舊不語，並非是她不在意，可若說毫無感覺倒也不是，她多少還是心有不悅，只是現在的她沒有立場，也沒有資格去評斷這些事情。

對於謝意，她不是沒有心動，不是沒有感情，只是這種感情不足以撼動她的理智，讓她不顧一切；即便今日謝意接受這顆紅豆，回去後就向林家小姐提親，她也只會在一旁看著，繼續過自己的日子……往昔一切，一筆勾銷。

「在亂想什麼呢？」謝意悶悶道，每次看到顧媛媛這般笑得客氣又疏離，都會令他感到不悅又不安，彷彿什麼事都不被她看在眼裡一般。

「哪裡有亂想。」顧媛媛垂下頭，斂住眼中的神色，規規矩矩地應著。心頭也是被嚇了一跳，每當她起了什麼念頭，謝意好似都能夠看穿一樣。

「若是沒有心虛，為何每次都不敢看爺的眼睛？」謝意笑得滿是譏諷。

顧媛媛無奈地抬起頭來，直直對上謝意的眸子。

謝意看著那雙平靜無波的眼睛，唇邊不由自主地逸出一聲嘆息。「阿鳶，不要胡思亂想，不管是紅豆、綠豆還是黃豆，爺通通不會要的。」

馬車上的簾子被掀開，那顆盛滿了少女心事與無盡相思的紅豆被扔了出去，落在市集中滾了幾圈，再也尋不著了。

徒步走在園子裡，林瑞雪手中甩著荷包帶子，唇邊不由自主地掛上了笑容，只覺得心情好得快要飛起來了。

「瑞雪兒，妳這是又跑哪裡去了？」宴席散了後，林秋然正巧遇上妹妹，見她一副侍女打扮，不禁氣結。他這妹妹打小就跟個小子般調皮，看這樣子不知道又是準備去闖什麼禍了。

林瑞雪一怔，發現是自家大哥，忙鬆了口氣拍了拍胸口。「大哥你做什麼吼這麼大聲，嚇死我了！」害她以為又被那幾個教習婆婆尋到了。

林秋然心中也是因為方才那宴會堵得慌，正是不順當，才會不小心吼出聲。看著妹妹嗔怪的眼神，只嘆了口氣。「妳這丫頭，這麼大了還這般頑劣，這身打扮是怎麼回事？」

林瑞雪低頭看了看自己身上的青衫裙子，嘿嘿一笑道：「誰讓大哥不准我去你宴會上玩，瑞雪只好自己想辦法去看看了。」

林秋然臉上一沈。「胡鬧！宴上都是男子，一個姑娘家湊什麼熱鬧？」

林瑞雪不服氣地撇了撇嘴，小聲嘟囔著。「不看就不看嘛……要不是謝公子在，我才不去呢……」

林瑞雪聲音極小，按理說林秋然根本聽不清楚，奈何他剛剛被謝意整得頭昏腦脹，聽見「謝」字就十分敏感。

「妳說什麼？謝公子？」

林瑞雪嚇了一跳，這事可不敢讓大哥知道，口中忙道：「沒什麼、沒什麼，我忽然想起來還有事，先走了。」

她說著就要開溜，卻被林秋然一把給逮了回來。

「要不是謝公子在，妳才不會去？這話是什麼意思？林瑞雪，妳今天不講清楚就別想走了。」林秋然黑著臉道。

林瑞雪撒嬌、打滾、賣萌樣樣行不通，最終只得老老實實的把事情告訴林秋然，只是私下贈紅豆之事還是沒敢說。

「大哥，你最疼我了，這事你可不要給爹娘說。」林瑞雪一雙大眼睛裡滴溜溜的轉著淚珠。

聽完，林秋然心口疼，腦子更疼。他的寶貝妹妹竟是喜歡謝家那個霸王？老天爺，快饒了他吧，這都是什麼破事……

「大哥大哥——」

「閉嘴。」林秋然冷聲道。

林瑞雪淚眼汪汪地看著自家哥哥，乖乖閉上了嘴。

「妳老老實實的去跟教習婆婆學規矩，以後不准再想這些。」林秋然訓斥。

林瑞雪不以為然地噘起嘴。「瑞雪非謝家公子不嫁。」

林秋然一聽，氣得揚起了手掌，嚇得林瑞雪忙閉上了眼睛，不過巴掌終是沒有落下。

「一個女孩子家也不害臊，況且婚姻大事豈是由妳說了算？快回自己房裡老實待著去！」林秋然扶額沈聲道。謝家的確是鐘鼎高門，可那謝意為人隨興，怎麼看都不是個穩重的，他這妹妹是怎麼喜歡上謝意的？

「大哥！你幹麼露出這般表情，瑞雪是真的喜歡——」

「夠了，妳到底喜歡謝意哪裡?!」林瑞雪的話還未說完，就被林秋然出聲打斷了。

林瑞雪垂下腦袋，羞答答地說：「謝公子他……為人溫柔，性情、品性都好……又有天人之姿……」

「……」林秋然簡直無言以對，自家妹妹是不是眼睛不好？謝意容貌出眾這點他不否認，即便是把全江南的世家公子擺在一起，也挑不出幾個比謝意再出挑的，可是為人溫柔，性情、品性好是從哪裡看出來的？

林秋然很自然地將林瑞雪對謝意的評論歸咎於小姑娘的遐想，畢竟這個年齡的少女見到容貌出眾的男子，難免會有些不靠譜的聯想；再看看那些戲詞唱本，不是才子佳人就是英雄美人，難道現在流行起霸道惡少了嗎？

「別再胡思亂想，現在就回去好好抄妳的《女誡》。」林秋然撂下話後就走了。

林瑞雪不服氣，狠狠地朝自家哥哥的背影做了個鬼臉。

待謝家的馬車駛到了謝府門前，顧媛媛才將睡得正香的謝意喚醒——想來倒也是真有幾分醉意，連喚了兩、三聲都沒能把他叫醒，她伸出手搖了搖，謝意這才醒來。

「這是到了？」謝意迷迷糊糊地問。

「是。爺感覺可還好？讓吳桐扶您進去吧。」

謝意擺了擺手。「無礙，倒也不是醉得看不清路。」

顧媛媛半攙著謝意下了車。今日赴宴穿的裙裳都是謝意幫她挑選的，身上這件拖地長裙雖好看得緊，卻也極不方便，在地上拖來拖去就算了，一不小心還有可能會踩到。顧媛媛只得一邊小心翼翼注意腳下，一邊扶著謝意，好在謝意只是有些微醺，並非醉得東倒西歪。

待快要走到寫意居時，迎面遇上一行人，走在前面的兩位姑娘，正是謝妍和江雨心。

謝妍正是情竇初開的時候，她守在那棵樟樹後聽蘇涼生練了一下午的嗓子，江雨心雖然無奈，也只能跟她一起守在那裡。

眼看天色不早，她才出言提醒謝妍該要走了，謝妍戀戀不捨地看了看蘇涼生，這才跟江雨心離開。

江雨心見園子景色甚好，想要隨處看看，謝妍自然樂意陪同江雨心逛園子，兩個小姑娘便一邊說著話，一邊四處走走，走到寫意居外面的時候，這才遇上剛從外面回來的謝意。

第三十六章

「哥？你這是去哪了？」

謝妍走上前，待看到大哥身旁的顧媛媛時，毫不吝嗇的送上一個大大的白眼。

顧媛媛只當沒看見，微微福了下身子。

「是妍兒啊。」謝意正乏得很，隨意應了兩句。

「表哥。」江雨心也上前見了禮。她沒想到會這麼巧遇上謝意，只是今日謝意看起來似乎並不十分有精神，仔細聞的話，還可以聞到淡淡的酒香。

江雨心也是個識進退的，見謝意無心附和，便也不再多言，卻是多看了一旁的顧媛媛兩眼。

雖然知道謝意身旁這大丫鬟容貌是不俗的，可往日她在府中並不怎麼張揚，今日這裝扮倒是讓她一怔。

顧媛媛看見江雨心盯著自己出神，便垂下頭微微欠了身見禮。

江雨心見狀，朝顧媛媛和善地笑了笑，幾人這才做了別……

今日天空陰沈沈的，瞅著是要下雨的模樣，卻悶熱得很，連一點風都沒有，只有樹頭上的陣陣蟬鳴。

謝意昨天酒飲得多了，又吹了風，今日精神也不是很好，用過午飯後迷迷糊糊又睡著了。顧媛媛怕蟬鳴擾了他，便命幾個小丫鬟尋了竿子去黏蟬，忙活了大半晌，出了一頭汗，從一旁拿起一把扇子呼呼地搧。

她正搧得涼快，倏地看到一個圓潤的中年女人身影走來，頓時後背一涼，再也不覺得熱了。

「喲，姑娘在呢。」墨玉笑盈盈地道。

顧媛媛忙福了福身子。今日墨玉穿了件暗紅色的輕綢褙子，同色裙裳，髮綰作寶髻，一張圓臉上滿是笑意，看起來很和善，可她知道絕對又沒有什麼好事情。

墨玉上前扶起顧媛媛，小聲問道：「今日大爺可在？」

顧媛媛垂頭，恭敬地答。「爺今天身子不適，這會兒正在午睡。」

聞言，墨玉笑得更親切，拉過顧媛媛的手道：「其實今日是要來跟姑娘道聲喜的。」

「道喜？姑姑此話何意？」顧媛媛不明白。

墨玉親親熱熱地拉著顧媛媛的手道：「夫人找妳過去，待會兒妳就知道了。」

顧媛媛心嘆，果然是江氏要找她過去，可是……喜事？只怕不會那麼簡單。

「姑姑，奴婢這樣去見夫人豈不失禮？要不且容奴婢整理一下……」顧媛媛思來想去，覺得還是有必要跟謝意說一聲。

「姑娘生得顏色好，這般簡單的打扮也是出挑，依我看這樣就可以了。」墨玉笑吟吟地道。

顧媛媛的手還被墨玉拉著，她也不好掙開，只見墨玉又道：「大爺既然身子不適，就先不要吵醒他了。」

顧媛媛想著謝意既然在府中，倒也不會出什麼事，這般想法一動，她自己也很是無奈。如今她是越發信任謝意了，只要想到他，雖說並不事事指望著他，卻也能給自己增添膽氣。

就這樣，顧媛媛再次被江氏請去「喝茶」，一旁的墨玉一直笑咪咪地看著她，看得她渾身發冷……

來到梧桐苑，墨玉撩開碎玉珠簾，輕聲道：「夫人，鳶姑娘來了。」

江氏正側臥於榻上，逗弄籠中的畫眉鳥，聽到墨玉的聲音，不作反應，只是撚著手中的金絲草，逗弄那隻可愛的小畫眉。

墨玉走到江氏身旁，安靜地站著。

「阿鳶見過夫人。」顧媛媛微微屈下膝蓋，行了見禮。

江氏臉上的妝一如往昔般細緻雍容，聽到顧媛媛開口，手中晃動的金絲草慢慢停了下來。

她挑起纖細的眉梢，冷冷掃了顧媛媛一眼，豔麗的紅唇微動，聲音不大，卻格外嚴厲。

「跪下！」

顧媛媛額角一跳，上次她看到江氏眼中的戒備已有鬆動，如今這般態度又是為何？

不過她也知道今日這情形是不可避免的，只是早晚的問題罷了，想想謝府各個院子下人們口中的流言蜚語，便明白江氏不可能就此信了自己。
顧媛媛咬了咬牙，輕撩起裙襬跪了下去。
江氏不再言語，眼神一直停在她身上。顧媛媛不禁在心中苦笑，江氏這是要立威了？時間慢慢過去，顧媛媛身形已經有些微晃，膝蓋生疼，本來在心裡揣測著江氏可能會說的話，此時卻已沒有心思再去思量了。
大概跪了半個時辰左右，江氏還是沒有開口，顧媛媛想著這是要讓她跪到天黑了嗎？莫不是江氏今日心情不好，恰巧想到了自己，於是心中更是不快，乾脆把自己逮來跪上一跪解解氣？她胡思亂想著，若真是這樣，墨玉一開始也不會說什麼喜事了。
喜事……顧媛媛心中一動，只覺得有一種不妙的預感。
「何必總是低著頭？」江氏終於開口，雖語氣仍舊冰冷，卻不似方才那般嚴厲了。
顧媛媛怯怯地道：「奴婢不敢……」
江氏冷冷勾唇。「有何不敢？」
顧媛媛垂著頭，聲音和軟。「奴婢幼時生於鄉下，多有粗鄙，又無見識，蒙主子收留，讓奴婢伴於身側，再無衣食之憂。這份大恩奴婢不曾敢忘，只能日日精心伺候於主子左右，願為主子料理瑣事，以盼能償主子之恩。」
儘管顧媛媛不覺得江氏會相信自己的話，但是先表明自己的態度總是好的。
「妳倒是個懂事的，難怪意兒疼妳。」江氏語氣平靜。
顧媛媛連忙俯身道：「大爺良善，待奴婢們向來很好。」她特地強調是「奴婢們」，不只是她一人。

江氏微微一笑道：「聽說妳識字？」

顧媛媛一怔，她的確識字，但最多也就是認識而已，不過江氏這是從哪聽來的？「奴婢愚鈍，跟在大爺身邊多年，只認得幾個大字罷了，最多也就是能辨出各個院子的門匾。」

「既然識字，誦讀應是不成問題吧？」江氏給墨玉遞去一個眼神，墨玉心領神會，走到隔壁房裡拿了一卷青皮書出來。

「誦一段書吧。」江氏把墨玉遞過來的書扔到顧媛媛面前。

顧媛媛拾起面前的青皮書一看，是一本《女誡》，卻是思量不出江氏此為何意，本想推託自己對書中之字並不是都看得懂，可抬起頭看到江氏不容置疑的凌厲眼神，只得翻開手中這本教導婦人行止的書。

「卑弱第一。古者生女三日，臥之床下，弄之瓦磚，而齋告焉。臥之床下，明其卑弱，主下人也。弄之瓦磚，明其習勞，主執勤也。齋告先君，明當主繼祭祀也……」

屋中十分安靜，外面連一絲蟬鳴都沒有，似乎連空氣都靜止了。

「夫婦第二。夫婦之道，參配陰陽，通達神明，信天地之弘義，人倫之大節也……」

汗水從額角沿著臉頰滑落，顧媛媛覺得喉嚨有些乾澀。

「婦行第四。女有四行，一曰婦德，二曰婦言，三曰婦容，四曰婦功。夫云婦德，不必才明絕異也；婦言，不必辯口利辭也；婦容，不必顏色美麗也；婦功，不必工巧過人也……」

膝蓋似乎已經沒有知覺了，顧媛媛眼中只有這些晦澀的文字。

「專心第五。得意一人，是謂永畢；失意一人，是謂永訖……」指尖一顫，書從手中滑落，啪的一聲落在地上，打破了室內的沈寂。顧媛媛抿緊唇，將書從地上撿起。

「夠了，不必再讀了。」江氏終於開口。

顧媛媛微微頷首，將《女誡》遞還給墨玉，抬頭時，見墨玉對她笑得很是溫柔，眼中還帶著鼓勵的意味——鼓勵？顧媛媛納悶。

「容貌俏麗，溫順乖巧，賢良淑德，倒真是個不錯的姑娘。」江氏說這話的時候，眼中沒有一絲笑意。

「奴婢惶恐……」顧媛媛自然不會把這話當成是江氏發自內心的稱讚。

江氏淡淡掃了眼屋中的人。這屋中除了江氏和墨玉外，還有三個丫鬟，兩個是負責打扇的，一個是在一旁隨身候著的辛巧。

「看好了，這個就是大爺看上的人，今後妳們見了她，都要客氣著些，再往後怕是要喚聲姨娘的。」

顧媛媛猛地抬起頭，對上江氏冷若冰霜的眼神。這話是何意？江氏要讓她做謝意的房裡人？甚至以後讓她做謝意的妾室？

顧媛媛想不明白，江氏向來對她有所提防，又怎麼會親手將她送到謝意身旁，成為他的妾室？顧媛媛心間一疼，忍不住想要冷笑。

屋中的丫鬟們聽到江氏的話，先是一愣，隨後臉上浮現嫉妒又欽羨的神色。畢竟在別人眼中看來，能夠成為謝意的房裡人，到底是在謝府作為丫鬟最大的成就了。

「也望妳以後能好好守著本分，這本《女誡》便送給妳，好生讀讀吧。」江氏冷冷地道。她是當真不喜顧媛媛的容貌，可近來兒子越發親近這丫鬟的事她也聽人說了，她只希望這個丫鬟是個識分寸的，既然得了個妾室身分的許諾，就好好收了心。

顧媛媛沒有回答，只是安靜垂首。

一旁的墨玉以為她是歡喜壞了，上前拉住她的手道：「鳶丫頭，我就說是喜事，可有騙妳？還不快謝謝夫人。」

謝？顧媛媛唇角控制不住地揚起，眼中滿是冷意。

江氏揮揮手。「把茶端上來。」

一個丫鬟從外面進來，手中端著一只白瓷細紋蘭花杯盞。

墨玉從一旁接過杯盞，只見白瓷如玉，蘭花清麗，杯中盛著黑漆漆的汁液。

「鳶丫頭，喝了這茶就是大爺的房裡人了，這是多少人羨慕不來的。」墨玉將白瓷杯湊到顧媛媛面前輕聲道。

顧媛媛看向杯盞，一股濃郁刺鼻的藥味直入鼻端，她跪了大半天，又是誦書又是出汗，本就覺得有些頭昏腦脹，此時被這藥味一熏，只覺得胃中一陣翻騰，忙將頭轉向一旁，捂著嘴乾嘔起來。

江氏見狀，臉色一變。

嘔了好一會兒，顧媛媛才壓著胸口淺淺喘息。這哪裡是茶？只怕是江氏為怕她懷上謝家子嗣而備下的絕育藥吧？雖不知這藥叫什麼名字，她也猜得出其藥效如何了。

一旁本來還面帶嫉妒之色的丫鬟們此時也都白了臉，雖然成為謝意的妾室著實誘人，可同樣要付出的卻是不能為人母的代價。一個從丫鬟身分爬上去的妾室，若是沒有生育能力，待容顏褪去、恩愛成空，留下的還會是什麼？子嗣才是在謝府站穩的保障啊。

「怎麼？這是不情願？」江氏冷冷地問。兒子還未有正妻，她又怎麼會讓丫鬟所出的孩子成為謝家的長孫，何況還是她最看不過眼的顧媛媛？今日她若是不喝下這杯茶，休想從梧桐苑出去。

顧媛媛平復了下氣息，穩穩道：「夫人或許是誤會了。」

一旁的墨玉斂下笑容。「鳶丫頭，妳還不知道大爺是什麼身分？這是妳的福氣，是別人眼紅不來的造化啊，難道妳要拒絕夫人的一番心意不成？」

成為宅門裡的妾，同別的女人一起分寵是福氣？從此以後失去做母親的權利是造化？這不是顧媛媛想要的，絕不。

她可以去過貧寒的日子，可以辛苦的日日勞作，但她絕不願意成為一個侍妾，哪怕對方是謝意，她也不願。

「夫人許是有誤會在其中。奴婢自知身分卑微，哪裡當得起大爺的人？夫人方才之言，奴婢雖深感恩澤，可並非奴婢之願；若是夫人不信，奴婢願自請外院柴房空缺，再不踏入內院半步。」顧媛媛沈聲答道。

她知道江氏恐怕不會輕易放過自己，便自請離開謝意身旁，去柴房裡當個燒火丫鬟，只期盼江氏能夠有所動容，准了她的請求。

「姑娘這又是何必？今後雖是姨娘，到底也是爺身邊的正經人，榮華自是不缺；可若是去了外院，那下場怕是和青鸞丫頭差不多了。」墨玉語氣淡淡，持著白瓷盞的手依舊放在顧媛媛眼前，絲毫不見動搖。

要說對顧媛媛的疑心，江氏自然是有的，她從來未曾對顧媛媛放心過，但她平日行事小意，倒也沒招惹過什麼事端。就一如方才顧媛媛從進屋開始的安分模樣，都是令她心中滿意的，若是顧媛媛肯喝下這茶，今後倒也不會為難於她；可她偏偏卻說出這樣一番話來，那副不認命的模樣和眼中倔強的神色令江氏憤怒又不安，況且方才見顧媛媛乾嘔不止，也不知道兒子是否收了這丫鬟，著實令江氏心驚。

唯有謝家未來子嗣之事，她不能賭。

「妳以為妳有何資格？」江氏輕描淡寫地道。「妳是我謝家買來的丫鬟，這點是再清楚不過了。」

身為一個丫鬟，無論主子如何處置，甚至要殺要剮，那也只有聽命的分。想要去外院柴房？江氏冷笑，若她真的聽信此言，將這丫鬟丟進柴房，恐怕兒子那邊要跟她鬧翻了天去。

思及至此，江氏更是厭惡顧媛媛。在她看來，顧媛媛這是恃寵而驕，先是表明願意自降身分到柴房，待謝意知曉後自會保她。

顧媛媛眉心緊鎖，江氏所言不差，她只是一個在謝家入了奴籍的奴婢，生死皆由不得自己；別說今日江氏要將她塞到謝意房裡，就算江氏想要她隨便尋個僕人嫁了，她也只有從命的分。

「墨玉，餵她喝了。」江氏命令。

顧媛媛心頭一驚，下巴被一隻手扣住，下一秒白瓷盞便抵在唇邊。冰涼的杯緣像一隻毒蛇壓在唇上，顧媛媛猛地揮手將杯盞掀翻——這茶她萬萬不能喝。

墨玉沒想到這個平日看著柔柔弱弱的小姑娘會有這麼大的手勁，待反應過來時，杯盞已經打翻在地，黑漆漆的藥汁浸濕了地上的繡毯，白瓷杯碎成好幾片。

江氏眉尖一挑，厲聲喝斥。「大膽！」

屋內是一陣令人窒息般的寧靜，這時謝意慵懶的聲音傳來——

「誰又惹得母親這般惱火？」

江氏握了握掌心，閉上眼睛，緩緩吐出一口氣。

今日天氣悶熱，謝意有些頭疼，便小睡了一會兒，誰知睡醒後尋不到顧媛媛，這才聽聞她又被母親叫去了。

他顧不上仔細穿衣，只是隨意披了件外袍就急忙趕來，豈料還沒進屋，就聽見裡面劍拔弩張的對話。

「你倒是趕得緊，看看自己現在是何樣子?!」江氏見兒子墨髮散開，身上只披了件輕便的外袍，顯然是剛睡醒就匆忙趕來，不禁嚴厲訓斥。這丫鬟是有何要緊的，竟讓她兒子這般掛心？

謝意看見地上的白瓷杯碎片和打翻的藥汁，揉了揉眉心。「母親這是何意？」

江氏神色坦然。「你不是喜歡這丫鬟嗎？母親便隨了你的意，你將她收到房裡吧。」

謝意一怔，半晌才明白江氏的意思。「母親這是要讓我收阿鳶進房？」

這倒是讓謝意有些意外了，母親向來不喜歡阿鳶，今日怎麼會想出這法子了？不過稍一思量後，便也明白母親的意思，這就如當初外祖母勸舅舅將舅母收為貴妾一樣。

墨玉見謝意在一旁不語，只得道：「夫人也是為了您好，大爺且要體諒夫人的良苦用心才是。」

謝意聽了這話，點了點頭。

墨玉見狀，心中鬆快了些。「大爺最是體貼夫人了。」

誰知她話音剛落，便聽到謝意又道：「這種事總不好強人所難，母親可問過這丫鬟是否願意？」

第三十七章

這話倒是讓江氏和墨玉愣住了，謝意喜歡這丫鬟她們都是知曉的。在江氏眼裡看來，總有些做丫鬟的一心只想往爺們床上爬，方才顧媛媛之所以會反抗，只是不願意失去生育的機會罷了，她卻從未想過這丫鬟是不是想要跟了謝意。

謝意大剌剌地往旁邊一坐，面向顧媛媛問道：「阿鳶，妳可願跟了爺？」

顧媛媛依舊跪在那裡，見謝意這般問她，便以頭點地，沈聲回道：「奴婢不願。」

屋中還有這麼多丫鬟在，顧媛媛卻這般毫不留情地拒絕，室內頓時一片沈寂。

謝意摸了摸鼻子，這般乾脆的拒絕原在他意料之中，形色並不尷尬，只是對江氏道：「母親也聽到了，這丫鬟沒那個心思。」

江氏眉心一皺。「你難道不是心悅這丫鬟？」

謝意右手撐著額頭，顯得有些疲倦。「是，兒子是挺中意這丫鬟的，可強迫人家小姑娘也太沒勁了些，母親覺得我會做出這等沒意思的事？屋中這麼多人看著，若是這事情傳出去，不僅影響兒子的聲譽，更是給謝家抹黑。人家既然不願意，何必再鬧這麼一齣？」

謝意說得振振有辭，聽起來竟有幾分道理。

江氏被兒子這麼一說，卻是感到有些意外，但看兒子神色並無不對，似乎事情永遠只是這麼簡單一般。看著地上破碎的瓷片，她冷著臉問：「你沒有碰過這丫鬟？」

「嘖……母親這不是打兒子臉嗎？強扭的瓜既然不甜，幹麼還要去嚐一口？」謝意無所謂道。

江氏不再言語，不知是被謝意說動了心，還是在思索什麼。

「母親既然無事了，那兒子就先帶著這丫鬟回去了。這般衣著不整的來母親這裡，實在是兒子失禮。」謝意起身道。

江氏正要開口說什麼，又被謝意打斷。「母親還是莫要多言了，天色已是不早，若是待會兒父親來了見兒子這般模樣，肯定又是一頓好訓。母親便當作是憐惜兒子，快些讓兒子回去吧。」

說著謝意給顧媛媛遞了個眼色，顧媛媛雖不言語，卻也聽話地起身跟在謝意身後。

江氏無奈地看著謝意，這是她唯一的兒子，她這輩子的最大期望便是兒子能夠好好的。這麼多年來，謝望與她只是相敬如賓，初嫁時候的恩愛甜蜜早已不復存在，慢慢的她也看淡了，現在她餘下半生所期盼的便是自己的兒子能夠走一條最好的路，這條路外有謝望替他來鋪，內要由她來築。

外面官場風雨，她插不了手，也不願意去管，但是內院的事，她一定要鎮住，不能出絲毫差錯。

「要走可以，將這茶喝了，從今以後我便不再管你跟這丫鬟的事了。」江氏做了最後的讓步。

墨玉又端來一個茶盞，送到謝意面前。「爺，夫人是為您好，您就別再違逆夫人的心意了。」

謝意接過墨玉遞來的茶盞，有些疑惑。「這是什麼？」

大宅內雖然多陰私，可謝家後宅人口不多，且都被江氏鎮得死死的，這種其他府內經常出現的東西謝意也未曾見過，自然不清楚杯中是何物。

「給你那丫鬟喝了就退下吧。」江氏漠然道。

見到手中的茶盞裡盛著黑漆漆的藥汁，濃郁的藥味撲面而來，謝意也猜出了幾分，臉色有些陰鬱。

「這是母親的意思了？」

「是，唯有此事，母親隨不得你。」不怕一萬就怕萬一，假如出了什麼岔子，讓這丫鬟生出了謝家長孫來，那她還有何顏面入謝家的墳？兒子可以有妾室，可以疼愛這丫鬟，但在還沒有娶正妻前，子嗣絕對不能有。

「母親，恕兒子難以從命了。」謝意右手一傾，將杯盞中的藥汁盡數倒於地上。

「意兒！」江氏臉色陰沈。

「母親也是為人母的，自然知道這對女子的意義，我既然心悅這丫鬟，自然不會讓她受到這樣的傷害，母親就消了這份心思吧。」謝意面色並不比江氏好上多少，此時說出來的語氣雖平緩，卻有種道不出的陰冷。

兒子行事向來散漫，江氏何曾見過他這般模樣？她心頭一沈，一時間卻不知該做何反應，只能眼睜睜看著兒子帶走那丫鬟。

「混帳，竟為了一個丫鬟這般同你母親講話！」江氏回過神來，繡金廣袖狠狠地將桌上的畫眉鳥籠拂在地上，畫眉鳥受了驚，在籠子裡死命地撲騰。

只是謝意此時已經走出門，未能聽到江氏的怒斥。

顧媛媛跪了一下午，強撐著跟在謝意身後出了梧桐苑，待出了院子後，雙腿一軟，差點倒在地上。

謝意伸手扶住她。「可還好？」

顧媛媛點點頭，揉了揉早已沒了知覺的膝蓋，上頭怕是早就青紫一片了。突然她感覺身子一輕，空中的飛鳥映入眼裡，原來是謝意將她打橫抱起。

「放我下來。」顧媛媛的聲音裡似乎沒有任何感情。

謝意皺了皺眉。「都要站不起來了，就別逞強了。」

他能夠感覺到此時顧媛媛心中的不悅——或許那不僅僅只是不悅？

「放我下來吧。」顧媛媛仍是這句話。

這次謝意沒有回應，而是逕自將顧媛媛抱回寫意居。

寫意居的丫鬟們看見謝意這般將顧媛媛抱回來，先是一怔，隨後便垂下頭去裝作沒看到。這阿鳶姑娘和大爺的事雖沒有擺到明面上來，但明眼人也不可能看不出，尤其大爺平日待阿鳶姑娘什麼樣子，她們都是看在眼裡的。

顧媛媛自從回來後就變得像鋸嘴葫蘆般不說話，因為她在深切反省自己怎麼會走到這個地步。

從前她雖然總是小心翼翼，但她以為自己是有計劃、有目標，有對未來的幻想和渴望。

從前在臨塘村時，日子過得艱苦，她希望家中生活能過得好些，希望一家人能和和睦睦，那時候她也思索了很多法子，想著日後能不能開間鋪子，或是置辦田地，也許她可以想些小點子，利用一下後人的智慧，走上發家致富的小路。

無奈那時的年紀太小，那麼個小胳膊、小腿的稚童能做什麼呢？她只有將這計劃記在心底，想著等到再大一些就著手去辦，誰知道這一等，等來的卻是一紙賣身契。

待真正失去自由的時候，才發現那是多麼的珍貴。來到謝府，進了這後宅，她再也不用思考會不會食不果腹、會不會衣不蔽體，她從一個灑掃的小丫鬟，成了今日謝家長子貼身的一等丫鬟。

從前總是聽人說大宅裡一等丫鬟的吃穿用度相當於半個姑娘了，這話倒也不假。要說這用度，實則寬裕不少，甚至那些小門戶家的正經姑娘也比不上，可是為此她丟掉的是什麼？

顧媛媛一直都明白這裡不是後世，可當那碗「茶」端到自己面前的時候，她才知道這麼多年來到底是自己太過天真，當她的主家要收拾她的時候，根本就不需要理由。

想要過耕耘織布的小日子？別想了，妳是個奴隸。想要做個小生意？別想了，妳是個奴隸。想要脫離府門從此海闊天空？別想了，妳是個奴隸——一切一切都始於那張賣身契，一切不可能都只因為妳是奴隸。

這時候的賣身契分為活契和死契，簽了活契的丫鬟只要攢夠了錢就能重獲自由；而簽了死契的丫鬟，生死皆由主子決定，生生世世都只能是主家的奴隸，就算以後嫁人，也只會嫁給家中的下人，生的孩子依舊是奴隸，也就是所謂的家生子。

當時顧媛媛被賣到謝府的時候，便是這不可能撼動的死契，若是主家施恩，倒也可能被放出府，但身分依舊是謝家的奴隸，這一點至死都不會變；除非能夠被主子看上，抬成妾室，才會有自由，只是這種變相的自由，何嘗不是另一種束縛？

「阿鳶，爺知道妳不開心，讓妳受委屈了。」謝意的語調中帶著歉意，雖說這次有驚無險，他的阿鳶並沒有受到實質性的傷害，可若是他再多睡一會兒，或是再晚到一步，有些事情就永遠無法挽回了。

他瞭解這個自家丫鬟，平日看起來溫婉和善，不管他說什麼都會應下來，實則是個烈性子的，真要觸碰到她的底線，哪怕是跌得粉身碎骨，她也不會回頭。今日母親這麼逼她，指不定這丫頭心裡頭又會翻出什麼想法。

他喜歡顧媛媛，打心眼裡喜歡她。小時候知道自己以後遲早都會有妻子，他並不上心，雖然不知道會是誰，可不外乎就是那些名門望族家的閨秀。

或許不僅僅是有正妻，也會有侍妾和通房，可是這個丫鬟的到來卻提起了他的興趣。最先吸引他的，是她那雙眼睛，燦若星辰，靜如秋泓，原來有人的眼睛可以這樣美麗。

也就因為那一時的心動，讓謝意選擇讓這個眼睛極美的小丫頭留在身旁。而在謝意心裡，他的阿鳶作為丫鬟絕對是合格的，既細心又有耐心，他記得他總是會在半夜將她從被窩裡拉出來，告訴她他餓了，想吃什麼和什麼，她會一臉無可奈何地朝他笑笑，然後去小廚房為他做菜。

將餐食端上來後，她會在一旁撥弄燭芯。謝意至今還記得隱在燭火後那一雙翦水秋瞳中真實存在的溫柔。

一個溫柔美麗、相伴多年的貼身丫鬟，任誰都會忍不住動心。

謝意也不例外，雖然年紀還小，但也隱隱有了這個念頭。他不會讓阿鳶像從前跟在他身旁的鸝兒、鵲兒那樣找個外院的下人嫁了，他要將她留在身旁，永遠都留在身旁。

在後來的年月中，謝意才明白這個丫鬟和別人是不同的，不同於父親那些妾室和通房，甚至也和母親不一樣。

也正是從那時候起，謝意才認真開始思考他這個丫鬟想要的是什麼，同樣也下定了決心，不管她要什麼他都會給。誰教喜歡就是喜歡了，喜歡身邊有她陪著；喜歡每天早上睜開眼先看到她；喜歡她一邊無奈嘆息，一邊去廚房為他細心做餐點；喜歡她為他研墨時低垂的眉眼，喜歡她時不時露出的小倔強。

所以很多年後，顧媛媛也問過一個戀愛中的女子經常問的傻問題——謝意，你是喜歡我什麼地方？

那時候的謝意還是一副散漫的模樣，挑著狹長的眸子，一本正經地回答她——我們阿鳶哪裡都好，爺都很喜歡。

言罷還附贈一枚來自謝大少爺的深情一吻。

對於這種有些撒嬌意味的問題，姑娘們要的不是答案，而是回答時的態度，謝意顯然掌握了其中的精髓，態度好得令人髮指。不過只有謝意自己明白，這話並非只是哄她開心，而是在多年前就發自內心的這般認為，當然這些都是後話了。

眼前的顧媛媛讓謝意感到心疼，也許他能夠理解自己的母親，但他絕對不允許這樣的事情發生在顧媛媛身上。

顧媛媛回過神來看著謝意，此時他的手正撫在她的膝蓋上，為她小心按揉著。

「臉色太蒼白了些。」謝意忽然道。

顧媛媛微微抬起頭，看著謝意。

謝意伸出手在她頭頂上揉了揉。「要不要出去住一段時間？」

顧媛媛一怔，彷彿沒有聽清楚方才的話。

「妳不是很喜歡空明那裡嗎？」謝意的聲音中帶著溫柔。「那個桃花源。」

「我可以出去住？」顧媛媛聲音有些沙啞。

謝意點頭。「可以。」

雖然他很捨不得她離開，但是把她送出去一段日子，或許能夠讓她的心情好些。

而且他需要一些時間，去做那些未能完成的事情。

「這……合適嗎？」幸福來得太突然，顧媛媛一時間有些反應不過來。

謝意托著下巴仔細想了想。「應該是沒什麼問題，他那裡清淨，從前也有些清貴的香客去住過；況且空明這人雖是有些不著調，卻也是道地的出家人。妳若是願意，爺先跟他商量一番。」

顧媛媛自然是願意的，儘管只是去住一段時間，但對此刻的她來說已經是很滿足了。她需要找個地方沈澱一下，再這麼想下去，她不知道自己會鑽進哪個死胡同裡。

「明天爺就去同空明商量，今日妳就先好好休息吧。」謝意從顧媛媛眼中看到期盼的神色，這讓他既歡喜又失落。

「看妳這高興勁兒，就這麼想離開爺身邊？」他有些不悅了。

顧媛媛趕忙斂下激動的心情，垂著頭道：「也不是很想離開爺的……」

「那就別去了。」

「……」

「逗妳的……去去去，女大不中留啊。」謝意感嘆。

「爺又亂說什麼話……」顧媛媛被謝意這副模樣逗笑了。

謝意見顧媛媛臉上有了笑容，這才鬆了一口氣。

第三十八章

第二日，謝意到空明那裡說明了情況。

由於上次顧媛媛的隨口提議，空明也覺得「桃花源」這個名字取得十分貼切，便真的將此地更名為「桃花源」。聽完謝意述說的情況，空明對此表示十二分歡迎，顧媛媛也迅速收拾好行李，準備拎包入住。

空明的熱情和顧媛媛的積極深深傷害了謝意的心靈，謝大少爺臉黑得可以媲美鍋底了，看著顧媛媛和空明兩人忙前忙後的收拾房間，覺得十分礙眼。

好在顧媛媛察覺到謝意的不滿，溫言軟語地安撫了一番，這才沒讓他在一怒之下將自家丫鬟拎回去。

山上的空氣很清新，又十分安靜，只有清脆的鳥鳴聲，顧媛媛這一晚睡得格外好，待悠悠醒來的時候，看著頭頂的木樑，一時間還有些回不過神來。

待腦子可以運轉後，顧媛媛蹭地坐了起來，這感覺就像是辛辛苦苦做了十幾年的苦力，忽然被丟到馬爾地夫去度假一樣，巨大的幸福感瞬間將顧媛媛淹沒。

雖然山下已近七月底，正是炎熱的時候，可山上卻分外涼爽，無論是溫度還是濕度都剛剛好。

顧媛媛推開門，院中滿是奇花異草，清涼的空氣摻著淡淡的花香逸入鼻端，她心滿意足地伸了個懶腰，用力吸了口氣。

「這山上的早晨還是有些微寒的，鳶姑娘要適當添衣，莫要著了涼。」

空明依舊穿著簡單的青袍，頭上戴著一頂笠帽，手中拿著花鋤。陽光照在他的臉上，映得那雙桃花含情目熠熠生輝。

「空明師父起得好早。」

空明扶了扶頭上的斗笠，仰頭看看天色笑道：「是嘛，現在已經巳時了呀。」

顧媛媛臉上一紅，往日在謝府約莫都是清晨六點鐘之前起床，今日這一覺竟是睡到了九點多，也許是精神放鬆後，整個人都鬆懈了下來。

「鳶姑娘，有一事小僧不知當不當講。」空明忽然收斂了笑意，一臉嚴肅的看著顧媛媛。

顧媛媛心神一凜，她還沒見過空明這麼嚴肅的神色，難道是出了什麼大事？

「空明師父但說無妨。」

「鳶姑娘對這住處可還滿意？」

顧媛媛點頭道：「說來也是有勞空明師父費心了，阿鳶很滿意。」

她住的地方是單獨的小居，跟空明在一個院子裡，位於主屋的一側，室內乾淨明朗，在她看來實在是挑不出一點不滿意的地方。

「滿意就好，那鳶姑娘準備怎麼付住宿費？」空明一本正經的問道。

顧媛媛先是一怔，倒也覺得沒有不合理之處，思量半晌後說道：「空明師父準備開多少價格呢？」

空明摘下笠帽，唇角上揚。「不如讓鳶姑娘負責每日三餐的膳食怎麼樣？」

敢情原是這個打算……顧媛媛自然答應了空明的條件，保證明日會起來得早些，包攬一日三餐。

空明看起來十分高興，說起來這還是因為謝意每日跟他閒扯，每每提到自家丫鬟，都會繪聲繪色地描述出於她手的美食，惹得空明惦記了好久。

不過謝意向來對自家丫鬟寶貝得緊，昨日不知是哪裡開了竅，竟然主動將顧媛媛送到他這裡。

用過飯，顧媛媛饒有興趣地看著空明侍弄花草，在他的盛情邀請下，她也挽起袖子跟著一起學種花，這才明白原來種花也是大有學問的。

空明無疑是個非常優秀的老師，讓顧媛媛對侍弄花草產生了極大的興趣，並且開始正式拜師，成為空明的學生。當然，按照空明的意思，學習種花也是要交學費的，學費就暫定為每晚的宵夜。

有人歡喜有人愁，在顧媛媛跟著空明吃吃喝喝、養花種草的日子裡，謝大少爺則是每日處在水深火熱之中。

顧媛媛離開的第一天，謝意就後悔了。這麼多年來，他實在太習慣顧媛媛在身旁，從前每日睜開眼睛看到的便是她，用飯時在一旁的也是她，無論是想要出去逛逛，還是想要在院子裡翻翻書，候在身側的都是她，就連睡前最後見到的也是顧媛媛。

忽然看不到這樣一個日日在眼前晃悠的人，謝意只覺得渾身都不舒坦，何況那還是他歡喜的人。

於是他當天就命人備好馬車，顛顛地跑到山上去。

當時顧媛媛正拿著小花鋤，跟在空明身側認真地替花草鬆土，一張小臉紅撲撲的，眼中滿是笑意。看到謝意來了，她站起身來朝他揮揮手。

謝意看著她明亮的笑臉，沈默了一會兒，頓時打消了將她帶回去的念頭。

顧媛媛興奮地跟謝意分享她在這裡的生活，彷彿很滿意似的，當然也不忘關懷一下他的情況。

最終，謝意還是獨自一人下了山，在回謝府的路上，同時也咬牙下定了一個決心……

府中莫名其妙的少了一個人，自然瞞不過江氏，何況少的還是令江氏最為惱火的顧媛媛。對此，謝意只是淡淡地表示自己的大丫鬟身體不適，不宜留在府中，才將她送去寺廟靜養一段日子。

江氏怕謝意將顧媛媛養做外室，特意派人去查探了一番，發現兒子竟然真的把顧媛媛送去了山上，加上兒子如今面對自己雖然依舊恭敬，可態度確實冷淡很多，江氏只好暫且不去插手。

「那孩子為什麼就不明白，我也是為了他好。」江氏這次是真的很難受，看著平日最愛的一套紫砂茶具也提不起興趣。

墨玉在一旁溫言勸慰。「姑娘啊，大爺雖是您的孩子，可如今也是個男人了，那丫鬟正是合他心意的時候，大爺自然會這般護著。」

其實墨玉也沒有想到大爺會這麼護著那丫鬟，本以為只要隨了他的意思，同意讓他收了這丫鬟就不會節外生枝，自家姑娘跟大爺的感情也能親厚些，誰知大爺還是鐵了心維護阿鳶到底，她的這個主意竟讓兩人更生分了。

江氏嘆了口氣。「我同老爺兩人就這麼一個兒子，打小便被老太君奪去養在身旁，那時候我有多難受，可沒有一個人懂得。老爺心中只想著他母親開心就好，我一個做媳婦的又哪裡有資格去爭一爭？意兒不在我身旁長大，到底是與我離了心……那時候我總想著，要把最好的都留給意兒，可是他漸漸大了，卻離我越來越遠了。墨玉，妳說這是為什麼？那丫鬟有什麼好，竟讓他用這般態度對我？」

江氏覺得很委屈，謝意小時候在老太君身邊長大，她只有每日請安的時候才能見上一面，那時候謝望說什麼？

他說怎麼也不能跟老母親爭搶，老太君年歲大了，有孫兒陪在身旁才好。後來兒子長大了，她想要兒子住得近些，好將小時候缺失的母愛通通補償給他，可謝望又怎麼說？說是慈母多敗兒，不讓她寵著、慣著。

因為這樣，她與兒子的相處中總是少了些許親暱，可就算如此，兒子對她雖不能說是百依百順，卻也沒有違逆過她什麼；而如今卻為了一個丫鬟跟她翻臉，這讓江氏覺得寒心又氣惱，便把問題都歸咎到阿鳶這個丫鬟身上，如果不是她惑主，兒子又怎麼會跟她生分？

墨玉在一旁也不知該如何勸慰，只能暗自嘆息。

棋局已經走到死角，謝望沈吟了好一會兒，搖了搖頭，將手中的玉石棋子重新放回棋盅裡。

「父親為什麼不下了？」坐在對面的謝意問道。

謝望從一旁接過茶盞。「將輸之局，何必留戀？」

聞言，謝意微微一笑，不再言語。他知道謝望在等他說些什麼，但他只是默默將棋子一顆顆放進棋盅。

「意兒尋為父不只是為了下棋吧？」謝望問道。他這個兒子對他一向不太親近，當然這也跟他平日過於忙碌脫不了干係。

自從上次謝意在書房跟他攤牌之後，便再也沒有提起那個話題。謝望起初也是生氣的，可後來也想通了，至少他兒子是個聰明的那就行了；再後來他想要再找兒子談談，可是茶園這裡又出了些問題，一忙起來就耽擱了一段時日。

今日謝意主動尋來，倒正合他意。

謝意邊收拾棋盤邊道：「當然不是，我這次來是有事要跟父親說的。我明年就到了弱冠之年，其實早該為父親分憂解勞，只是前些年不懂事，如今父親眼看也是知天命的年紀，也應該讓我為謝家盡心盡力了。所以今天我才來尋父親，想要商討的便是此事……」謝意說得輕鬆又隨意，似乎事情就這麼簡單。

謝望先是一怔，隨後不免有些欣慰。「你能如此想最好，男兒總是要成事，整日在後宅玩鬧像什麼話。」

其實早些年謝望就想讓兒子接手謝家外面的事務，可前些年謝意的狀態就像是塗不上牆的爛泥一樣，現在兒子能主動跟他說這些實在是太好了。

「父親說得是。」謝意笑了笑。謝家現在就像一棵搖錢樹，上京的那些皇子們誰不想抱著搖兩下？

近百年來，謝家一直堅定不移地站在皇帝身後，如今東宮被冷落，三皇子風頭正盛，謝望雖沒有明面上倒向三皇子，但是每年私下裡的支出，也能看得出已經有著手押寶的趨勢。

若是再晚兩年，怕是想回頭都難了，謝意不敢再繼續耗著等父親回心轉意。

謝望雖然不知道兒子究竟有沒有在三皇子這件事上想得透澈，但在他看來，那也只是時間上的問題。

經過一番談話後，謝意便正式開始插手謝家的生意。

「這山上的月色真好。」顧媛媛仰著頭，看著那一輪明月皎皎，月光濛濛，籠著霧影。

「明月還是那輪明月，在山上與在山下並無不同，只是鳶妹妹賞月的心境不一樣了。」空明將燉得正好的桂花醬雞絲往口中送著。這雞絲燉得香軟透爛，口感濃郁又不失雞肉的原本滋味，空明吃得開心，便自動將鳶姑娘升級為鳶妹妹，以示親暱之情。

園中的石桌子沒有任何雕刻點綴，古樸地立在院子裡，桌上放著一盞燭檯，燭火在風中搖搖晃晃。顧媛媛微微側過頭去，見空明吃得正歡快，唇角沾上了一些醬汁。

一方素白手帕遞到空明眼前，空明持筷子的手一頓，待反應過來後，一雙桃花眼彎彎的。

「鳶妹妹真細心。」說著接過了手帕。

顧媛媛也是下意識之舉，往日裡她對謝意也是這般的，想到謝意，還真是讓她有些不安。

雖然寫意居裡二、三等的小丫鬟不少，定然不會照顧不來，可她總是會時不時的想起這個大少爺……早上別人喚他起床會不會又有起床氣？每日的餐食會不會不合胃口？那些丫鬟們有沒有將平日的熏香分量拿捏好？味道太重會惹得謝意不喜……類似這些亂七八糟的問題總是在腦子裡轉來轉去。

雖然顧媛媛覺得這種瑣事沒有必要去擔心，可她還是有些許放不下。自己壓根兒就是老媽子的命吧，要不然就是這麼多年來被壓榨慣了，養成了奴性，想到這裡，顧媛媛在心裡狠狠唾棄自己幾頓，決定拋開這些奇怪的念頭，不要再去理會。

既然謝意並沒有說什麼時候讓她回去，那她且安心在這裡住下好了。

空明吃得差不多了，便放下筷子，看了眼天色道：「鳶妹妹想不想卜上一卦來玩玩？」

卜卦？顧媛媛看向空明，見對方正一臉期待地看著她。

「不用了吧……」她拒絕。

空明一臉失落，星眸中滿是委屈。「有很多人都想讓小僧為他卜卦呢，鳶妹妹何必拒絕得這般乾脆？」

空明還真沒有說謊，想找他卜卦的人可以從山頂排到山腳下了。他難得今天來了興致，主動要給人算上一算，結果竟然被拒絕了，這讓空明覺得有些鬱悶。

顧媛媛看著空明的神色，覺得有些過意不去。

從前她是不信這些的，算卦、占卜之流在她看來不過是些胡說八道的把戲，可經歷穿越這一遭後，讓顧媛媛什麼都信了，這世上總會有些說不清、道不明的狀況，這讓她不敢再否定；而現在之所以會拒絕空明，不是因為不信他，正是因為信任才產生了恐懼。

對於未來的恐懼。

「真的不要試試嗎……」空明覺得很受挫，像是霜打茄子，耷拉著腦袋。

顧媛媛覺得有些不忍心，思量了一會兒後道：「要不……就試試吧。」

雖然顧媛媛答應了，可空明還是很失落，從小他就被認定為檀香寺的下任住持，是被認為最具有慧根的。雖然為了清修，他並未在外界留下什麼名號，可好歹也是有實力的，如今卻是巴巴地想給人占卜，結果人家很勉強地說了句試試吧……

「空明師父……」顧媛媛見空明默不作聲，有些疑惑。

空明回過神，從懷中掏出了三枚普通的銅錢，默默盯著顧媛媛看了一會兒，然後將銅錢高高拋起——銅錢在空中打著轉，最後盡數落在空明的手心裡。

空明雙手合十，閉上了眼睛。

儘管這種占卜方式看起來好像沒什麼稀奇，但是當銅錢拋起的那一刻，空明的眼神中再也沒有了往日的玩鬧之色，那種專注與嚴肅讓顧媛媛覺得震驚，不由自主地肅然起敬。

她屏住了呼吸，緊張感油然而生。

空明攤開掌心，看著三枚銅錢，神色依舊嚴肅，眉間卻不著痕跡地微微蹙起。

顧媛媛一動不動地觀察空明，見他蹙眉，心裡也跟著咯噔了下，不安地問道：「這……卦象上怎麼說？」

第三十九章

空明抬起頭，意味深長地看了她一眼，忽然綻開了一抹笑，方才的莊嚴氣氛瞬間一掃而空。

「鳶妹妹的命相很好呢。」空明笑著說。

顧媛媛被空明突如其來的如花笑顏晃得一時沒有反應過來，只呆呆地看著空明。「然後呢？」

「沒了呀。」

這樣就沒了？瞧他剛才一臉正經，結果就只有一句命相很好？至少也要說幾句玄奧的話吧？

「所以空明師父你到底卜算出了什麼？」顧媛媛滿臉黑線。

空明一臉奇怪地看著顧媛媛。「我算的是妳今後的命相呀。鳶妹妹是個好人，以後會有好報的，放心吧！」

說完拿起石桌上的碗盤閃個沒影，留下顧媛媛一個人鬱悶不已。

空明算出來的卦象聽起來還沒有街頭擺攤算命的專業，害她白白緊張了一番，結果竟然就這麼簡單。是個好人……會有好報……她可以解讀為自己以後會一帆風順嗎？

「鳶妹妹記得早些休息啊。」空明將碗盤放到廚房後，出來跟顧媛媛招呼了一聲，一溜煙又跑了。

顧媛媛無奈地看了看空明的背影，起身準備去睡覺，才剛走到房門前，忽然背後一陣風颳來，她猛地回頭，對上一雙含情脈脈的桃花眼。

「空……空明師父……你嚇了我一跳！」顧媛媛往後退了兩步，拍了拍胸口。空明這神出鬼沒的功夫太嚇人，前一刻不是已經回房了，這會兒怎麼又突然冒了出來？

空明眼中帶了幾分抱歉。「都怪我嚇到了鳶妹妹。」

「沒有沒有。空明師父還有什麼事嗎？」顧媛媛忙擺手道。

空明欲語還休，看向顧媛媛的神色帶了幾分羞澀。「倒是有事要同鳶妹妹講……」

顧媛媛掩袖輕咳。「空明師父要說什麼，就直接告訴阿鳶吧。」

她只希望他不要做出這種表情，畢竟他也是傳說中最年輕的得道高僧，應該要嚴肅一些吧？雖說平時就知道空明是這副樣子，但因為當時有謝意在身旁，他總是沒什麼發揮的餘地，如今只剩下她，這一口一句妹妹叫得她頭皮都發麻了。

「那個……明天早上……鳶妹妹能不能做八珍蓬頭呢？」空明滿臉期待地看著顧媛媛。

「……」

不過最後顧媛媛還是應下了，空明說的八珍蓬頭其實就是燒賣，燒賣中的餡是由雞肉、豆乾、香菇、蝦仁、蘑菇、豌豆、香腸、青蔥做成，所以才稱作八珍。雖然聽起來不過是皮包餡，可真做起來還是挺費工的。

明天要早些起來才行，顧媛媛這般想著。忽然又想到謝意，謝意向來喜歡吃蟹黃小籠包，不知道自己不在身邊……她連忙打住思緒，謝意想吃什麼沒有，她難道還怕他餓著不成？自己也太杞人憂天了。

不過顧媛媛不知道，此時的謝大少爺就是餓著的……

處理完手邊的帳目，謝意只覺得眼睛都看得恍惚了，突然一件衣袍輕輕地披在身上，他愣了一下。

「阿鳶？」謝意回過頭。

「爺，阿鳶姑娘不在府裡……」茜草忙伏下身子道。

茜草本來是院子裡的二等丫鬟，但顧媛媛走了之後，謝意身旁總要有人打點，便挑了她過來貼身伺候。

謝意有些恍惚地點點頭，眼前這個丫鬟又怎麼會是阿鳶呢……

「爺，您還要繼續看嗎？」茜草小聲問道。倒不是她多嘴，只是大爺看帳目看得太專注，忘了時辰，此時已經快寅時了，她也不敢私自退下，只能安靜地在一旁候著，這樣熬了大半宿，好幾次都差點打盹睡著。

謝意這才發覺竟然已經這般晚了。「不看了，妳先下去吧。」

茜草鬆了口氣，起身朝謝意福了一福，才剛退到門口，就聽到一陣咕嚕的聲音傳來，她有些詫異地循著聲音看去。

「大爺，要不要奴婢去小廚房裡給您拾掇些吃的？」茜草想了想還是開了口。

直到放下手邊的事務，謝意才感覺飢餓感瞬間湧上，他同意了茜草的提議，讓她去弄些吃的來。

外面的天色漆黑一片，連星子都不見幾顆，謝意忽然覺得有些寂寞，這孤零零的感覺如此真切，讓他心頭略微不悅。

他想，他是真的開始思念他的大丫鬟了，無奈手邊的事忙得讓他抽不開身。

思及此，謝意無奈地嘆了口氣。從前雖然知道謝家的手伸得很長，可是卻未曾想到已經伸得這般遠了，如今在江南，不管是官場還是其他，全都被謝家摻了一腳，明裡暗裡掌控的權勢讓人看了心顫。

當今天子難道沒有察覺嗎？那是不可能的，可既然已經察覺到了，為什麼還如此放縱謝家呢？只怕是有別的打算吧，比如將謝家這棵搖錢樹當作下任天子的登基禮物。

思及此，謝意只覺得後背發涼，其實父親又何嘗沒有想到這一點？早先父親也只是希望謝家能夠根固百年而已，誰知不知不覺中竟已經站在風口浪尖上，待察覺到的時候已經晚了，如此父親也只能夠賭一把，將江南財勢盡攬手中，全力擁護三皇子。

若是此舉能成，那今後謝家便是從龍之臣。

謝意搖了搖頭，他能夠明白父親所想的，當今天子慶元帝十分寵愛三皇子，對東宮太子則是冷漠又苛責，這事朝中上下皆知，這樣想來，東宮似乎不受待見；可父親此舉押上的是整個謝家，風險太大了，雖說富貴險中求，可是勝率又有多少？

「是真的不受待見嗎？」謝意嘆了口氣，這個問題恐怕只有慶元帝自己心裡清楚。聖意難測，皇帝是真的想要換接班人，還是別有目的，這就不得而知了。

謝意心裡頭不舒坦，可比謝意還不舒坦的大有人在。

謝家包辦的事業十分繁多，每個部分都安排了不少人馬，其下關係更是錯綜複雜，謝望有意鍛鍊兒子，便將這一大攤子直接扔給了謝意。

傳說中碌碌無為、腹中草莽的紈袴子弟謝意要插手江南事務的消息一傳出來，下面有一半的人憂心，一半的人則是等著看笑話。

江南時局哪是他能夠插手的？他們希望謝意最好識趣些，哪邊涼快就上哪兒玩去。當然，謝望的面子還是要給的，所以各路管事表面上對謝意都十分恭敬，其實只是拎著他在旁邊打轉，根本沒有讓他接觸到核心。

但是，說好的紈袴子弟呢？說好的不學無術呢？各路管事不禁後悔了。

謝意雖然笑得一臉雲淡風輕，可下手卻是穩準狠。先是挨個兒將他們提溜過去敲打了一番，若只是這樣那倒也沒什麼，他們這群老油條什麼場面沒見過？連明嘲暗諷的法子都拿出來了，可是謝大少爺不知道是裝傻還是真的不懂，壓根兒不回應。

這一圈敲打下來，短短兩個月換了十四個管事，接著又重罰了六名，輕懲了九名，恩威並施，邊罰邊提拔，將下面的人收拾得服服貼貼。

謝望聽聞，只是笑道：「由他去，現在正是磨練他的時候。」

在謝望看來，自家兒子就算來個大換血又怎麼樣？換來換去還不都是他們謝家的人，他反而為謝意的手段感到欣慰，若兒子真是個被人拿捏的軟蛋，或是被那群老滑頭耍得團團轉，那他才真該憂心。

站在謝望身邊，跟了他幾十年的老管事欲言又止，大爺這樣換人，簡直是要將謝望多年來所安排的人馬盡數換成他的人；但這麼說似乎又不妥，謝意是謝望唯一的嫡子，也是未來的接班人，父子倆又怎麼分得清你我？謝望所打拚出來的版圖，到最後也是謝意的，這般想來，似乎也沒有什麼不對勁的地方。

而對謝意來說，他現在的狀態就是每日起得比雞早，睡得比狗晚，忙得腳不沾地，他現在總算明白為什麼小時候父親不怎麼搭理他，因為根本忙到沒時間。

幸好一切還是按他的計劃順利進行著，若要說有什麼遺憾的，那就是好久都沒有看到住在桃花源的那個丫頭了。

謝意有些不滿，也不知道她是不是把他這個主子給忘了，他決定明天不管怎樣也要抽出時間去看一看。

其實顧媛媛怎麼可能會忘了謝意呢？只因為現在的生活實在過得很是滋潤，每日早上起來準備餐食，跟著空明侍弄花草，當空明誦經的時候，她就在一旁抄經書，整顆心都靜了下來。

雖然顧媛媛從前是識字的沒錯，但那也只是以前陪謝意上族學時偷偷學的，要說提筆寫字，那可真是不大拿手，靠著印象勉強寫出來的字也實在不太能見人。

不過空明倒是對指點她如何寫字這件事很感興趣，於是顧媛媛又多了一項愛好——練字。

經過一段時間的練習，現在的顧媛媛已經能夠抄寫經書，雖然字體不是很漂亮，可是卻很工整，看起來倒也還算不錯，就連空明都詫異她進步神速。

不知道是因為抄經書可以使人心靜，還是桃花源環境太好的緣故，顧媛媛每天都覺得十分愉悅。心胸開闊了，就連氣色都變得極好，因此當謝意隔兩個月再次見到顧媛媛的時候，只覺得自家丫鬟比以前更加好看，一張小臉白裡透紅，眉眼清靈動人，看得謝意都恍了神，直到顧媛媛將茶奉上，才回過神來。

「看來妳很滿意這裡啊。」他不知道該高興還是該失落，自家丫鬟離開他身邊，居然過得這麼輕鬆。

「那當然，小僧跟鳶妹妹相處得十分融洽。」空明也接過顧媛媛遞來的茶，插嘴道。

謝意臉色沈了幾分。「你叫阿鳶什麼？」

空明一雙桃花眼笑得彎彎的。「鳶妹妹。」

說完，迎面而來的是謝意的一巴掌，空明倒是沒有躲開，直接扣住了謝意的手腕。

「嘖，謝公子最近是不是好吃懶做了許多？身手差很多啊。」空明語氣認真，彷彿不覺得自己這話說出來像是挑釁。

看著謝意越來越黑的臉色，顧媛媛覺得自己似乎該去制止一下。

「空明師父別鬧了……」

「好的，鳶妹妹。」空明乖乖鬆開了手，聽話地坐在一旁。

謝意雖然一副平靜的模樣，可眼色卻是越發陰沈。

顧媛媛見狀，連忙上去樂呵著幫他將手拉回來，甚至細心地撫平了袖口上的縐褶……她怎麼會不知道這是謝意要發火的前奏啊。

「為什麼要先勸他？」謝意忽然冒出一句話。

顧媛媛一怔。「啊？」

謝意的唇抿成一條直線，許久才道：「為什麼要先勸空明？」

顧媛媛這才明白謝意的意思，為什麼要先勸空明？因為空明說話氣人，還是因為空明好勸？顧媛媛哪裡知道，她只是隨口勸阻了一下。

但是謝大少爺顯然不是這麼想的，本來很久沒有見到自家丫鬟已經很不開心了，結果看她跟空明這小子這麼親密，儘管謝意十分信得過空明的人品，也知道空明雖然行事無矩，但絕不是輕浮無信的人，這也是他當初會放心將顧媛媛送來的原因，可是他依舊很生氣。

「謝公子吃醋了啊？」空明笑著問道。

此話一出，謝意臉色又是一黑，想去收拾空明，卻發現後者已經輕笑著跑遠了。

「咳……爺真的吃醋了？」顧媛媛似笑非笑地追問。

謝意摸了摸鼻子，不高興地道：「妳怎麼也學得跟那小子一樣？」

顧媛媛看著謝意陰沈的臉上帶著一絲不易察覺的尷尬，忍不住彎了唇角。她倒也不是故意逗他，只是看他不開心才會想著開玩笑。

「爺最近很忙吧？」顧媛媛輕聲問道，兩個月不見，謝意也是有些變化。

從前這位大少爺皮膚十分白皙，如今比從前黑了些，整個人也瘦了很多，連下巴都變尖了，如今散漫的神色已經不見蹤影，一雙狹長的鳳目中滿是通透與凌厲。

不得不說，現在的謝意多了抹攝人心魄的魅力。

顧媛媛覺得很驕傲，當年那個小籠包似的孩子已經長成這麼出色的青年了，她覺得甚是欣慰，當然這種話她肯定不敢說出來。

「嗯，還好吧。」謝意隨口應道。說是還好，其實真的相當忙碌，甚至今天來這一趟都是在百忙之中擠出時間的。

「再忙也要注意身體才是，怎麼瘦這麼多。」顧媛媛倒是覺得有些心疼。

「這是在關心爺了？」謝意眼中終於有了笑意，還算這丫頭有良心，沒有白疼她一場。

顧媛媛好笑道：「難道是身旁的人伺候不周？爺平時也別太任性了……」別人就算照顧得好，也要謝意配合才行，偏偏謝意又不是個好伺候的。

謝意伸手揉了揉顧媛媛的頭髮。「妳照顧好自己就成了。」

「爺有沒有什麼想吃的，要不阿鳶給您去做些來？」顧媛媛說著起了身。

謝意看了看天色。「不必了，時間不早了，也該回去了。」儘管很想再留一會兒，但是卻沒有那麼多的時間。

「這段時間爺可能會很忙，沒有空來看妳，等過了這段時間……」謝意想說等過段時間閒下來後就接她回去，但又想到顧媛媛可能並不那麼想回去，就沒再說下去，只是深深地看了她一眼。

顧媛媛看著謝意離去，她沒有問他什麼時候會來把她帶回去，沒有問他是怎樣打算的，也沒有問他如今在忙些什麼，一如謝意從頭到尾都沒有告訴過她什麼。

只是她願意等待，願意去相信，相信這一切都會迎刃而解，也相信謝意最後在她耳畔說的那句話——

阿鳶，妳等我。

第四十章

昨天夜裡下了一場大雨，園中的花落了很多，謝府的丫鬟們忙著清理地上墜落的殘花，以及修剪被折損的花枝。

「今年的天冷得比往年要早些呢。」江氏看著窗外忙碌的丫鬟們說道。

「可不是嗎，昨日下了雨，今日這天氣又涼了幾分。」墨玉將一朵精巧的海棠絹花斜插在江氏鬢邊。

江氏抬手攔住。「看妳，我這都多大歲數了，哪裡還適合這麼鮮亮的顏色。」

墨玉笑了笑，換上一朵淡紫色的絹花。「姑娘的容顏還跟從前一般無二，倒是這樣生生給自己說老了。」

聽見墨玉的話，江氏只是一笑帶過。她已經四十多歲，眼角的皺紋越來越明顯。她輕輕在心底嘆了口氣，沒想到時間一晃，竟是到了這般年歲。

這樣胡思亂想著，不免又想到了自己的兒女，她心裡有了些暖意。聽謝望說，這些日子來，謝意掌理謝家事務已是遊刃有餘，兒子肯上進又有能力，江氏自然高興；再說女兒謝妍，也乖巧懂事了不少，在女紅上竟然也有耐心下功夫。

不過江氏的喜悅並未持續太久，她又想到了這一雙兒女的婚事。謝意倒是還好，畢竟是男兒家，當以事業為重，就算晚些成婚也無妨；可女兒謝妍早已及笄，正是要相看人家的時候，卻是再也耽誤不得。

「姑娘……」墨玉見江氏出神，小聲提醒道。

江氏抬眸看了看銅鏡裡的自己，妝容精細，衣著清貴，已是梳妝完畢。

「行了，出去吧。」江氏起身道。

走到外廳的時候，剛巧遇上來梧桐苑見安的蔞官。

「妳今天來得倒是早。」江氏語氣淡淡。

蔞官今日依舊穿著一身淺紅色交襟繡芍花裙裳，外面披了件絳紫色兔毛滾邊長斗篷。她走進梧桐苑，解下斗篷，遞給一旁的小丫鬟。

「昨兒個下了雨，今早空氣好，就起得早了些。夫人昨兒個睡得可還好吧？蔞官看您今兒個氣色不錯。」蔞官笑著給江氏見了禮。

江氏示意她起來，只是鼻端不著痕跡的輕哼一聲。對這個美豔的戲子，謝望一直挺喜歡，但江氏則是不屑。因為不屑，所以她極少去為難蔞官，在她看來，跟一個小戲子鬧翻那才是丟了臉面。

蔞官自然也聽到了江氏的冷哼，也不生氣，只是彎眸一笑。她知道江氏向來瞧不起她，可那又怎樣，反正她也不在乎。

她十六歲的時候被謝望收到房裡，這一轉眼，十幾年都過去了。當年謝望風度翩翩，的確令她心折，那時她既歡喜又憂愁，喜的是能夠嫁與如此才貌雙全的郎君，愁的是謝家門第高，而她出身低賤，這樣喜憂參半的進了謝家後宅，等待她的是一碗黑漆漆的湯藥。

「近來都是妳伺候老爺，難免疲累，我特意找人燉了碗補藥。」那時候的江氏笑容看來和善，其實滿是矜傲。

烏黑的藥汁帶著濃郁的味道，刺得她眼淚都快流出來了。墨玉當著她的面往藥裡放了兩勺紅糖，邊用勺子攪開邊對她說：「喝了以後就是謝家的人了。」

她那時候年紀小，懵懂無知，傻傻地喝下了那碗湯藥，之後腹中的劇痛才讓她明白，那一刻她所付出的代價有多沈痛。後來謝望知道了此事，只是稍稍安慰了她一下，便沒有再提。

她曾經想過無數次，若她當時明白那藥是什麼，還會不會喝下呢？

可能會吧，因為她沒有別的選擇。

直到有一次，她去老太君那裡請安遇到了謝意，那時候的謝意還小，才剛剛會走路，小小的人兒可愛極了，她站在一旁看著，忽然心生悲涼，那一刻她覺得後悔了。

這時珠簾晃動，屋外又進來幾個人，萋官回過神來，向門口看去。

走在最前面的是謝鈺，身穿鴉青色素面刻絲直裰，外面披著一件銀白色的輕裘披風，烏黑的長髮用一根羊脂玉簪半綰著，容貌豔麗無匹，神色卻很清淡。他身後跟著的是碧玉，依舊和從前一般低眉順眼的模樣。

一個身段嫋嫋的丫鬟跟在謝鈺身後，為他解下披風，乖巧地站在一旁。

「鈺兒給母親見安。」謝鈺給江氏低頭行禮。

江氏微微頷首，謝鈺抬起了頭，美豔的相貌似乎將屋裡都照亮了幾分。江氏身後的辛巧臉上一紅，忙低下頭不敢再看。

「聽說你最近在忙著準備明年的鄉試？」江氏忽然問道。

謝鈺點頭。「是，鈺兒雖不才，卻也想要試著考科舉。」謝府這種世家子弟，蒙祖上功勛，能直接以監生身分參加鄉試。

「你從小聰慧，有心為謝家爭光也是好的。」江氏隨口道，謝鈺若是真能透過科舉走上仕途，對謝家來說，倒真是件光榮的事。畢竟世家子弟哪有幾個能定下心來用功讀書的，多數都是靠家裡的關係尋個一官半職。

謝鈺禮貌地回應了兩句，江氏也不再說話了。

過了一會兒，謝妍和江家的兩位姑娘也來到梧桐苑給江氏見安。由於天氣變涼了，江雨姝身體弱，江氏怕姪女再受了寒，便叮囑了好一會兒。

而謝妍自從跟江雨心分享了少女心事之後，就更加親近江雨心，兩人現在跟親姊妹似的，一天到晚待在一起，謝家的僕人們都無人敢再看輕江家這個順道來的庶出五姑娘。

最後來到梧桐苑的人是謝意，倒不是他有心來晚，只是昨夜處理茶園那邊的事務忙到了凌晨，這才迷迷糊糊地睡了下，醒的時候就晚了些。

江氏見兒子來了，臉上露出笑容，忙將他拉過去，仔細詢問平日丫鬟們可有什麼照顧不周的地方。謝意只是笑笑地回了幾句，又跟謝家弟妹、江家姊妹們打了招呼。

「怎麼近來越發消瘦了？若真是做不來那麼多事，就跟你父親說一聲。」江氏有些心疼地看著謝意。

謝意笑了笑道：「哪裡的話，父親辛勞，兒子更該替他分憂才是，母親就不用擔心了。」

來向江氏見過安後，大家也準備回到自己的院子忙各自的事。白芷將懷中的輕裘披風給謝鈺穿上，跟在他身後準備回玉竹苑。

「哎喲，這個小香袋真是漂亮，是哪個姑娘掉的？」萋官眼尖，準備離開的時候看到遺落在地的香袋，彎腰撿了起來。

屋中眾人的目光皆往萋官那兒看去，只見萋官手上是一個藕荷色的香袋，上面繡著一對鴛鴦，香袋下面結著流蘇穗子。

「萋官姨娘，那是我掉的。」白芷臉上一紅，連忙上前要去拿。

萋官見是白芷，並不急著給她，只是笑了笑道：「我就說呢，哪個院子的丫鬟手這麼巧，瞅這鴛鴦繡的，跟活的似的。」

白芷看起來有些心急，只得小聲道：「姨娘說笑了，白芷做的這點小東西實在算不上精巧。」

萋官將香袋湊在鼻端輕輕一嗅，有些疑惑道：「這袋中裝的是什麼香片？挺好聞的。」

白芷臉色一白，慌忙道：「只是普通的香片罷了。」說著想要伸手去將香袋奪過來。

「是嗎，看妳這麼寶貝的樣子，我可要看看是什麼好東西。」萋官本來只是隨口說說，見白芷這麼著急，忽然生起了好奇心。

她打開香袋，裡面掉出一個一指長的小木雕。「喲，這可不是香片的模樣吧？」

江氏本來嫌萋官吵嚷，準備命她趕緊退下，聞言也不禁抬頭向萋官看去。白芷臉色一變，猛地從萋官手中奪下木雕。萋官沒想到白芷會忽然撲上來，被撞得一個踉蹌，差點沒摔倒。

儘管木雕被白芷奪了過去，在場還是有不少人看到小木雕刻的是個人像。江氏看著白芷手中的木雕，不禁皺了眉頭。

謝意本打算走的，外面還有很多事情要去處理，可萋官這麼一說，他看向那個木雕，忽然覺得有些眼熟，待仔細一想，這才記起那木雕不就是阿鳶刻的嗎？

原來那個小雕像是老三身邊的丫鬟要的，他還記得當時讓阿鳶也給他雕一個。

萋官回過神來，倒也不生氣。「我當是什麼呢，原來香袋裡的是人像木雕啊。」接著她心中一動，忽然想到了什麼，掩唇一笑。「這倒讓我想起一個鄉間傳聞了。」

白芷的嘴唇有些發青，手裡狠狠攥著那個小雕像。

「據說若是女子有了愛慕的人，便會選塊木頭，將其刻為木雕，放於香囊中，日日佩在身側，如此便可心想事成，結為連理。呵……說來也就是鄉野傳聞，只當是聽個樂子好了。」萋官笑著說。

江氏臉色有些不愉，鄉野間的傳聞她沒聽過，只是按萋官說的話，這事卻有些上不得檯面了。她看向白芷，臉色變得越發嚴厲起來。

萋官一雙鳳眼流轉。「那小木雕刻得挺漂亮的，跟三爺倒有幾分相似呢。」

萋官話音一落，屋中霎時沒了聲響。

白芷臉色蒼白，雙腿一軟，跪在地上，哆嗦著唇卻不知如何辯白。萋官說得沒錯，這木雕是女子用以寄託相思之用，以前小時候曾偷聽村裡姑娘打趣時說過，她想著若是此法可行就好了，故此才會去尋阿鳶刻這小木雕，騙她說是祈福要用的。

其實說白了，這也不是什麼大不了的事，當初謝意也認為是哪個丫鬟少女懷春，想留個念想之類的，畢竟思慕主子這種事，哪家門戶裡沒有？只是此事都是私底下說說，這樣被當眾逮住擺到明面上，卻是難堪了。

江氏冷聲道：「鈺兒近來不是專心學業嗎？怎麼還有這麼不懂事的下人在身旁？碧玉，妳從前也跟了我這麼多年，怎麼連下人都管教不好，若是傳了出去，豈不讓人笑話？」

碧玉臉色脹得通紅，連忙俯身道：「夫人，都怪碧玉沒管教好下人，碧玉當罰。」

對江氏言辭中的嘲諷，她不是聽不懂，心裡是既恐懼又委屈。

她是江氏的陪嫁丫鬟，跟著江氏來到謝家，若不是跟了謝望，此時的她應該是和墨玉一般，嫁個外院管事，自己則跟在江氏身旁，既清閒又風光。那樣的她，會不會比現在的處境要好上許多？

可現在說這些還有什麼用呢？謝望在江氏懷有身孕的時候將她收到房中，這永遠都是江氏心頭的一根刺，儘管已經過去這麼多年，江氏對他們母子的厭惡卻從未減少過。

「三爺生得俊俏，難免有人歡喜，倒也不是什麼事。」萋官笑了笑，她也只是一時好奇，並沒想過要拿這點小事做文章，況且別說那白芷丫鬟喜歡謝鈺，就連她身邊那兩個丫鬟看見謝鈺也會愣神呢。

江氏臉色陰沈，她最厭惡的莫過於丫鬟與主子曖昧不明。當初大哥就是為了一個丫鬟不管不顧，後來的謝望和碧玉更讓她恨了多年，還有謝意身邊那丫鬟更令人惱。如今看到白芷這點小心思，讓她難以控制地發怒了。

「謝家哪有這樣的規矩了?!丫鬟跟主子曖昧不明，成何體統！來人，將這丫鬟拖出去打三十板子！」

萋官一怔，看江氏神色像是真的動了怒，沒想到這事竟是觸了江氏霉頭。

「母親，白芷只是一時糊塗，請母親收回成命。」謝鈺眉心微鎖，俯身一禮，為白芷求情。

要說謝鈺究竟知不知道白芷喜歡自己，他其實也不太清楚，似乎隱隱有些察覺，但一來他心思沒有放在男女之情上過，二來會對他臉紅的丫鬟不少，他也不會特別留意。

白芷性子溫和內斂，即便是心中喜歡，也從來沒有什麼出格的表現，只是安分地伺候著謝鈺；直到木雕意外掉了出來，再加上萋官說的話，謝鈺才明白原來自己身邊這個丫鬟是心悅他的。

不過現在謝鈺已經沒有心情去思考白芷喜歡他的事了，女孩子家哪能承受得住三十板子?就是打不死也會去了半條命。

江氏臉色不善。「鈺兒，這個丫鬟不懂規矩，壞了我謝府門風，難道你還要為她求情不成?」

謝鈺神色不變，只是站在白芷身側，再次請求道：「母親，白芷跟隨我多年，平時行事向來細心，性子又和善。這件事說來不只是她的錯，沒有管教好身邊的丫鬟，我也有責任，若是要罰就罰我好了，請母親念在白芷尚且年輕的分上，饒過她一次吧。」

「三爺……」白芷怔怔地看著謝鈺，眼淚猝不及防地掉了下來。

她知足了，就算被打死也認了。她本以為謝鈺知道了自己對他的小心思，一定會惹得他厭棄，可現在卻是這樣為她求情，還寧願為她受罰……能有謝鈺這句話，她還有什麼好遺憾的？

「咳……不過是小丫鬟不懂事，母親何必這般動怒。」謝意有些看不過去，開口勸了下江氏。

說起來這個丫鬟跟自家丫鬟關係似乎還不錯，他總不能眼睜睜看著她被打死吧。

第四十一章

謝鈺的求情讓江氏本就心生反感，聽到謝意也跟著求情，不禁更是氣惱。

「後宅之事哪需要你們插手了，沒有規矩不能成方圓，今日若是縱容這丫鬟行事，今後我謝府後宅不得烏煙瘴氣，亂作一團？」

「姑母，這木雕不過是寄託相思之物，這丫鬟未曾做過出格之事，您就消消氣，饒過這丫鬟吧。」江雨姝看這丫鬟可憐，不免生了惻隱之心，開口求情；況且謝鈺容貌出眾，有小丫鬟愛慕也不足為奇。

江雨心在一旁默默不語，這裡是謝府，不是江府，哪裡輪得到她來求情呢？江雨姝可以不用考慮這麼多，可是她又怎麼敢這麼冒失，何況江氏正在氣頭上，這個時候越勸越麻煩，一屋子人都看著，讓江氏怎麼下得了臺？

江氏再怎麼生氣，也不想對自己的姪女發火，只得冷聲道：「姝兒，此事妳就不要管了，我今天非要處置這個丫鬟不可。」

江雨姝哪裡被這樣說過，鬧了個大紅臉，再也不敢開口。

「母親，三弟都這麼大了，這個丫鬟跟了他這麼久，最是相熟不過，能有她在身旁照顧著，三弟也能夠安心讀書；況且江家妹妹心地良善，又是來咱們謝家養病的，哪裡能見得了這種打殺之事呢？既然妹妹都開口了，母親就饒了這丫鬟吧。」謝意順勢藉著江雨姝的話說，若非是江雨姝肯開口，恐怕還真是沒辦法勸了。

江氏雖然氣悶，卻也無奈。聽謝意這話，若是她還一意孤行，就是讓江雨姝難堪，這樣一來，江氏不免也有些不悅了，她這個姪女好生生的非要勸上這麼一遭做什麼？

江雨姝臉上更紅了，她當時只是有些不忍心才開口求了情，誰知道表哥直接藉著她的話說，難免會惹來江氏責怪……可人家還誇她心地良善，她總不好再說什麼，只能紅著臉站在一旁。

「既然這樣，那就將這個丫鬟送到莊子裡吧。」江氏最終還是讓步了，為了導正謝府內宅風氣，這個丫鬟必然不能留在府中。

謝意想了想，沒有再說話。雖然白芷最終免不了被送去莊子裡的命運，可至少沒有性命之憂了。

謝鈺想說些什麼，卻也怕再惹得江氏不高興而反悔，那就是害了白芷，只得跟江氏恭敬道了聲謝。

「行了，你們都下去吧。」江氏聲音中有些許疲憊，擺了擺手示意他們可以離開了。

天空陰沈沈的，空氣中帶了些寒意。

「三爺，都是奴婢不好……」白芷跟在謝鈺身後出了屋，她眼睛紅紅的，黑白分明的眸子裡似乎蒙上一層烏雲，不見往日的神采。

謝鈺眉心輕鎖，輕聲安慰道：「不怪妳，先回去吧。」

白芷咬了咬唇，還想說什麼，想了想，只得含淚離去。她知道過不了多久，就會有婆子來將她帶走了，謝鈺要她回去，是要讓她先去玉竹苑收拾東西。

「大哥，方才多謝你了。」見到謝意出來，謝鈺上前說道。

謝意擺了擺手。「這事多虧了表妹，要謝就去謝謝表妹吧。」要不是江雨姝敢出頭，就算是謝意也不好再勸了。

謝鈺聽了大哥的話，轉而向一旁的江雨姝道了謝，本來臉色才剛剛恢復的江雨姝又紅了臉。

其實無論是謝意還是江雨姝，謝鈺都是真心感謝的，白芷跟了他這麼多年，他不可能眼睜睜看著白芷被打死，可僅憑他之言，恐怕江氏也不會這麼容易就放過白芷。

謝意忙著要處理謝家的事務，幾人便暫做了別。

謝鈺回到玉竹苑，左右看去，卻不見白芷的身影，想來應該是去收拾東西了。

一旁的丫鬟紅苕看到謝鈺回來，有些擔憂地問：「爺這是怎麼了？白芷回來的時候一直哭，問什麼也不說。」

謝鈺搖了搖頭並未回答，只是嘆了口氣問：「那她去哪了？」

「這會兒還在偏廂的屋裡，只是將門給鎖了，怎麼敲都沒有回應。」紅苕心頭有些不安。

「我去看看吧。」

來到白芷所住的偏廂，屋裡安安靜靜，沒有一絲聲響。謝鈺敲了敲門，裡面沒有回應，在外面喚了幾聲，還是沒有聲音。

紅茗臉色有些不對，顫聲道：「爺，白芷是怎麼了？她從來沒有不理爺的時候啊，她回來時那般心傷的模樣，會不會想不開……」

不怪紅茗會這樣想，她跟著三爺也有幾年了，白芷向來對三爺的話奉若聖旨，哪有三爺喊她還不應答的時候？

她不知道前院發生了什麼事，但白芷回來時那神色著實太嚇人了。紅茗想起自己從前見過白芷那眼神，那時她還小、還沒有來到謝家，他們村邊有個被夫君休了的女人，當時那女人被夫家趕走，她擠在人群裡看熱鬧，後來那個女人卻投井自盡了。

剛才紅茗見到白芷的時候，恍惚間覺得白芷的神色跟多年前那個自盡的女人很像，這讓她心頭感到一股強烈的不安。

謝鈺不敢大意，猛地撞開了門，只見屋裡一切如舊，只是樑上赫然懸著三尺白綾……

「之後呢？」顧媛媛攥緊了衣袖，一臉擔憂地問。

謝意往藤椅上挪了挪，將一隻手墊在頭下。「之後據說老三攔住了白芷，兩人在屋裡說了好一會兒話，只是當時門是關著的，沒有人知道老三跟白芷那丫鬟說了些什麼，沒過多久就有婆子帶走了白芷。聽說那丫鬟還是去了莊子裡，萬幸的是人還好好活著的。」

這個據說，是謝意據茜草說的，這次來見顧媛媛的時候，就順便跟她彙報了一下。

聞言，顧媛媛嘆息道：「如此……也算是萬幸吧。」

白芷跟她相識多年，也算是難得的好友了。她知道白芷從很久以前就對謝鈺心生愛慕，可這種事情多半不會有太好的結果，每每看到白芷對謝鈺那般用心，她也不知該如何勸阻。想來感情這種事，又哪裡是別人可以勸說的呢？

如今一個小小的木雕，卻剝奪了白芷留在謝鈺身邊的資格。顧媛媛知道白芷性子並非如同她的外表般柔弱，不然也不會懸起三尺白綾自盡了。

與謝鈺分離，對白芷來說究竟是幸還是不幸，她也無法知道，只嘆安得與君相決絕，免教生死作相思，從此以後兩人有沒有再相見的可能都很難說了。

「妳也別太難過了。」謝意見顧媛媛臉色不好，便有些後悔告訴她這件事。明知自家丫鬟最擅長的就是胡思亂想，萬一再想偏到他倆身上，又是一頓糾結。

不過顧媛媛這次倒沒想那麼多，只一心為白芷感到可惜，聽見謝意的安慰，只微微點了點頭。

「眼看就要到年關了，妳要跟我回去嗎？」謝意忽然問道，儘管這段時間依舊很忙，不過比起前些日子倒是好了許多，很多事都已經上手，並且漸漸掌控在手裡。

而之所以會這般順利，一是謝意本身能力不俗，二是有謝望在背後支持。

如今謝家的茶園以及鹽運這兩塊已經被謝意牢牢抓在手中，至於官場那邊，謝意沒有想要插手的意思，他現在需要的是掌控江南經濟，官場則是能避就避。

顧媛媛聞言，先是一怔，半晌才緩緩道：「爺若是想要阿鳶回去，那阿鳶跟爺回去就是了。」

她不是很願意離開，這樣莫名其妙消失了近半年，誰知道再回去會惹出什麼麻煩？可一直住在空明這裡，並非是長久之計，早晚也是要離開的，既然謝意這般詢問了，她也沒有拒絕的理由。

「看妳一副十分不情願的樣子。」謝意換了隻手墊在後腦勺，伸出最靠近顧媛媛的那隻手，勾起她的一縷髮絲繞在指尖。

顧媛媛不由自主地耷拉了腦袋。「確實是有些不願……」

每天在這裡種種花、練練字、讀讀經書，日子過得要多輕鬆就有多輕鬆，一旦回到謝府，每日小心翼翼，說句話都要斟酌再三，著實累人。

「瞧妳苦著張臉，才在這住多久就樂不思蜀了？」謝意好笑道。

顧媛媛只是垂頭喪氣地坐在一旁，也不回話。

「行了行了，就再住一段時日吧，待過些日子再來接妳。」謝意有些心軟了，想來這段時間謝府上上下下也是忙得很，這時候讓她回去也是跟著幹活，倒不如等忙得差不多了，再把她接回去好好過年。

顧媛媛開心應下了，儘管早兩天和遲兩天似乎差不了多少，但是能晚些回去總是開心。她又跟謝意說了一會兒話，眼看天色快黑了，怕下山的路不好走，便催促謝意回去。

「爺好歹也是費了好大的勁擠出時間來看妳，妳就這麼無情地趕爺走，真是沒良心。」謝意滿是怨念地抱怨著，卻是不願起身。

其實他何嘗不知道顧媛媛是擔心天色晚了，下山的路上會有危險，只是他這一天天熬下去，當真是累得不行，要不是仗著自己年輕，身體底子好，還不一定能撐得住。

也只有這時候上了山、見到心尖尖上的人，他才鬆口氣，打心底覺得再怎麼累也值了。

顧媛媛看著癱在椅上不動的謝意，消瘦的臉龐上五官越發深刻，也不禁有些心疼了。

「那爺今晚就歇在山上，明早再回去？」

「阿鳶想讓爺留宿在妳這了？」謝意抬了抬眼皮，唇邊帶笑。這樣想想似乎也不錯嘛，他開始認真思考手上還有多少帳目沒處理完，要不……今晚就不回去好了。

顧媛媛嘴角一抽，不知道為什麼，「留宿」這個詞從謝意口中說出來，總有些許意味深長。

「阿鳶要是求求爺，那爺今兒個就睡妳這了！」謝意一臉正色道。

顧媛媛扯了扯唇角。「……天色不早了，爺快點下山吧。」

謝意正待要說些什麼，視線已經被顧媛媛手中的暗紫色羽紗面大氅遮了個嚴嚴實實。

最終，謝意還是沒有留下來。

顧媛媛將謝意送到馬車前，正要伸手跟他揮手作別，就被謝意一把拉住，身子一輕，已是上了馬車。

小廝吳桐和車伕劉叔在車外相視一眼，很有默契地自動遠離馬車十丈外。劉叔一把年紀不想聽到什麼，吳桐則是既要迴避，又想偷偷聽一下，便傾著身子，伸直著耳朵。

不多時，馬車的金絲絨掛簾被掀開，顧媛媛臉色黑沈沈的從馬車上下來，謝意則是言笑晏晏的跟她道別。

吳桐看了眼顧媛媛，雖然神色有些沈，但一雙眼中蒙著水氣，朱唇嫣紅，一縷髮絲從臉頰一側滑落，更添嫵媚。吳桐忙垂下腦袋道：「阿鳶姊姊，我們走了啊。」

顧媛媛抬頭，見吳桐一臉無法直視她的模樣，不禁小臉一紅，恨不得找個坑把自己埋起來。「咳咳……呃……好，下山路不好走，你們慢著些。」

「哎，曉得了。」吳桐應著，轉身跟劉叔上了車。

謝意挑起簾子，朝顧媛媛笑了笑。「快回去吧，過幾天再來看妳。」

你不是很忙嗎？忙就不要過來了！顧媛媛在心裡默默吼著，因為怕自己控制不住，只能垂下頭去。

謝意見她低下頭，認為一定是害羞的緣故，臉上笑意更盛，伸手輕輕拍了拍她的腦袋道：「爺走了。」

快走、快走。顧媛媛猛點頭。

馬車輪子咿軋轉動，這才朝山下駛去。

回到謝府，走回寫意居的途中會經過碧湖，湖邊有許多座小亭子，亭子建造得十分精巧，加上此時梅花綻放，花枝掩著亭子，更添畫意。

一方亭中冒著裊裊白煙，煙霧圍繞在花枝上久久不離，一股獨特的香味摻著梅花的香氣縈繞鼻端，讓謝意路過時忍不住駐足向亭中看去。

此時天色已經暗了下來，天邊只餘殘光，亭中四周站著幾個小丫鬟，個個手中皆拿著暗粉色的絹紗風燈，橘黃燈火在風中微微晃動。

亭子中央坐著一位少女，身形嬌小，穿著一身鵝黃色的兔毛斗篷，長髮簡單綰作雲髻，上面綴了個淡粉色的珠花，挽著衣袖的手從斗篷下伸出，白嫩的手腕輕動，正靈巧地點茶。

謝意乍一看有些失神，直到那少女疑惑地回過頭，看到他，起身盈盈拜下，才令他回過神來。

原來是江家的表妹江雨心。只是她方才背過身時，掩在梅枝下的身影有些像顧媛媛，這才令謝意有些詫異。

見江雨心向他見禮，謝意也微微頷首回禮。

「哥，你回來啦。」江雨心身後的謝妍朝謝意揮揮手，也見了禮。

謝意見妹妹也在，便向亭子走去。

「妳們兩個可用過飯了？天都黑了，怎麼還在外面玩耍？」謝意坐下道。

謝妍忙將一只黃底藍邊青花釉茶杯遞到謝意面前。「我們倆早就在母親那裡用過飯了，今兒個吃得多些，怕晚上積食，就出來走走，走到亭子這，見這邊梅花開得好看，便在此煮茶了。哥你來得正巧，快些嚐嚐五兒煮的茶。」

謝意接過青花釉茶杯，撚開了蓋子，瞬間一股清香撲鼻。「好香的茶，這煮的是什麼茶？」

江雨心笑了笑。「是姑母賞的銀針，用梅花上的無根水泡的，很是香甜。」

謝妍說得不錯，兩人是怕積食所以才來走走，但在這亭子泡茶，卻是江雨心有意為之。

她知道此處是謝意回寫意居時必定會經過的地方，至於能不能遇到，就只能憑運氣了。

誰教她這個大表哥實在是太忙了些，住在謝府的這段日子，她看見他的次數一隻手都能數得出來。

好在今兒個運氣好，真給她撞見了一回。

謝意聞言點了點頭，嘗試啜了口茶。入口清香，梅花的香氣同茶味極巧妙地融合在一起，帶著些淡淡的甜，順著喉嚨滑下。

「怎麼樣？味道很好吧，五兒泡茶的手藝就連母親也稱讚。」謝妍在一旁為好姊妹說話。

江雨心微微斂下眉眼。「妍姊姊說笑了，五兒哪裡會泡茶，不過是得姑母指點一二，表哥見多識廣，倒是見笑了。」

謝意笑了笑道：「卻是不錯的，五妹妹何必自謙。」

謝意突然想起了阿鳶，他家丫鬟從前也對泡茶有興趣，那時候總是拉著他來品茶。與江雨心泡的茶不同，顧媛媛泡的茶，入口幾乎帶著微苦，淡淡的苦澀入唇，化為令人回味的清醇，頗有種苦盡甘來的感覺。

「怎麼沒見表妹來？」謝意忽然想到那個柔弱的江雨姝。

江雨心一怔，回道：「姊姊身體不好，受不得風，便沒有跟著一起來。」

謝意也只不過是隨口一問而已，聽見江雨心的話，只是點頭表示明瞭。

幾人又說了一會兒話，謝意囑咐兩個小姑娘早些回去，到底天寒，別在外面待太久，接著就回寫意居了。

第四十二章

見謝意離去，江雨心這才端起一旁的茶盞，細細品嚐起來。

這個表哥怎麼就這麼難以捉摸呢？她來這謝府也有半年了，這半年來她已將謝家內宅摸清不少，可她還是不能理解這位表哥。

不管是內宅還是外頭，總是有人說他不學無術，可要說他為人平庸愚鈍，偏偏能在半年內就獨自撐起謝家的半邊天；有人說他最不好女色，看著要到弱冠之年，卻是連房裡人都沒有一個，可若說不近女色，偏生還為了一個大丫鬟跟江氏幾次鬧翻了臉。

江雨心有些鬱悶了，本來江家讓江雨姝來自是有想要結親的意思，謝府的榮華她也看在眼中，這姻親若是結成，於江家來說是有利；可江氏對江雨姝疼愛歸疼愛，卻是沒有半分想要結親的意思，也沒有讓謝意跟江雨姝親近過。

這般看來，就是謝望跟江氏兩人沒有再同江家結親的想法了，恐怕最後便是江雨姝在江南養上幾年身體，然後再回京都。

想到這裡，江雨心不禁心上一緊，江雨姝是江家正經的嫡女，身分地位自不必說，性子也是溫良，待將身體養好些，回到京都，即便比不上謝家，也會有門第不錯的良配人選。

可她就不一樣了，她是個養在姨娘名下的孤女，生母早就沒了，又不受父親寵愛。在京都那地方，稍稍有些體面的人家都是極為看重身分的，就算她有百般好，光是庶出的身分就讓人敬謝不敏；甚至別說什麼有頭有臉的門第，就算是想找個一般的清白人家都難。

何況江府怎麼可能落了自己臉面，將女兒許給門第低的人家？可若是高門，她這樣的身分恐怕就只有給那些上了年紀的人做繼室。

她不願意，她不能就那樣回京。她希望自己也能夠過得好，不用再看人臉色，所以她將目標放到謝意身上，如果能夠得到這個表哥的青睞，她是不是就能夠遠離那樣的結局了？

她不知道自己會不會成功，可是她想賭一把。這半年來，她細心留意著跟謝意有關的一切，可是半年過去了，她卻是有些欲哭無淚，這個表哥行事也太無章法了，完全令人捉摸不透。

「五兒，天色這麼晚了，咱們也回去吧。」謝妍見江雨心一言不發地坐著，出聲提醒道。

江雨心回過神來應下，兩人這才分了別，回到各自的居所。

春來見江雨心回來，連忙上前。「姑娘回來了啊。」

江雨心有些心不在焉地點點頭，解下身上的披風遞給春來。

春來接過披風，在江雨心身旁道：「姑娘，方才西府四爺那邊又送來了些東西。」

江雨心心裡咯噔一下，看向春來。「什麼東西？」

春來有些困惑地指了指一旁的黃花梨木炕桌，江雨心順著看過去，待看清楚桌上的東西時，竟有些哭笑不得。

只見那黃花梨木炕桌上赫然放著幾個柳條編織的小玩意兒，都是普普通通的手工物件，值不了幾個錢，卻很是精巧，若是哄個小丫頭，也能討個新鮮。

江雨心不知道這謝家西府的四爺到底是哪根筋搭錯了線，這些小玩意兒都往她這裡送了兩、三回了，雖然都是外面市集上買的，不是什麼稀罕的東西，卻也看得出是下了工夫選的。

江雨心拿起一隻翠鳥看了看，忽然問道：「四爺往咱們這裡送東西的事都有誰知道？」

春來想了想，回道：「這個奴婢就不清楚了，只是每次都是翡翠姊姊拿來，私下裡悄悄塞給我，看樣子也是沒人知道的。」

江雨心這才放下心來。翡翠是四爺身旁的老人了，打小就伺候在身邊，既是她悄悄來送，怕是也有避著人的意思。「知道了，這事妳也記著不要說出去就好。」

謝遊是正經少爺，她一個外來的表姑娘到底不能多生事端，若是被人知道，怕是會亂嚼舌根。

春來跟著江雨心這麼久，雖然不是多聰慧，卻很懂事聽話，這也是江雨心願意一直把她帶在身旁的原因，聽江雨心這麼吩咐，春來自然老實應下。

江雨心看著手中用柳條編織而成的翠鳥，嘆了口氣，將桌上的小玩意兒連同手上的翠鳥一起收到妝檯下面的匣子裡。

這個冬天比往年都要寒冷，各個院子都紛紛用上了炭盆，謝家的主子全窩在自己的暖閣裡，不怎麼出來走動。

最可憐的是謝意，到了年關，事務卻更加繁忙，本想去接顧媛媛回來，卻一直沒能抽出身來，眼看著一天一天過去，眼瞅著就快到除夕。

謝意無奈，原本想派吳桐去接她，卻想到如今不比往年，若是忙起來顧不上她，再生事端怕是不好；如此思量後，他最終還是給顧媛媛寫了封信，信裡問候她近來可好，最後再問上一句這個冬天要不要回來。

雖然他知道她不回來對她最好，可他心底還是隱隱盼著她願意回來陪他，千迴百轉的心意，落了筆卻是成了個問句。

當顧媛媛收到這封信的時候，看著最後那句「天寒，庭中海棠正盛，可願歸？」不禁也糾結起來。

想了好一會兒，墨滴壞了好幾張紙，還是理不出頭緒，她只得去找空明。

空明接過信，約略看了眼後說道：「鳶妹妹想要回去嗎？」

顧媛媛臉色微窘。「在這裡住著，到底是有些麻煩空明師父了吧……」人家是和尚，就算再不靠譜，也是需要清修的，一個女客一直住在這裡，還每天做些葷腥，怎麼想都不合適。雖然葷齋都入了空明的口……

空明搖了搖頭道：「鳶妹妹不用思慮過多，若是願意，便是在小僧這裡住一輩子都無妨。」這話倒是沒有玩笑的意思，她如果真的在這裡住一輩子，空明也不會生出不喜的。

「在這裡是比在謝府中自在得多。」顧媛媛實話實說。

空明笑了笑。「謝公子若是真的要讓鳶妹妹回去，就會派人來接的。」言中之意是謝意其實是打算把她留在這邊的。

顧媛媛聽空明這般說，仔細想了想，明白了這個道理；只是這信還是要回的，思來想去，她還是規規矩矩地回了封信。

她先是問候謝意，之後含蓄地表示其實她也是願意回去的，只是怕會給謝意添麻煩，所以便在此靜候他功成身退，來迎她歸。

謝意收到顧媛媛的回信，對她信中的言詞還頗為滿意。

隨著年關的到來，謝府上下越發忙碌。這天，謝意收到一封沒有署名的信，他有些詫異，打開信看了幾遍，裡面只有寥寥幾句話，卻看得他喜上眉梢。

「總算回來了。」

吳桐疑惑道：「爺，誰要回來了？」

謝意樂呵呵地將信紙摺好。「備上厚禮，明天跟我去一趟墨山書院。」

謝意口中要回來的不是別人，正是墨山書院中那個脾氣古怪卻聲名遠揚的夫子司徒先生。

次日，謝意起了個大早，仔細檢查吳桐遞上來的禮品單。單子上的物品十分豐厚，謝意也算滿意，隨後又道：「將前些日子廣州吳掌櫃那邊送來的那套玻璃菱花杯也帶上，還有那青花白鶴筆洗也帶著。」

他想著還有什麼要添上的，不過看著這些能裝半輛車的禮物，想了想，這樣似乎就夠了。

吳桐一一記下，將禮品備上，待再進來的時候，見謝意身上穿得極為簡單，一身淡青色的直裰上沒有任何裝飾，只有袖口處繡著一圈水波暗紋。

「爺今兒個穿得好素淡。」吳桐忍不住說道。平日謝意在衣著上向來偏愛暗色，這也是因為他年紀小，經常要面對許多油腔滑調的老管事，怕他們欺他年輕，所以在裝扮上便偏向沈穩。

這般每日穿著暗紫色或玄色，襯得氣度也跟二十四、五歲一般。

只是今日這一身淡青色的長衣，卻讓吳桐有些詫異，不知道是不是衣裳的關係，更顯得謝意有了幾分讀書人的儒雅氣質。

「還愣著做什麼，東西都收拾好了？」謝意看著吳桐發呆的模樣，不禁好笑道。

一旁的茜草拿了件墨色的水貂大氅替謝意穿上，又將掖在大氅下的長髮輕輕攏出，從一旁拿起一個翠玉手爐遞過去。

吳桐忙應著。「爺，都收拾好了，可以出發了。」

謝意點點頭，接過茜草遞來的手爐，攏在袖中，跟吳桐出了門。

剛出門沒多久，天上就落了雪，沒多久，雪花片片，已是猶如鵝毛般大小。

謝意坐在車中，握著手心裡的翠玉暖爐，聽著外面簌簌的落雪聲，有些出神。

他五歲時被父親送到墨山書院，在書院學習不到四年，他那時候年紀太小，身旁的師兄們年歲皆跟他相差不少，相處上有代溝，再加上謝府的權勢，師兄弟們沒事都不敢去招惹他，且當時老太君捨不得孫子住在書院裡，所以謝意當年還是個通學生。

這般下來，他在書院倒也沒有什麼交情要好的師兄弟們，書院裡唯一讓他懷念的，就只有他的恩師司徒先生，還有當年頗照顧他的大師兄。

馬車嘎吱一聲停下來，謝意估摸著已經到了墨山書院門前。他撩開簾子，正如他所料想的，馬車停在書院門口，門前站著一個身著蓑衣的人。

「此處是墨山書院，請問來此的是何人？」

謝意微微頷首，示意吳桐將拜帖遞出去。那青年接過拜帖，打開看了看，臉上的表情肅然，忙微微後退兩步。

「原來是師叔，師姪方才失禮了。」

謝意搖頭道：「無礙，司徒先生可在？」

那青年忙回道：「師祖先生在落梅苑中。」

謝意撩起大氅下襬下車，朝著書院走去。吳桐跟在謝意身後替他撐傘，劉叔則將馬車停在一旁等候。

大雪紛飛，眼前白茫茫一片，那青年領著路，已經走了將近半個時辰。

「怎麼這麼遠？爺做什麼要從馬車上下來，太遭罪了。」吳桐在謝意身旁小聲道。

謝意微微睨了他一眼，輕聲道：「這是墨山書院的規矩，便是皇帝來也要下馬。」

吳桐聞言噤了聲，乖乖地跟在謝意身後繼續向前走。

待又走了一會兒，便看到一處院落，雖然修築精巧，但也沒有什麼不同之處，只是園中朵朵梅花怒放，紅梅似血，白梅若雪，墨梅如潑，還有嬌俏的黃梅、惹眼的綠梅。這些梅花全無章法地生長在院中，各自爭豔，讓小小的院落有種海納百川之感。

那青年將謝意帶到這裡後，便跟謝意拜了退。

謝意剛走到屋前，門就被輕輕推開了，一個中年人從屋中出來，一身同謝意一樣的淡青色長衣，全身上下無半分裝飾，袖口處繡著一圈水波紋，一雙眉眼生得溫和又端正，看起來十分儒雅。

「師弟給大師兄見安了。」謝意將手中的翠玉手爐丟給一旁的吳桐，雙手微疊，正於身前，端正地給那中年人見了禮。

原來那中年人正是司徒先生的大弟子長林。

「果真是九師弟，方才先生還念叨著說你應是要到了，便讓我來看看，沒想到才剛推開屋中的門，就一眼看到你，卻是趕巧了。」

謝意起身微微笑道：「來得遲了，勞先生和大師兄惦記。」

「快些進來吧。」長林道。

謝意跟著大師兄進了屋，屋中擺設如多年前一般，竟是沒有絲毫改變。不過謝意並不覺得稀奇，他這個大師兄行事一絲不苟，對於房間擺設，十幾年不變都是正常的。

屋中的炕上坐著一個鬚髮全白、精神矍鑠的老人，老人手上捧著書，正十分認真地讀著，時不時皺下眉頭，看到精彩處，還會忍不住拍手叫好，彷彿根本沒發現屋中多了個人。

「先生……您這是看什麼呢？」謝意有些鬱悶地上前。

老人被謝意的話打斷了思路，抬起頭瞅了瞅，問道：「你是誰啊？」

謝意覺得有些受傷，摸了摸鼻子，在心裡默默安慰自己，他這先生有些不靠譜，就不要計較好了。

一旁的長林有些無奈，笑道：「先生，這是九師弟啊，您方才不是還念叨著嗎？」

司徒先生有些驚訝，上下打量著謝意，問道：「是小九那個小胖子？」

謝意掩袖輕咳。「這個……先生當真認不出小九了？」就算是胖子也會瘦的好不好，做什麼一副見鬼的樣子看著他。

司徒先生這才一把抓過謝意。「哎喲，竟然真是小九。嘖嘖……混小子，你這是把先生我給忘得一乾二淨吧？」

謝意聽見這話，不免有些哭笑不得。「先生這話說得太沒道理了，這些年來小九哪天沒有惦記著先生？就是方才，分明也是先生把我忘得一乾二淨了。」

司徒先生這才察覺好像是這麼回事，默默拿起方才那本書繼續埋頭看下去。

謝意湊過去一看，只見封皮上寫著三個大字《食珍錄》。果然這老不著調的只有看食譜時才會看得這麼入迷……

這時吳桐從外面悄悄進屋，湊到謝意身旁道：「爺，禮物都拿來了。」

司徒先生抬抬眼皮子，似笑非笑道：「這還是有備而來了？」

謝意拱手一禮。「不過是學生的一點心意。」

司徒先生搖了搖頭，並不理會，只是揮手喚來長林。「把棋盤擺上，我要看看小九這幾年來棋藝可有長進。」

長林應著，將棋盤拿出來擺好。「九師弟在博弈上頗有天賦，小時候就總是贏我。」

長林也有些感慨，那時候謝意剛來書院，看見這麼大點小人兒，生得圓乎乎又可愛，讓他對這個師弟不禁多了些關心。

在他看來，與其說是師弟，他更是將謝意當成子姪來看待。後來他曾經問過先生，為什麼不讓九師弟一直留在書院？這般聰慧過人的孩子，不好好栽培豈不可惜？誰知司徒先生只是嘆氣，說著「慧極必傷，不能再留了」。

謝意脫下身上的大氅，露出同長林一樣的青衫。「那是大師兄看我年幼讓我，真要論起來，我哪裡能贏得了大師兄？」

能留在司徒先生身邊相伴多年的學生，當然不可能是泛泛之輩。

長林只是笑笑，將棋盅遞給兩人。

第四十三章

司徒先生執白子先下，謝意拈起一枚黑子，專注地看向棋盤。這棋子是用玉石打磨，圓潤晶瑩，入手帶著些涼意。

外面的雪下得更大了，天地間除了落雪聲外，一片寂靜。屋中鋪著地龍，燒得熱騰騰的，長林在一旁泡茶，氤氳的水氣徐徐上升。突然，啪的落子聲響起，謝意長長舒了口氣。

「先生，是學生輸了。」

司徒先生接過長林遞來的茶，看著謝意道：「好小子，這幾年倒也沒有變愚鈍，聽外面的風言風語，還當你真是同傳言那般。」

謝意邊收棋子邊道：「先生什麼時候也會信那些言語了？」

司徒先生手指輕輕叩著桌沿。「聽說你把文康門下那幾個學生教訓了一頓？」聽說打得跟豬頭似的，聽著徒弟紛紛找他哭訴，向文康就算是再喜歡攀炎附勢也不禁翻了臉。這般毫無顧忌地打他的弟子，跟直接打他臉又有何區別？

只是墨山書院規矩向來大，謝意是他的師兄，他斷沒有去訓誡師兄的道理，況且真要說起來，也是他那幾個學生出言不遜在先，理不直、氣不壯的，怎麼去出這口氣呢？向文康思來想去，便只有將這狀告到了司徒先生這裡。

謝意沒有絲毫隱瞞的意思，坦然道：「是，那幾個師姪不懂得謹言慎行，我這做師伯的來幫向師弟稍作管教。」

司徒先生聞言，點頭道：「小九說得是，只是你這師弟久久不來感謝你替他訓誡學生之恩，實在是不懂規矩。」

「無礙，師弟怕是一時氣不過，待想清楚就好。」謝意覺得依向文康那性子，怕是想不好了。

「為師卻又聽聞你將這江南各大門閥世家的公子得罪了一圈？」

謝意彎了彎眉眼。「先生好生關心我，什麼事都給您聽說了。」

「還不是你做什麼都搞得這般風風火火的，我雖老了，卻也沒糊塗，你可不是那性子。」司徒先生捋了把白花花的鬍子道。

謝意飲了口熱茶，問道：「先生以為我是什麼性子？」

司徒先生沒有回答，只是瞇著眼睛反問道：「你還記得自個兒是什麼性子嗎？」

謝意一怔，搖了搖頭苦笑道：「先生不要打趣我了。」

自己是什麼性子呢？是別人口中散漫的少爺，還是外人眼中不學無術的公子爺？是父親認為的不識時務，還是下面人所說的心狠手辣？他自己還分得清嗎？謝意眼中忽然流露出一絲疲倦。

「你已經想好了要怎麼做？」司徒先生開門見山地問。

謝意起身，稍稍退後兩步，撩起衣襬跪下，雙手相疊，俯身一禮道：「請先生明示。」

「罷了，你看看這個吧。」司徒先生從袖中抽出一封密函遞給謝意。

謝意接過用火漆封好的密函，當著司徒先生的面打開。信函中的字並不多，但每一句都讓謝意心驚不已。

一炷香的時間過去了，謝意的眼神還沒從信函上挪開，但司徒先生並不急，只是安靜地在一旁等候。

謝意收起信，長嘆一聲，再次俯身一禮。「先生之恩，學生莫不敢忘。」

司徒先生似不經意道：「聖意難測，你又當如何？」

謝意垂下眉眼，半晌道：「投之亡地而後存，陷之死地然後生。」

除此之外，恐怕再無他法。

窗外已是銀裝素裹，臨近傍晚時分，謝意才從墨山書院出來。此時雪已經下了一整日，卻是絲毫沒有要停歇的跡象。

雪地上留下長長的車輪輾過的痕跡，少頃便再次被大雪掩住，不見了蹤影。

謝意坐在馬車裡，打開一旁燃著的香爐，將手中那封看了數遍的密函丟了進去，看著它化作灰燼……

爆燈花的聲音猛地響起，顧媛媛心頭一跳，手上一個不穩，打碎了一個小青花杯盞。

一旁的空明抬眸看了眼顧媛媛。「今日鳶妹妹似乎心神不寧。」

顧媛媛抬手壓了壓心口，眼中浮現憂色，轉頭看向窗外，天空已是黑漆漆一片……

夜裡，謝意作了一個夢，他夢見謝府門前掛著一串串白色喪燈，明明沒有風，那些燈卻搖晃不已。紅漆嵌金珠的謝府大門看起來格外莊嚴肅穆，他低下頭，看見血從門縫裡溢出，那血的顏色比謝家大門的紅還要鮮豔，緩緩流到他的腳底。

他心口一疼，伸手推開門，滿目的鮮血與瘡痍。他喉嚨像是燃著一把火，燒得生疼。

接著眼前景物一轉，他瞧見一個安靜的院落，院中種著大朵大朵的西番蓮，門前還有幾棵紅彤彤的石榴樹。

「大爺，您怎麼還在這裡呢？」一個溫柔的聲音響起，謝意循聲看去，一個穿著茜色交襟裙裳的恬靜少女站在那裡。只見那少女眉眼溫和，又帶著些許嬌俏，一頭烏油油的長髮斜綁在一側。

「快些吧大爺，老太君正找您呢。」那少女朝謝意伸出手，手上的指甲呈現淡淡的粉紅色。

謝意不由自主地將手遞去，詫異地發現自己的手是一雙肉乎乎的小手。

少女俯下身子，拉起謝意的小胖手。「大爺，走吧。」

「玉琴姊姊……」謝意開口，聲音中帶著稚嫩。

少女牽著他的手進了屋，屋中的炕上坐著一位老人，那老人眉目慈祥，看見謝意進來，笑得更溫和。

「我的意哥兒來了，快來讓祖母抱抱。」

謝意邁著小短腿走到老人面前，明明沒幾步路，卻走了好久好久，越走身量越高，年歲越大，當走到老太君面前時，謝意已經是近弱冠的青年了。
「祖母您是回來看孫兒的嗎？」謝意問道。
老太君身後是一扇窗，窗外陽光明媚，直直照射進來，彷彿給老太君鍍上一層光輝。
被光芒包圍的老太君笑得依舊慈祥，刺得謝意有些睜不開眼睛。「意哥兒別怕，祖母在這呢。」
謝意像小時候一樣，靠在炕邊，將腦袋輕輕放在老太君腿上。「祖母，意兒這是要毀了謝家。」
老太君輕輕撫上謝意的腦袋。「傻孩子，祖母不會怪你的。」
謝意覺得眼眶有些酸澀，撫在頭上的手輕柔又溫暖，令人昏昏欲睡。
「爺，該起來了，別睡了。」一個清軟的聲音擾了他。
謝意微微抬眼，面前站著一個模模糊糊的人影，看不清面貌。他皺緊了眉，藉著窗外漸亮的天色，仔細凝神看去，只見那人的眼睛燦如星辰，靜若秋泓——
「阿鳶？」
顧媛媛舒了口氣。「醒了？」
茜草忙上前去激動道：「可算是醒了！爺感覺怎麼樣，奴婢這就去找何太醫過來！」
「雪雖停了，外面怕也是冷得緊，多穿些衣服再去。」顧媛媛提醒茜草。
「哎，記下了。」
謝意眨了眨眼睛，有些疑惑地看著顧媛媛，半晌才緩緩想起，這場景似乎有哪裡不對。

「阿鳶……妳什麼時候回來的？」

顧媛媛看著謝意迷糊的模樣，不禁失笑。「昨兒個回來的。」前天她一直靜不下心來，思來想去便決定還是回來一趟，只是當時天色已經黑了，只得等到第二天才跟空明一起下山，誰知剛到了寫意居，就看到前些日子還活蹦亂跳的謝意病得一塌糊塗。

「昨兒個？」謝意更是糊塗了，昨日他不是去墨山書院看望司徒先生，他怎麼不知道自家丫鬟什麼時候回來了？

「奴婢回來後便見爺這般昏睡著，昨日已是睡了一天，未曾醒過，所以爺自然不曉得奴婢是什麼時候回來的。」也就是因為謝意病著，才讓顧媛媛的歸來顯得悄無聲息，就連江氏都沒有發現。

寫意居的丫鬟們看見她回來，雖有些驚訝，但因為謝意生病，忙得分不開身，倒也沒詢問她怎麼會忽然回來。

謝意撐起身子，將顧媛媛拉到懷裡。「不是稀罕空明那裡，倒捨得回來了？」

顧媛媛被謝意的動作嚇了一跳，朝窗外看了看，好在這會兒天剛亮堂，還沒有人起來，這才安心地靠在謝意懷中。「爺太不省心了些，現在可好些了？」

謝意揉了揉顧媛媛的頭髮。「那是當然。是不是累了？待會兒先別忙活了，去歇會兒。」

顧媛媛見謝意很是精神，這才放下心來。「爺這是哪門子的病，醒了就這般高興？」

謝意彎起唇角。「還不是因為妳回來了，自然是高興的。」除此之外，還有剛才夢見祖母的事。

顧媛媛從謝意懷裡起身，到一旁倒了熱水伺候謝意洗漱，沒多久，茜草就從外面進來了，身後跟著何太醫。

「公子可算是醒了，不然我這把老骨頭一天幾趟的往府上跑，實在是折騰得不輕。」何太醫笑著打趣。

謝意微微欠身，給何太醫見了禮。「真是煩勞您了。」

何太醫自然不是真的抱怨，他給謝意仔細把了脈，又開了張藥方子。「公子到底年輕身子好，才剛病好，精神頭就上來了，現下已是無礙。只是公子近來操勞，安心靜養兩天為好。」

謝意應下，好生吩咐了人送何太醫回去。

「好在爺身子無礙，昨日可是辛苦了阿鳶姊姊在一旁不分日夜的照顧。」茜草幫著顧媛媛給謝意梳洗。

謝意點頭道：「妳們兩個都辛苦了，今兒個就不要忙了，去歇著。」

茜草乖巧道：「阿鳶姊姊去歇會兒吧，爺身旁也不能缺了照應的人，奴婢在這留著就好。」

顧媛媛看著眼前這小姑娘倒是機靈可人，拍了拍她的肩道：「左右不差咱們兩個，一起去歇了吧。」

謝意拾掇好了後，在外頭套了件厚厚的銀鼠毛裘衣，便去了梧桐苑。

江氏才剛起床，正要喚人去寫意居，就見謝意從外面進來了。

「你這孩子真是要急死母親，這麼大冷天的怎麼就出來了？」江氏忙將兒子拉到屋裡，將一旁白玉嵌金絲雕花手爐塞到謝意懷裡。

「今早起來精神好了很多，怕母親擔心，想著自己過來跟母親知會一聲。」謝意接過手爐，對江氏道：「明日就是除夕，母親正是忙碌，現下也省得往寫意居再跑一趟了。」

江氏嘆道：「你這病來得詭譎，等到過了年，同我一起去寺裡燒香吧。」

謝意只是應著，心裡卻明白，病是因積鬱才起，如今他已明確知曉自己要走的路，就不會再病了。

陪著江氏說了一會兒的話，謝意才從梧桐苑裡出來。

今年的新年，謝府過得跟往年一樣熱鬧又奢華。

院中新植的奇花，一株就值上一小錠金子，池子裡撒上的錦鯉苗子都是重金買來的，各個院子新添置的衣裳用料都是極盡華美，屋中擺設也全部換上新的。

早些年顧媛媛曾感嘆過謝家的富貴無匹，如今只覺得心驚，要不是這樣的滔天富貴，謝意是不是就不用這般勞心了？

不過不管顧媛媛作何想法、謝意有何打算，新的一年還是這樣到來了，謝家上下一派喜氣，姑娘們穿著新裁剪的衣裳，年輕的臉蛋上洋溢著笑容，就連一年到頭都病懨懨的江雨姝似乎都精神了起來。

依照往年的慣例，除夕依舊在寶相廳裡設宴。顧媛媛藉口身體不適，讓茜草去伺候在謝意身旁，謝意也明白顧媛媛這是不想在眾人面前出現，就准了她早些回去休息。

天空陰沈沈的，又是快要落雪的模樣。顧媛媛在謝意書房裡臨摹了幾張字，屋中只有自己，雖然愜意，卻清清冷冷的，很是無趣。

這時外面傳來腳步聲，原來是院裡那幾個小丫鬟回來了。

「這是吃酒了？一個個站都站不穩。」

幾個丫鬟乖乖站好，一副認錯的模樣，眼中卻沒有絲毫懼色。顧媛媛待院裡幾個小姑娘向來溫和，所以她們倒是沒有人對顧媛媛心生畏懼。

新月突地一拍腦袋。「糟了！只顧著吃酒，卻忘了去庫房那邊拿新裁好的狐裘。」說著就要往外趕。

顧媛媛笑著把她拉回來。「妳這腦子怎麼一點長進都沒有，醉成這樣子，妳還往哪裡去？正好我閒來無事，走一趟倒不麻煩，妳們幾個快回去收拾收拾睡下吧。」

說著顧媛媛取了一旁的披風繫上，又拿了一盞風燈就走出屋去。

本就陰沈的天色隨著時間的流逝越發暗將下來，莫說月光，便是連星子都沒有幾顆，只靠著手中的風燈，仍然看不太清楚前方，好在謝府的路修得平整，就算是閉著眼睛走，也不會擔心摔倒。

隨著顧媛媛的步伐，小小的風燈在夜裡搖晃，這時候謝府裡的人都在前院那邊，這後宅並沒幾個人，而這去庫房的路上更是只有顧媛媛一人。

此時她正走到幾棵合歡樹下，一陣涼風吹來，顧媛媛忽然打了個哆嗦，見到前面似乎有人跌跌撞撞走來，她遠遠瞧著那人身量高大，應是個男子。

她垂眸想要避開，那人卻走得急，不等她躲開，便迎面撞了過來。

顧媛媛一個踉蹌，手中的風燈落在地上，險些摔倒。

那人打了個酒嗝，揉了揉眼睛，似乎想要發火，但一抬眸瞧見顧媛媛，卻是身子一僵，登時愣住。

第四十四章

顧媛媛緩緩直起身子，髮絲滑落在耳側，寒風襲來，揚起她素白色的衣袂……

「妳、妳是誰……」那迎面而來的不是旁人，正是謝二老爺謝善。

顧媛媛一愣，剛想要垂頭回話，卻見謝二老爺似乎醉了，跌坐在地上，聲音帶著幾分顫抖。「妳、妳是人是鬼?!」

顧媛媛有些哭笑不得，想要上前解釋，可才剛走近，就聽見謝二老爺倉皇的哀叫——

「妳是、是那個自縊的丫鬟，妳、妳又來了……別過來……」

顧媛媛腳步一頓，指尖有些僵硬，四周的合歡樹在寒風的吹拂下沙沙作響……

她恍惚想起多年前她也曾經過這裡，撞見一件齷齪之事。她的心撲通狂跳起來，今夜謝善喝醉了，世人常說不做虧心事，不怕鬼敲門；可偏生他做了虧心事，這才不打自招。

顧媛媛故意將頭垂下，讓容顏越發模糊不清，聲音有些發顫。「多年未見，謝二老爺過得安好無恙，可憐我屍骨未寒……」

謝善哭喊道：「冤有頭債有主，妳何必找我？我未曾要妳去死，是妳……是妳自己不爭氣非要懸樑自盡！」

顧媛媛心如寒冰，一股難以言說的疼從心底漫開。

謝善又道：「妳雖死，可到底全了妳的名聲！府中上下哪個人不說妳忠心為主，追隨老太君而去……妳、妳既忠孝兩全，又……又何須有不甘……」

顧媛媛再次逼近幾步，冷冷道：「忠孝兩全？你可還記得這裡？就是在這裡！」

「鬼、鬼……鬼啊！」謝善一聲淒厲大叫，連滾帶爬地從地上爬起來，落荒而逃。

或許真如世人所說那般，善惡終有報，天道好輪迴，也或許是那個掩在時光流逝中逐漸被人遺忘的姑娘不甘心就此含恨而終。顧媛媛不知道該如何解釋，只是默默攥緊了手中的風燈，忽然有種想哭的感覺。

這時謝善跌跌撞撞的身影已經越來越遠了，顧媛媛蹲下身去，半晌才從喉中傳來壓抑的嗚咽聲……

謝意瞅著眼前的牛乳菱粉香糕，按慣例，每年他都會為顧媛媛留一份宴上的甜點帶回來，他正想著這丫頭取件狐裘怎麼還沒回來，外面的門似乎被推開了，腳步聲越來越近，謝意抬起頭，果不其然瞧見了顧媛媛。

「妳這是怎麼了？」謝意好看的眉毛打成了結，起身上前去捧起顧媛媛的臉。

她的眼睛有些發紅，像是剛哭過似的，鼻尖也凍得紅紅的，只有一張小臉白得發青，看得謝意一陣心疼。

「剛才去庫房那邊拿狐裘，遇上了謝二老爺。」顧媛媛聲中有些悶悶的鼻音。

謝意瞳孔猛地一縮，神色變得狠戾。他這個二叔劣跡昭彰，早有耳聞。

「他欺負妳了？」謝意聲中帶著陰沈。

顧媛媛搖了搖頭。「沒有，他喝醉了，看到我只說了些話。」
謝意擰起眉。「他說什麼？」
顧媛媛看了眼謝意。「他把我錯當成一個人。」
「誰？」
「玉琴姊姊。」
燭淚流下，一滴滴落在玄色的燭檯上，屋中一時間寂靜無聲。
謝善就是當年害死玉琴的人這件事，顧媛媛沒有證據，她只是將方才聽到、看到的一切敘述給謝意聽。
她不知道謝意會做出怎樣的決定，不過既然大部分的人都以為玉琴是追隨老太君去的，那就這麼以為吧，玉琴的事不用再擺到檯面上，這只會令她屍骨蒙羞，但是那個害她的人，絕不能就此姑息。
謝意想起了夢裡那個溫和的少女，那個小時候總是牽著自己的手帶他去老太君那裡的玉琴。
「這麼多年，二叔也該荒唐夠了。」許久，謝意才吐出一句話來。
顧媛媛抬眸看向謝意，想了想，還是沒有開口問他要怎麼做。
謝意似乎明白顧媛媛心中所想，只是擦去了她眼角的淚痕道：「放心吧。」
對於這個二叔，謝意並沒有太多感情。因平常生活在不同府裡，再加上他從小在老太君身旁長大，能見到這個二叔的機會少之又少，只是關於二叔的事，倒沒少聽說過。

聽說二嬸孫氏自從有了兒子後，就對丈夫徹底死了心，無論謝善在外面怎麼折騰，都不去理會；只是西府那邊時不時就有丫鬟意外暴斃，婢女們都戰戰兢兢，就怕被謝善看上。

不過也有幾個不怕死的敢往謝善那裡爬，但最後的下場無一不是被折騰死。

而或許就是因為謝善戾氣太重，下手又狠，染指過的人雖不少，子嗣卻不多。

天空陰沈了一整天，夜裡又開始落雪，彷彿想要掩蓋住天地間的骯髒與污穢。

謝善這個年過得很不好，他以為自己在謝府中撞見了從前老太君身邊的那個丫鬟，隔天就去寺廟裡捐了一大筆香火錢。

西府的下人們都有些納悶，這個謝二老爺何時開始信佛了，難道是轉了性？可事實證明，謝善並未因為去寺廟捐了香火錢而變得良善起來，反而戾氣更重，每日不出門，躲在屋中砸東西，動輒打罵下人，惹得西府中人人自危。

後來謝善不知是得了什麼病，湯藥一碗一碗的往屋裡送，卻一直不見好，脾氣越發大了起來。

某日，管事的按謝善的意思，悄悄送來了個風月場上最是惹眼的女子。平時謝善對於這種倚門賣笑的風塵女子向來不屑一顧，他所偏愛的是水靈靈、不諳世事的小姑娘，只是現下他也只能試試看了。

但結果並沒有謝善想的那樣完美，最終那個嫵媚妖嬈的女子被打得一身傷，從謝善屋中奪門而出，雖然僥倖保住了一條命，但卻被謝善傷了臉蛋。

本來像她們這種身分的人，是怎麼也不敢招惹謝家的，但那女子被毀容等於已經沒了生存的本錢，她回去後思來想去，嚥不下這口氣，便到處宣揚謝家二老爺就是個不行的骯髒東西，自個兒不行就打罵別人來出氣。這話一出，掀起了不小的風波，就連謝家都跟著沒了臉面。

其實謝善曾經悄悄求過謝望幫他尋幾個名醫，當時謝望對弟弟十分同情，也曾幫他尋過一些方子，可當事情鬧出來後，就連謝望都動了怒，把謝善一頓好罵。

只是再罵也沒用，該丟的臉都已經丟光了；但是謝善依舊不死心，接下來幾年都不停地尋郎中、尋良方，不過這些都是後話了。

一波未平，一波又起，謝家的當家病倒了。

謝望在除夕那晚多飲了酒，後來出門吹了風、受了寒，接著就開始高燒不止。

病來如山倒，謝望畢竟也是上了年紀的人，不似謝意那般年輕，有什麼病挺一挺就過去了。這病輾轉病了兩個多月都不見好，曾經很健壯的一個人，如今像是蒼老了十歲一般，瘦如乾柴。

雖然謝家頂梁柱倒了，可謝家不能倒，如今所有事務都由謝意一人扛了起來，就像是從前的謝望一般，整日忙得腳不沾地。

「老爺，喝藥吧。」

江氏看著坐在窗前的謝望，眼中滿是溫柔。眼前這個人是同她相伴了幾十年的丈夫，可是這麼多年來，兩人相處的時光似乎還沒有這幾個月的時間多。

她曾經也想過要做一個溫柔賢慧的妻子，可是她的丈夫從來沒有給過她多少關懷，每日有數不清的應酬與忙不完的公務。

她獨自一人守著謝府這滿目的繁華，守到心都漸漸涼了。雖然謝望的病讓她跟著揪心，可是她卻找到了從未有過的夫妻間相濡以沫的感情。

現在的她，不必每日畫著精緻的妝容，不必再去細心修剪那滿園子的花，也不必再去研究那些複雜的棋譜，想著如何一步步解開它。

她可以守著她的丈夫，每日仔細地照顧他，就算是下棋逗鳥也有他陪。江氏忽然想起多年前出嫁時的女兒情懷，那時大抵也只是想要有一個陪自己相守到老的人吧。

而謝望因為這次的病，也看開了很多事，現在的他即便是心有所思也力不能及了，只有放手讓謝意去做。

「又是藥，喝了這麼久也不見好，怕是我這身子骨已不中用了。」謝望嘆息。

「老爺別胡說。現在藥是溫的，正好入口，可別等到它涼了。」江氏拈起藥匙，輕輕攪動兩下，舀了口送到謝望唇邊。

謝望見妻子這般細心的神情，心中一暖，或許他是真的老了，也到了安享天年的時候了吧。他就著妻子的手將藥喝下，沒過多久，藥勁開始發揮效用，謝望又昏昏沈沈地睡著了。

再說顧媛媛這邊，當初回來謝府的時候，她還有些擔憂江氏的反應，但如今因為要照顧謝望，江氏沒有心力再去管她，倒是讓她討了個便宜。

少了江氏的針對，依舊做謝意的丫鬟也算是怡然自得。

謝意從來不曾把外頭事務上的煩心事跟顧媛媛抱怨過，她也不主動過問，一來她對上京那邊的局勢不熟，幫不上什麼大忙；二來謝意不想讓她摻和這些棘手的事情，也不想她跟著憂心。

如此顧媛媛只能每日盡心去照顧謝意的起居，當幫不了忙的時候，至少要做到不給謝意增添麻煩。

對於父親的病，謝意心中是五味雜陳，有幾分憂心，又有幾分慶幸。做為兒子，自然是會憂心父親的病況，即便從小相處的時間不多，但至少是有著血緣關係的父親；至於慶幸，謝意也是有幾分無奈，有謝望在那裡，他想要按自己的計劃來處理謝家事務有些困難，所以此時謝望因病放手，倒是助了他一臂之力。

天氣漸漸回暖，謝望的身體也有了好轉，只是精神已大不如從前了。

現在江氏除了每日照看丈夫外，最令她心急的就是女兒的婚事。她私下也接過幾張帖子，在江南一帶為女兒相看人家，平日也跟謝望商量著哪家的公子比較合適，挑挑揀揀後，最終選定了幾戶人家。

只是現在謝妍的一顆芳心早就全放在戲子蘇涼生身上，還不知道父母已經為她選定好了人家。

謝妍臉上帶著笑意，將最後一針收了尾，滿意地翻看著手中的荷包，接著戳了戳在一旁描花樣子的江雨心。「五兒，妳看這個荷包好不好看？」

江雨心接過荷包，要說謝妍的繡工，的確算不上好，然而這荷包上的鴛鴦卻是繡得工整，一看便知道是下了功夫的。

「好看，顏色選得好，繡得也好。」江雨心鼓勵道。

謝妍喜孜孜地拿回荷包，小聲道：「不知道蘇涼生會不會喜歡？」

江雨心動作一頓，蹙眉道：「妍姊姊，妳想把這荷包送給蘇老闆？」這謝家姑娘也太大膽了，把這種飾物送給男子，被人知道可不得了。

「是，五兒妳就跟我一起去。」謝妍既然打定了主意，便是一刻都等不了。

江雨心一怔，嘆氣道：「妍姊姊，蘇老闆那般氣度的確難尋，只是姊姊有沒有想過，姑父、姑母會同意嗎？」

有時候江雨心真的很想剖開這位大小姐的腦袋，看看裡面是什麼做的？分明生來矜貴，父母嬌寵，為什麼就偏偏自己去瞎折騰？若她是謝妍這種大小姐，絕對不會做出這種事情。享受身為貴女的寵愛，聽從父母之命嫁個良人，豈不美哉？

「母親向來疼我，我……」謝妍想說母親會同意的，可這種話連她自己也不信。她怎麼不知道自己心悅的人是個戲子，兩人之間哪有可能結為連理，可她就是很喜歡，那蘇涼生的每一個舉手投足都令她深深著迷。

江雨心搖了搖頭，心裡明白這種事情勸阻也是沒有效果的，但她並不想摻和進去。

若是江氏知曉她一直知情，難免會對她心生不滿，她好不容易才得到江氏的喜愛和注意，若是犯下這種錯誤，豈不是將這些日子以來的努力盡數毀了？可江雨心也明白，她在謝家會有如今的位置，也是因為謝妍的青睞，所以打小報告這種事情，她又是萬萬做不得。

「五兒，妳要陪我一起去才好。」

江雨心還在思量著該怎麼做，又聽見謝妍開口催促。

「妍姊姊，妳昨晚是不是熬夜繡這荷包了？」江雨心忽然提到。

謝妍臉上染了些紅暈。「因為我想著要快些給他送去，所以……」

江雨心一臉誠摯。「姊姊有這分心是好的，只是不知是不是昨晚熬夜的緣故，姊姊今兒個的氣色不比往日好呢。」

女孩子哪有不愛美的，特別是情竇初開的少女，連謝妍也不例外，聽江雨心這樣一說，她有些憂心地撫上自己的臉龐，待看向銅鏡中的自己時，不免也覺得今日的氣色真的太差了些。

「依我看，姊姊不如好好休息幾日，待養好氣色再去送也不遲。」江雨心提議道。

儘管謝妍有些心急，卻更想在心上人面前表現出最完美的一面。江雨心的提議不僅沒有令謝妍感到不悅，反而覺得她細心體貼，心中頓生感激。「多虧了五兒提醒我，那我就過兩日再去吧，反正他是我家的人，左右也不差這幾日，又不會跑了。」

江雨心見謝妍應下，這才悄悄鬆了口氣。

方才她思量過，她已經被謝妍拖下水了，如果東窗事發，她必定會被江氏厭惡。

依謝妍的身分，跟那戲子是絕對不可能，到頭來她無非就是被江氏訓誡一頓，再尋個好人家乖乖等著出嫁；可若是她縱容謝妍跟那戲子發生了什麼，等到之後情斷夢醒之際，恐怕就連謝妍也會埋怨她。

左右都是吃力不討好的事，江雨心覺得沒有必要再去幫謝妍走上這一遭。

可她只是一個寄居在謝家的外人，到底是沒有資格去勸阻什麼，況且她勸也沒有用。江雨心想了想，這種事只有交給謝家的人來才行了，江氏那裡自然不能貿然去說，這時她想到了謝意，現在謝家的當家人是謝意，那自家妹子的事情，就讓她哥哥去頭疼吧。

第四十五章

寫意居的書房很安靜，就連鸚鵡阿松都乖乖地歪著腦袋站在一邊。

顧媛媛在一旁為謝意磨墨，上等的墨帶著淡淡的香味，她手上拿的墨錠更是內造之物。說起這磨墨，也是個精細的活兒，容不得分心，磨墨時的輕重、快慢都要拿捏精準，添加的水更要適中，添多了墨色會淡，少了則太濃。

茜草走進屋內，附在顧媛媛耳邊輕聲說了句話。顧媛媛抬起頭來，將手中的墨錠輕輕放在一旁，微微頷首向茜草示意。

「爺，五姑娘來了。」顧媛媛輕聲道。

謝意手上的筆沒有絲毫停頓，只是有些意外道：「嗯？表妹來做什麼？」

顧媛媛其實也是有些疑惑，在她心裡，江雨心是個漂亮又聰慧的小姑娘，在謝家這麼久，雖不能說是混得風生水起，卻也安然無憂。這小姑娘頗為謹慎，若是無事，怕是不會貿然來找謝意吧。

她正想著，便見江雨心從外頭走了進來。她今日穿了件湖藍色的錦緞裙裳，襯得整個人水靈靈的，嬌俏可人。

江雨心看見謝意，俯身一禮道：「雨心叨擾了表哥。」

謝意隔著長案桌抬手虛扶。「表妹今天怎麼有空到我這裡來了？」

江雨心抿唇，微微一笑。「表哥為謝家操勞，雨心今日燉了盅雪蛤湯送來，還望表哥不嫌雨心手藝拙劣。」

謝意微微抬頭，果然見江雨心身後站著一個身穿碧綠裙裳的小丫鬟，手中端著一個銀色雕花托盤，盤上擺著個青花纏枝紋碗盅。

「有勞表妹費心了，表妹住得可還習慣？平日若是有何不妥之處儘管來跟我說就是。」謝意看了眼江雨心，覺得小姑娘應該是有事相求吧。

江雨心一雙明眸流轉。「姑母安排得很是妥當，雨心並無不如意之處；倒是聽說表哥年前病過一陣子，如今整日這般忙碌，倒是要好生注意才是。」

「如意就好。」謝意只是笑了笑。

江雨心歪了歪腦袋，眸中一片天真之色。「聽妍姊姊說表哥生辰快到了，今年要行加冠之禮，定然會很熱鬧吧。」

「近來太忙，表妹不提我倒是差點忘了，此事應是由母親那邊備著吧。」謝意應道。

「不知道那天姑母會不會搭戲臺子……」江雨心一臉好奇，眼睛亮晶晶的，看起來很是可愛，就連謝意都忍不住放柔了眉目。

「表妹喜歡聽戲，那就讓戲班子唱上幾齣就是。」

江雨心揚起唇角。「多謝表哥，妍姊姊也很喜歡聽戲，若是她知道了定然會很高興的。」

謝意不以為然。「妍兒聽戲向來只是聽個開場，哪裡坐得住那麼久。」

「不會啊，妍姊姊很喜歡聽戲的，常常帶我一起去府裡戲園子那邊聽戲，那裡有個名角，姊姊很愛聽他的唱腔。」雖然江雨心語氣輕快，心裡卻並不輕鬆，如此將謝妍的事說出來實是無奈之舉。

謝意眉頭輕皺。儘管江雨心的話點到為止，並未完全說白，但依他對自家妹子的瞭解，那姑娘哪是對聽戲感興趣，怕是對唱戲的人上了心。

謝意也不拐彎抹角，直接道：「妍兒頑劣，自小被父親、母親寵壞了，加上年紀小，怕是有犯了傻的時候；表妹聰慧，若是妍兒有何不妥當的，直接說就是。」

見謝意說得直白，江雨心也不隱瞞。她瞅了眼一旁的顧媛媛，見她一直低著頭研墨，手上的動作極穩，似乎並沒有留意兩人在說些什麼。

見謝意並沒有避開顧媛媛的意思，江雨心便不再遲疑，將謝妍思慕那戲子的事情含蓄地說給了謝意聽。

謝意聽完，半晌才緩緩點頭道：「多謝表妹提醒，不然我這妹妹怕是要走了歪路。」

江雨心臉有些紅。「妍姊姊是真心待我，雨心也只是怕姊姊會受了苦。」

謝意沈吟道：「此事我會思量。表妹放心吧，妍兒若是要尋蘇涼生，還請表妹派人代為知會一聲。」

江雨心聞言，不由得鬆了口氣，心頭微微有些暖意。

其實謝意本來可以有更直接的方法，比如將謝妍提溜過來訓誡一頓等等；不管他這樣安排是有何考量，但至少也是為她行了個方便，不會讓她在謝妍那邊不好做人。

「多謝表哥，表哥事務繁重，雨心就不耽誤表哥了。」江雨心微微一禮。

謝意自然知道江雨心謝的是什麼，也不去戳破，讓茜草送她出門。

待江雨心離開後，謝意也無心再看帳目，靠著椅背輕輕嘆了口氣。

顧媛媛見他面露乏色，放下手中的墨錠，上前替他輕揉額角。

「那丫頭真是糊塗，跟戲子談何情義？」謝意嘆息道。

顧媛媛能夠理解謝意身為兄長對妹妹的愛護之心。謝妍是真的喜歡那戲子，喜歡到可以相守一輩子嗎？這種問題或許連謝妍自己都沒有考慮過，畢竟千金小姐和樓臺戲子成為佳話的可能性著實太低。

「二姑娘尚年幼不知事。」顧媛媛略微勸解道。一個在現代還未成年的小姑娘，還能夠指望她考慮得多周全呢？

謝意握住顧媛媛的手，睜開眼睛道：「說起來妳跟妍兒一般大呢，也是該出嫁的年紀了。」

聞言，顧媛媛垂首不答。

「三年之後，爺就迎妳進門。」謝意一字一句認真道。

顧媛媛上輩子雖然沒有經歷過婚姻，但並非沒有談過戀愛。曾有過青澀的校園愛戀，成年後也嚐過刻骨銘心的愛情，但最後都無疾而終。

她不曾回憶過那些或短暫或漫長的情感，因為在她看來，過去的始終都會過去。

雖然戀愛都是失敗的，但是顧媛媛並沒有什麼看破紅塵的念頭，也沒有沈溺在醉生夢死的痛苦中，當然更不會像許多少年、少女一樣，就此覺得世間根本沒有真愛，默默唱上一句「童話裡的故事都是騙人的」，然後往中二病的道路上一去不復返。

也許是緣分未到吧！顧媛媛這樣對自己說。這並非是自我安慰，只是單純的一種直覺。她想起外婆是個虔誠的基督教徒，那時外婆總是微笑告訴她。「我的姑娘，愛是恆久忍耐，又有恩慈。愛是不嫉妒，愛是不自誇，不張狂。」

愛這種感情，又怎麼能用一個明確的概念來解釋呢？雖然她不知道自己是不是真的愛謝意，但是她願意相信他，一如謝意從來沒有不信任過她。

所以當謝意對她許諾三年之約時，顧媛媛只是平靜地微笑著。

對這分感情，她抱著得之我幸，失之我命的態度，她會等，不管愛情來或不來。

雖然顧媛媛還不知道她的愛情會不會到來，但此時謝妍的愛情怕是來不了了。

今日謝妍特地穿上最喜歡的繡百蝶團花裙裳，腰間繫著刻絲串明珠絛，秀髮綰成垂蝶髻，戴著翡翠額飾，臉上嬌羞的紅暈襯得她並不明豔的五官也生動了起來。

只是在謝意出現的那一刻，謝妍臉上的嬌羞盡數化為恐慌和驚愕。

「哥……你來這做什麼？」雖然謝妍儘量讓自己保持冷靜，可臉上掛著的不安卻明顯透露出她的驚慌。

顧媛媛不禁感嘆這小姑娘的演技著實不太高明……

謝意沒有言語，只是平靜地看著謝妍。

自家兄長越是這般平靜，越令謝妍害怕。她垂下頭，不敢再和謝意對視，握緊的手悄悄向背後藏去，只是這般稍一動作，便被謝意伸手攔住。

他指尖輕輕一勾，謝妍手中握著的荷包就這樣被他奪了過去。

「哥！你幹什麼？」謝妍驚道，伸手要去搶回謝意手中的荷包。

繡著鴛鴦的荷包帶著些少女芬芳的味道，荷包的一角用紅金線繡了個「蘇」字，看得謝意十分頭疼。

「聽說新來的戲班子裡有個名角叫蘇涼生？妍兒，妳老實告訴我，這荷包上繡的字為何意？」謝意淡淡道。

謝妍臉色一變，張了張口卻不知該如何解釋，急得眼圈都紅了。

一旁的江雨心有些訕訕，謝意之所以能捉個正著，正是因為她提前派春來去通報的結果。

「妍兒，若是父親知道了會怎麼做？」謝意似不經意道。

果不其然，謝妍聞言，臉色更是慘白。謝望近些年對她很嚴厲，尤其病了之後，更有多餘的時間來管教她。

「哥，你千萬別告訴父親，父親知道了定會打死我的！」謝妍連忙懇求，這會兒她什麼少女情懷都沒了，只剩下驚慌。

「那就別鬧了。」言罷，謝意拂袖就走。

謝妍一怔，哥哥就這樣不冷不熱地說上一句就饒過她了嗎？這不像是他的性子啊……謝妍有些摸不著頭腦，只能呆呆地站在那；就連江雨心也滿是疑惑，有些意外地看著謝意的背影。

顧媛媛稍稍落後謝意兩步，向江雨心微微一禮，示意她跟上來。

寫意居的屋中很安靜，顧媛媛打開鏤花錦盒，從頭上抽出白玉蘭銀鈿簪子，輕輕挑出盒中的香放入紫金爐中，裊裊煙霧緩緩升起。

這香有安神的功效，顧媛媛見謝意有些困乏，便燃了一些。

「滅了吧。」謝意閉著眼睛輕聲道。

顧媛媛手上一頓，輕嘆了口氣，將方才燃起的香熄滅。

這時門被推開，珠簾晃動，原來是茜草走了進來。

茜草見謝意正在閉目養神，便到一旁小聲對顧媛媛道：「阿鳶姊姊，蘇老闆來了。」

顧媛媛看了眼謝意，輕聲道：「讓他進來吧。」

蘇涼生所在的戲班子本來是個散人班，剛開始不太出名，日子過得也緊巴，好在他慢慢唱出了名氣，也有大官人家願意捧他，倒也漸漸紅火起來。

雖說每日賺的錢不少，但畢竟是散人班，除了不長久外，若是沒有權勢人家罩著，極容易出事，正巧這時謝家要收個戲班子做家班，能被謝家收做家班，倒也是件幸事。

成為謝家的戲班子後，蘇涼生深覺在謝家的日子比在外面過得愜意得多，每日就練練嗓子，時不時出臺戲，倒也過得輕鬆。

只是今日忽然有個丫鬟說謝家二姑娘有事尋他，這讓他驚惑不已，正準備去赴約時，又有人來傳話說謝家大爺讓他過去。

這一會兒二姑娘，一會兒大爺，讓蘇涼生有些摸不著頭腦，但無論是哪一個，他都知道不能得罪。

蘇涼生走進屋後，入眼的是一張巨大的紅木四季屏風，屏風前是一張鋪了翠席的串珠軟榻，榻上坐著的人正是謝家大爺謝意。

「蘇涼生給大爺見安。」

今日謝意穿著一身玄色的繡雲紋纏絲外袍，同色綾緞直裰，墨髮未束，只用錦帶輕輕攏起。聽到蘇涼生的問安，他微微睜開眼睛，一雙瞳孔猶如身上的外袍般漆黑不見底。

蘇涼生只一眼便垂下頭去，不敢再看。

謝意並不急著讓蘇涼生起來，只是仔細打量著他。

見到這蘇涼生後，他也不難理解妍兒為何會心悅這個戲子。這蘇涼生的容貌無可挑剔，彷彿一塊溫潤的美玉般，儒雅又翩然，一舉手、一投足彷彿都能入畫。

今日蘇涼生穿著一身月白色的長襟袍，猶若謫仙，只是臉上的驚慌和眸中流露出的緊張，破壞了這仙人之姿。

「抬起頭來。」謝意開口。

蘇涼生心頭一緊，卻不敢怠慢半分，緩緩將頭抬起，對上謝意的視線。

只見謝意一臉散漫，目光直直掃過自己。蘇涼生先是一個激靈，隨後渾身都酥軟了下來，心頭猶如小鹿般撲通亂跳。

「蘇老闆來謝家有多久了？」謝意問道。

蘇涼生忙回道：「回爺，小的來謝府已有半年以上。」

謝意點頭。「在謝府可還習慣？」

其實謝意只是隨口閒嘮兩句，但這話入了蘇涼生耳裡就不是這般了，謝意是什麼身分，怎麼會閒得無聊來找他隨便說話？此次尋他來定是有目的，只是不知這目的為何；但不管怎樣，人家是爺、是主子，不管問什麼，他都要認真回答才是。

這樣一來二去，謝意也算是明白得差不多了。蘇涼生剛開始也是溫吞的，沒有一些當紅戲子清高的毛病，言談間甚是謙恭，待聊得熟了些，蘇涼生也放鬆了下來，態度沒了方才的拘謹。

蘇涼生並不是不食人間煙火的仙人，說白了他也明白什麼話該說，什麼話不該說，該拍馬屁的時候自然毫不含糊，倒也算得上是長袖善舞的人。其實也正因為這般，他才能順風順水地在蘇州混跡這麼多年還安然無憂，否則江南多少風流人物，這戲場裡出色的人如過江之鯽，只靠一張漂亮的臉蛋自然是不夠的。

謝意傾身拿起面前的茶杯，啜了口涼茶。這蘇涼生的美貌確是比女子更甚，只是後來漸漸變得忸怩作態，一雙濕漉漉的眼睛含情脈脈，這般媚人模樣著實令他不喜。

若說生得漂亮之人，他不是不曾見過，自家老三容顏無雙，眉目雖豔麗，神色卻是清淡安然；空明也生得好看，眉眼卻是坦然方正；可這蘇涼生乍一看頗有仙姿，舉止卻是妖媚輕浮。

蘇涼生一雙美麗的眸子頻頻在謝意身上打轉，每一瞥都是風情，見謝意只是似笑非笑地看著他，目光更是大膽起來。

戲場同歡場，蘇涼生又不是沒有經過事的人，身為戲子這麼多年，世家公子見多了，其中養小倌的不在少數。

他容顏出眾，既然是江南第一名角，身後願意撐腰的人自然是有的，這樣的人中不免跟他有過關係；可如今他是謝家的家班子，謝家就是他今後的依靠，若是能討得了謝意的好，還怕沒有好日子嗎？

蘇涼生這般想著，看向謝意的眼神更是熾熱。

依照蘇涼生的分析，若謝意並無此意，這樣的目光自然會將他惹毛，然而謝意只是嘴角噙笑，一副慵懶的模樣。

「蘇老闆可有家室？」謝意問道。

見謝意這樣詢問，也就是暗示性地問他有沒有妻子，蘇涼生心中一喜，緩緩道：「回稟爺，涼生並無家室。」

聞言，謝意起身，慢悠悠地踱步到蘇涼生面前，修長的手指扣住他的下頷，輕輕抬起。

「昨日有人送爺一位美人，身形曼妙，容顏嬌俏，爺看著甚是可心，今日與蘇老闆言談投機，不如贈了蘇老闆可好？」謝意放低了聲音，入了蘇涼生的耳只覺得魅人得緊。

他猜這話應該是為了試探他，他嚥了嚥口水，胸膛重重起伏，眼睛蒙上一層水霧，嬌媚喘息道：「爺，那美人可有奴這般容貌？」

謝意輕笑出聲。「依爺來看，無。」

聞言，蘇涼生彷彿吃了顆定心丸般，眸子一轉，見屋中只有謝家大爺和一個侍女，那侍女眼觀鼻、鼻觀心，一動也不動，應是謝家大爺用慣了的貼身丫鬟。

既然謝意都不在意，那他還擔心什麼，在眼前的可是享受不完的榮華富貴。

「既無奴這般容貌，爺又何必讓那種貨色辱了奴？奴可不願意要……」蘇涼生一邊撒嬌說著，一邊抬起纖纖玉手大膽地握住了謝意的手腕，向上緩緩攀上他的脖子——

「夠了！」一聲怒喝從屏風後面傳來，嚇得蘇涼生一哆嗦，跌坐在地上。

只見屏風後頭走出兩名少女，其中一個少女眼中含淚，氣得滿臉通紅；另一個少女則紅著臉拉著她的袖子，這兩人正是謝妍和江雨心。

第四十六章

蘇涼生臉色一白，忙向謝意投去求助的眼神，只是此時的謝意已經拂袖坐回軟榻上，眼中一片凌厲冰冷，哪裡還有半分散漫之色？

霎時蘇涼生只覺得手腳一片冰涼。

此時最難過的當然是謝妍，她心悅蘇涼生已久，每每看見他的身形都不由得心動萬分。這樣一個男子、這般風華絕代的容貌，可以溫柔似水，可以儒雅如玉，也可以清高傲然，但是眼前她看到的是什麼令人作嘔的事情?!

「你……我討厭你！」謝妍狠狠跺了跺腳，啐了蘇涼生一句，哭著跑了出去。

謝意看著妹妹跑出屋外，不禁搖頭嘆息。

這種在底層摸爬滾打、見慣風塵的戲子哪裡會是妹妹的良配？他本是想找蘇涼生過來試探幾句，謝妍自會明白這蘇涼生是怎麼樣的人，但就連謝意也沒有想到這蘇涼生竟會是個追歡賣笑的，如此便也將計就計，直接讓謝妍息了心思，省得她三天兩頭不安生。

「表妹，怕是要麻煩妳去照顧一下妍兒了。」江雨心是個聰明又會說話的，有她在一旁開解謝妍，謝意也比較放心。

江雨心啞然，半晌才反應過來，福了福身子道：「放心吧表哥，妍姊姊那兒有我呢。」說完連忙轉身去尋謝妍。

看著兩個小姑娘走了，謝意心想這場鬧劇總算是結束了，才剛鬆口氣，耳裡又傳來一陣哭哭啼啼的聲音，這才想起罪魁禍首還在這裡。

「爺……這是……」蘇涼生滿臉委屈。

謝意冷冷道：「聽聞布政司家的公子喜歡收集美人，近來更是愛好收集男寵，既然蘇老闆有此意思，爺便遂了蘇老闆之願。」他也正好給布政司家送個順水人情。

蘇涼生欲哭無淚，布政司家哪裡比得上謝府？況且布政司家的公子是個色胚，喜新厭舊，視侍寵為玩物，待興頭沒了轉眼就送人。他張口要說些什麼，卻見謝意神色陰沈，也知道再繼續說下去只會更糟，只能咬牙離開。

蘇涼生前腳才剛走，謝意就趕忙拿起一旁的涼茶猛灌了幾口。

顧媛媛抬起頭笑道：「爺這是怎麼了？」

謝意一臉難過。「胸口泛酸，噁心。」

顧媛媛眼中帶著戲謔，彎了彎唇道：「蘇老闆卻是真絕色。」

謝意敲了下顧媛媛的腦袋。「快別提他！笑什麼笑？趕緊給爺備水，爺要沐浴。」

顧媛媛沒有動作，只用手指一下一下輕敲著桌面道：「奴婢怎麼不知爺昨日又得一位美人？」

謝意掩唇輕咳了兩聲。「是揚州那邊送來的，本是不願意收，可那邊的茶園一直由鄭管事處理，若是不留，怕是無法安那邊的心……」

此話並非是藉口，他現在所要做的就是安各處的心思。

「阿鳶，那美人我連看都沒看就留在驛站那邊了。」謝意皺了皺眉道。

顧媛媛臉上似笑非笑。「身形曼妙，容顏嬌俏？」

謝意失笑，想要拉顧媛媛入懷，才剛抬起手，轉而想到方才懷中膩著的蘇涼生，不禁難受起來，也不願意這般去抱顧媛媛。

「那是哄那戲子的，這都吃醋了？」

顧媛媛輕哼一聲，依舊笑著道：「爺讚那美人是個可心的，不知蘇老闆是否更加可心？」

這話真是活生生給謝意添了堵。「說了不要提那戲子了，咱們家阿鳶既然吃醋了，那爺這就差人將那驛站裡的美人送出去。」

其實送來的美人並非只有鄭管事贈予的那一個，謝意年輕，又未曾娶妻，因此往他這兒送人的自然是多不勝數。若是自家送過去的美人能被謝意瞧上，留在身旁，之後自然對他們大有好處，只是這些美人都被謝意轉贈他人，竟是一個都沒留下來。

顧媛媛見謝意一臉吃了蒼蠅的模樣，不由得好笑，也不再與他置氣，提起裙角起身到外頭吩咐人給謝意備水沐浴。

顧媛媛捧著乾淨的衣裳，走進與謝意臥房相通的耳房裡。

入了門是一面翡翠屏風，屏風上因為霧氣顯得有些濕潤，襯得上頭的翠竹越發碧綠。

她繞過屏風，將手中的衣裳放在一旁。

「這裡，多洗幾遍。」謝意靠在浴桶中皺著眉頭，指著自己的脖頸一側對茜草道。

顧媛媛笑著接過茜草手中的巾帕，掬了些水淋向謝意修長的脖頸。「看把你膈應的。」

謝意抬眸看了茜草一眼，茜草會意，福了一福，轉身退了出去。

顧媛媛再次掬了些水淋於謝意肩側，手還未撤，便被他輕輕握住。

「不生氣了？」謝意的嗓音摻著霧氣，聽起來朦朧朦朧的。

顧媛媛輕輕挑眉，將謝意沒有束好的一縷頭髮從水裡撈起，繞在他的耳後，似玩笑般說道：「可收，不可看，更不可與之暗生情愫，行出露水之事。」

謝意看著顧媛媛那半真半假的神色，失笑道：「倒是好生霸道了，不過，爺歡喜妳這麼說，依妳。」

顧媛媛說的是玩笑話，也是心裡話，雖然見謝意也說得像是開玩笑一般，她心中還是不由自主的一暖。

現下來到七月，天氣越發炎熱，每個人都被曬得懶洋洋的，沒什麼精神，就連園子裡細心栽培的花草也都耷拉著葉子顯得蔫蔫的。樹上知了聲聲不肯停歇，吵得人心裡躁得慌。

「哎呀，鳶姑娘怎麼來了？」

紅苕正帶著幾個小丫鬟在園子裡黏知了，瞥見一個身著水青色裙裳的身影，定睛一看，這不是大爺院子裡的鳶姑娘嗎？忙整了整裙邊，迎上去見了禮。

顧媛媛手上捧著一摞書，微微欠身回了禮。「紅苕姑娘，我家大爺吩咐我將這些手笥書籍給三爺送來。」

謝意的書幾乎都是嶄新的，唯獨這幾本只有八成新，由此可見應該是謝意平日翻過多次的書籍。

紅苕忙將手在裙側擦了擦，小心地接過顧媛媛手中的書。「有勞鳶姑娘了，天氣這般熱，何苦還親自送來，差人來知會一聲就是了。」

顧媛媛笑了笑道：「這是大爺親自吩咐下的，左右不過是跑一趟，無事的。今夏暑氣重，爺命我將這幾桶冰送來，給三爺消消暑氣。」

紅苕見到顧媛媛身後跟著新月幾個丫鬟，手裡都拎著木桶，忙俯身再次一謝。「有勞姑娘了。」

「大爺還吩咐，三爺近來讀書辛苦，咱們這些做下人的莫要給爺添了煩心事，要盡心照顧著。」

聽到顧媛媛傳達大爺的意思，紅苕以及院中幾個小丫鬟都紛紛應下。

顧媛媛從玉竹苑走了出來，想到謝鈺今年要考鄉試，謝意不知跟江氏交涉了些什麼，江氏也沒有再去為難碧玉那邊；而謝意自己則是三天兩頭差人給謝鈺送東西，鼓勵他認真看書，這副樣子就像是孩子即將參加大考的家長一樣，就連謝鈺都有些受寵若驚。

至於江氏，依舊細心照顧謝望，兩人每日下下棋、喝喝茶、賞賞花。謝望的身體時好時壞，藥從未斷下，也就這樣將養著。

要說江氏除了丈夫的身體狀況外，還有什麼可憂心的，那就是一雙兒女的婚事了。因三皇子曾經暗示過想要同謝家結親，可謝意這頭，謝望夫婦誰都不敢妄動，這倒也讓謝意省了心。

不過謝妍就不同了，謝妍是姑娘，本就等不起，可她性子嬌蠻，江氏怕她在婆家會受了委屈，但門第低的江氏又瞧不上，這般拖來拖去，卻是越發顯得令人發愁。

江氏每日都在念叨此事，唸多了，謝望不免聽得心煩，最後他翻了翻備選名單的簿子，筆尖一勾，道：「就這個吧。」

江氏垂首一看，謝望選中的是撫臺家的三公子李清之。

「李家的老大李耀之是個不知輕重的混小子，但這老三卻是不錯的。」謝望緩緩道。

江氏略微沈吟，心中覺得也挺好的。撫臺家的地位自不必說，同謝府也是門當戶對，加上李清之容貌算是不錯，雖不是嫡長子，但這樣也算輕省；畢竟依女兒的性子，若真是做了長媳，恐怕才是麻煩。

「那我這幾日便約李家夫人喝喝茶，商量一下。」江氏總算是舒了口氣。

另一頭，謝妍隱約聽說母親給自己相看人家的事情，只沈默不語。

自從上次看到蘇涼生的真面目後，她把自己關在屋裡哭了一整天，也無心再想謝意怎麼會忽然趕巧攔住她。

關於蘇涼生的事情，她一點都不想知道。

江雨心一直在一旁輕言安慰她。本來因為告密的事，她還有些心虛，不過當日的情況真是把她嚇一跳，不禁想著幸好讓謝妍早些看清，不然豈不是要鬧出更大的笑話？

因為這件事，她和謝意總算說上幾句話，可卻沒有任何不錯的進展。想到這裡，她忽然想起謝家四爺謝遊，時不時差人送東西給她，今日送隻鷯哥，明日送個蛐蛐兒的，這般下來，令江雨心不禁有些心亂了……

謝意的公務很多，應酬更多，每日都是這樣。

就像今日，早先派人傳了話，說是可能歇在外面，顧媛媛聽了之後，只是隨口應著。

此時天色已晚，她自個兒收拾好床鋪，熄了燈早早睡下。雖是盛夏，夜晚的屋中並不熱，牆角的冰塊颼颼冒著涼氣不說，寫意居外面又有湖畔，開著窗子，隔著床幔還隱隱看得到外面的星空。

顧媛媛手裡緩緩搖著扇子，不多時便感到昏昏沈沈，其實這個時候才晚上八點多，如果擱到現代，恐怕沒人會這麼早睡，只是古代哪有什麼夜晚的娛樂活動，早睡早起才是王道。

顧媛媛手中的扇子漸漸搖不動了，那繡著美人圖的絹扇從手心滑落，掉在一旁，發出清脆的聲響，讓快進入夢鄉的顧媛媛微微轉醒些許。

門嘎吱一聲被推開來，似乎有腳步聲緩緩走近。顧媛媛此時正是將睡未睡的迷糊狀態，一時間也沒有動作。

腳步聲似乎有些凌亂，走走停停的，顧媛媛迷糊地將眼睛睜開一條縫，看見床幔外似乎有個身影。

一陣涼風吹來，拂開了薄薄的紗幔，一股酒香迎面撲來，謝意有些熱燙的指尖碰上顧媛媛的臉頰。

「爺？」天上的月亮被雲掩住，屋子瞬間黑了下來，顧媛媛感覺到撫在臉龐上的溫度，有些疑惑地開口。

「嗯。」謝意淡淡應著。

顧媛媛鬆了口氣，微微側過頭去，避開了謝意的手。

「爺不是說今晚不回來了？這是又喝酒了？」說著她撐起身子，想要去燃上蠟燭給謝意倒水。

這時站在一旁的謝意覆了上來，她還沒起身，頭就重重磕在了枕頭上。

「想妳，就回來了。」謝意語調有些含糊，似乎是喝醉了。

顧媛媛呼吸一滯，謝意的臉湊得極近，溫熱的呼吸噴灑在她的脖頸。

「爺，奴婢去給您備水。」她見謝意似乎醉得有些不清醒，動作不敢太大，小心翼翼地推了推他的肩膀。

可這一推顯然壞了事，謝意猛地壓住顧媛媛的肩頭，眉頭一皺，薄唇抿成一條線，不滿道：「不准去。」

顧媛媛小心喘息了兩下，放輕聲音。「好……奴婢不去，奴婢哪都不去，爺累不累？要不要去休息？」

謝意好看的眉毛這才緩緩鬆開，手上力道也放輕了，小聲道：「好……」

顧媛媛鬆了口氣，總算是安撫了這位爺……可是他還這樣直勾勾地盯著她，一動也不動是怎麼回事？不是說好了去休息嗎？

「咳……爺，您的床在裡頭，奴婢扶您過去……唔——」

顧媛媛話還未說完，便被謝意堵住了唇。

第四十七章

顧媛媛大怒，這熊孩子都不能提前打聲招呼嗎？

粗淺的喘息在兩人之間迴盪，謝意帶著熱度的指尖順著顧媛媛纖細的頸子滑下，在鎖骨處反覆流連。

突然，肩上一涼，顧媛媛身上的細布裡衣已經被褪下。

「謝意！」顧媛媛低聲叫道。

明月不知何時從雲霧中露出臉來，月光幽幽照進屋內。她看到謝意一頭長髮散開，深不見底的眸子蒙上一層霧氣，鬆散的衣襟下是大片的肌膚。

這謝意絕對是喝醉了。顧媛媛暗惱，深吸幾口氣，攢足力氣推開身上的男人。

她翻身一滾下了榻，誰知才剛站穩，便像拎小雞一樣重新被謝意提了回去。

「阿鳶……」含糊不清的聲音帶著幾分撒嬌的意味，謝意神色有些委屈，似乎不明白自家丫鬟為什麼要逃走。

顧媛媛一手被謝意緊緊攥著動彈不得，只能用另一隻手恨恨地捶了下床榻。這個混蛋，竟然醉成這副樣子，既然如此……

宿醉的感覺十分不舒服，謝意費力地睜開眼睛，只覺得一陣頭暈目眩，還伴著輕微的噁心感，視線模糊了好一會兒後才能逐漸看清。

待看清後，他不由得一怔，自己懷中正摟著一人，睡得很香甜，不是自家丫鬟又是何人？他覺得大腦有點轉不過來，也不敢移動，就怕驚醒懷中的人兒。

他低下頭，見顧媛媛睡相恬靜，纖長的睫羽微微顫動著，白皙的脖頸上有著點點紫色痕跡——

紫色痕跡?!謝意傻眼。

他努力回想昨天的事情，他本來是出去應酬，左右躲不掉幾杯酒，後來……後來他回來了?可他怎麼不記得自己是什麼時候回來的，之後又發生了什麼事?

謝意又垂頭看了看顧媛媛，喜悅和失落瞬間充斥他的心頭，令他有些不知所措。喜的是他似乎在不知不覺中完成了一件夢想已久的大事，失落的是為什麼會是不知不覺……這讓謝意覺得有些沮喪。

顧媛媛微微皺了眉，臉貼在枕上輕輕磨蹭了幾下，有些不願意睜開眼。

看到顧媛媛的小動作，謝意沮喪的心情頓時消失，心跟著軟成了一灘水。他忍不住伸出指尖，輕輕碰了下顧媛媛的臉頰。

顧媛媛本就睡得淺，這樣輕輕一觸，她悠悠睜開了眼。

「爺這麼早就醒了啊?」顧媛媛看了謝意一會兒，又隔著窗櫺向外看去，見此時天色尚早，有些迷糊地問。

謝意臉上一熱，忽然不知道該說些什麼。

他把昨晚的事情忘得一乾二淨還真是糟糕，這讓他有些無措，半晌後才含糊應了聲。

「嗯……」

顧媛媛知道謝意喝多了酒，第二日容易頭疼，見他臉色不好，以為是宿醉難過，便攏了攏散開的衣襟，坐起身道：「奴婢去熬些湯茶來給爺醒醒酒。」

謝意一怔，連忙拉住她。「不用，妳先……歇著吧。」

顧媛媛有些疑惑地看著謝意，見他一副吞吞吐吐的模樣，似乎想說些什麼，又不知如何開口。

此時的謝意的確非常糾結……他該怎麼說呢？

說「阿鳶對不起，我把昨兒個的事全忘了」？

不行，這聽起來像是人渣一樣。

還是說「阿鳶對不起，我昨兒個只是喝醉了」？

這聽起來更人渣了。

半晌後，謝意只得嘆氣道：「阿鳶，昨日……委屈妳了。」

顧媛媛聽謝意這樣說，臉上一熱，耳朵紅了一圈。「咳……爺可真是的，喝成那副德行。」

想到昨日，顧媛媛是既氣惱又好笑，謝意喝醉後變得蠻不講理，她也惱得慌，乾脆一咬牙，直接跟他槓上。

衣衫盡褪，滿室旖旎，正待水到渠成之時，這位爺竟然睡著了。

顧媛媛有些哭笑不得的看著睡得不省人事的謝意，只得幫他穿好裡衣，本想將床鋪讓給他，誰料便是在夢裡，謝意也緊緊攥著她的手，無奈之餘，兩人只得這般和衣睡去。

謝意眨了眨眼，覺得這般支支吾吾的實在不像話，直接將雙手按在顧媛媛肩上，鄭重說道：「阿鳶，我謝意的妻只能是妳，現在雖然不是最適合的時機，可若是妳覺得委屈，不管誰攔著，我都會娶妳為妻的；若是有了孩子，那他便是我謝意的嫡長子。阿鳶，妳放心……」

「等等……」顧媛媛覺得一時有些消化不了，怎麼忽然就開始求婚了？還附加一系列的承諾？謝意是不是還醉著沒醒？

謝意準備了一肚子的話，才剛剛起頭就被顧媛媛打斷，他有些疑惑道：「阿鳶有什麼異議儘管說就是。」

顧媛媛愣了愣神，輕輕拿開謝意搭在她肩上的手。「爺是不是沒睡好？再睡會兒吧，奴婢給您倒茶……」

謝意似乎想到了什麼，臉上一沈，道：「阿鳶，妳用不著這般委屈自己，既然已經是我謝意的女人，我又怎麼會裝作不知？」

謝意知道顧媛媛可能會委屈、會惱怒、會不安，但他寧願她去怪他，也不希望她當作什麼事都沒發生過，獨自一人將事情掩下，他不想讓她受委屈。

顧媛媛一噎，半晌後才緩緩道：「爺……奴婢不曾與您有過肌膚之親……」因為您在半途睡著了……

什麼？謝意一時間沒有反應過來，目光順著顧媛媛的脖子看下去，那痕跡一路蔓延至胸口，直到被衣裳掩住。

顧媛媛看著謝意的視線，輕咳了幾聲，再次攏了攏衣襟，將昨晚的事含蓄地告訴他。

她邊說邊瞧著謝意的臉色，在發現對方臉黑得媲美鍋底時，她就不敢再說下去了。

「咳……大概……就是這個樣子……」

謝意沈著一張俊臉，只覺得滿心鬱悶和委屈，他剛才明明那般歡喜，連孩子的名字都快想好了，結果根本就是自己在自作多情，人家壓根兒不當回事。

顧媛媛心道謝意這是什麼眼神，還委屈呢……雖然兩人沒真的發生什麼事，可到底也是她被占盡了便宜好嘛！

兩張黑臉對視了半天，最後還是謝意先開口。「方才我說的話，還是作數。」

顧媛媛啞然，半晌輕輕點了頭。

最後兩人決定針對成親一事談一談，顧媛媛認為推遲幾年比較好，謝意才剛接掌謝家，事務最是繁重，她不希望他在這時跟謝望夫婦以及族中各路人馬發生衝突。

兩人談妥後，此事才告一個段落。

顧媛媛方才說得口乾，便下床去倒水，順便將謝意散落在地上的衣物收整起來。黑色的繡金絲緞袍上帶著濃烈的酒氣，一夜未散，可想而知謝意昨天喝了多少酒。

謝意側身躺在床榻上把玩顧媛媛的布偶小白花，看見她忽然頓住的腳步，側過頭去，見她揚了揚手上的袍子，笑得一臉溫和。

「哪家的美人這般不小心，蹭了爺一身的胭脂。」

一抹嫣紅的胭脂在玄色的袍子上格外顯眼，謝意手上一頓，立刻坐了起來。

應酬上少不了會有陪酒的美人，可他卻不曾碰過，就像昨夜，因看見那些女人主動靠上來，心頭煩膩，才會半夜也要趕回來，不願多留，只是不知何時還是被染了胭脂上去。

謝意雖然心頭明白，卻不想讓顧媛媛誤會，這種事還是要解釋清楚得好，只是當他抬眼對上顧媛媛那雙眼的時候，又有些說不出口。

萬一她以為自己是在找藉口怎麼辦？萬一她不相信他說的怎麼辦？

顧媛媛見謝意陰晴不定的眼神，不禁好笑道：「行了，奴婢都知道的，爺用不著解釋，只要爺記得奴婢之前所說的就好了。」

昨兒晚上謝意雖然睡著了，但卻叨叨絮絮說了很多夢話，其中一半以上都是在向她表明心意，這讓顧媛媛第一次發現原來自家大爺其實是個話嘮呢。

顧媛媛的信任讓謝意心中很感動，看向她的眼神中情深更切。

一轉眼，夏天匆匆過去，已來到秋季，同樣也到了快要舉行秋闈的時候。

舉行鄉試的前一天，謝意將謝鈺找來說說話，勸他放輕鬆一些，不要緊張。

對於謝意的叮囑，謝鈺一一應下。「這半年多來，多虧了大哥的照顧。」

謝意擺擺手道：「一家兄弟，說這個做什麼？倒是你要放寬心才是，你平日寫的文章我曾給司徒先生看過，先生總是誇讚你，鄉試對你來說定是沒有問題的。大哥在這說句不好入耳的，你是我親弟弟，便是不走這科舉也無礙。」

謝鈺知道謝意是在勸慰自己，心下感動。「大哥的心意弟弟明白，大哥放心吧，此次弟弟定會盡力而為。」

謝意怕說多了會讓謝鈺多心，便岔開了話題，詢問他東西都準備得如何了。

秋闈每闈三場，每場考三個晝夜，因此要整整熬九天。雖然現在是秋季，天氣還是悶熱，考場裡的水和食物容易變質，所以餐食最好是提前備好。

「……餐食那些你就不要管了，我會命人備下，你就好好休息，養好精神才是，明天我送你去考場。」謝意直接吩咐道。

科舉最是熬人，文人秀才大多身子孱弱，扛不住的大有人在，很多考生都是走著進去，抬著出來。

謝鈺笑了笑後應下了，他知道大哥執意要送他去的原因，由謝家的車馬載著，加上謝意親自跑一趟，就算不開口，考官也會多多關照一些。

今日天氣格外炎熱，知了聲聲平添躁意，顧媛媛用手背擦了下額頭的汗，仔細清點著馬車裡的東西。

待清點完後，她轉過身去，剛好看到從府裡走出來的兩人。

謝意今日穿了件紫色的輕絲袍，裡面是同色繡水直裰；謝鈺則穿了件淡青色外袍，裡頭是月白直裰。

兩人這般一淺一深，容顏照人，連顧媛媛都看得有些出神。自己站在兩人身側，如同蒹葭倚玉樹——她是灰突突的蒹葭，謝家兩公子是光彩奪目的玉樹。

「爺，三爺，東西已經備好了。」顧媛媛福了一福，給兩人見了禮。

謝鈺微微頷首。「勞鳶姑娘費心了。」

顧媛媛忙道：「不全然是奴婢一人之功，多數是爺吩咐後，奴婢幾個跟著收拾的。」

謝意看了看天色道：「不早了，咱們趕緊走吧，可別誤了時辰。」

臨近考場，謝意又免不得多交代幾句話，聽著倒真有幾分家長的味道。

顧媛媛忽然想起什麼，從袖袋中取出一只約莫有鴿子蛋大小的琉璃圓壺遞給謝鈺。

「這是薄荷油，若是乏了就嗅一下，可以提提神。」

謝鈺微微笑著接過去。「阿鳶姑娘有心了。」

「這是奴婢當做的。」說完，顧媛媛輕輕掀開一旁的簾子，往外頭一瞅。

只見外頭的馬車多不勝數，人亦是熙熙攘攘。考生們都提著籃子，裡面放著考試用的東西，三兩結伴，有的人面帶緊張，有的人形色輕鬆，有的則是左顧右盼，不知在瞧些什麼。

這時謝家的馬車停下來，謝意陪著謝鈺下了車，顧媛媛想跟著下去看看，被謝意斜斜瞪了一眼，這才悶悶地重新坐回車上，隔著簾子往外瞧。

考場門前的一角，蹲著一個乞丐在行乞，不知是不是想積攢些功德運勢，考生們紛紛丟了些銅板給那個乞丐，只那麼一會兒，乞丐就收了兩、三缽的錢，眼睛歡喜地瞇成一條縫，笑得見牙不見眼。

顧媛媛心道這乞丐倒是個會討巧的，尋了個好地方。

天下科舉，不分貴賤，來考試的考生們身分背景各不相同，有的人穿著清貧，有的人則是衣著華貴。那乞丐見到穿著鮮亮的公子就忙上前去，說幾句祝願高中、定登金殿的吉利話討錢；而見到穿得寒酸的，雖然垂著腦袋，但眼中到底多了幾分輕蔑。

見謝意哥兒倆走來，那乞丐忙上前討錢，謝意微微側過身子，避開他的碰觸，給小廝吳桐使了個眼色。

吳桐會意，忙攔在謝意身側，給那乞丐一些錢財將他打發。

顧媛媛看到謝意和謝鈺兩人繼續向前走，乞丐則是瞅著手心裡的銀子笑得開懷。

「程弟，你也丟些銅板求個好兆頭吧。」

突然，乞丐的破碗叮的一響，一個身著布衫的書生往裡面投了幾枚銅板，轉身對後面的同伴說道。

那乞丐正看銀子看得歡喜，被冷不丁的這麼一嚇，差點沒鬆了手裡的碗，抬頭見是一個穿著寒酸的書生，再看看碗裡方才丟進去的幾個銅板，不禁有些嫌棄起來，一臉不屑，連句討喜的話都沒說。

「不給，今日無論考中與否都是自己的實力，作何去便宜一個貪得無厭的乞丐？」清朗的聲音傳來，說得沒有半分猶豫。

顧媛媛噗哧輕笑出聲，這年頭還有這麼直白的書生？她還以為文人大多都是含蓄內斂，充滿情懷的。她有些好奇地探出頭去，見到的卻是一個背對著她的身影，身形高眺修長，黑髮束成學者的模樣，身上穿著一件洗得發白的麻布袍子。

那乞丐見自己被人這麼嘲諷，倒也不覺得有什麼，反正他向來搖尾乞憐慣了，只是別的書生聽了這書生的話，似乎也覺得有道理，紛紛放下手，不再施捨銀錢。

那乞丐見狀，氣急敗壞地道：「我呸！窮酸小子，沒錢給就直說！」

那高䠷的少年書生笑著道：「確實是無錢，所以更要珍惜才是，怎麼能隨便給了你這般的人。」

那書生的坦然令在場很多人臉上一紅。

有許多貧寒人家的讀書人，為了讀書，不僅不能幫家中分擔勞務，家裡人還要更辛苦勞作才能將束脩湊齊。

這乞丐明明已經得了不少錢，但還是有人不斷施捨，有的是為了討個好兆頭，有的則是為了跟風——別人都給了，自己怎麼能顯得這般小氣？如此便有人咬著牙也要給這乞丐錢，還怕自己給得少，被身旁的人笑話，便狠下心掏出一半的腰包。

顧媛媛靜靜地看著周圍人的變化，心中也不禁對這個考生產生了好感。

讀書人多數好面子，這考生言辭間坦然直爽，家貧卻不自賤。她忽然萌生出一股想要瞧瞧這少年長什麼模樣的想法，腦中正想著，那高䠷的少年書生已經轉過頭來——

第四十八章

外面陽光正盛，顧媛媛看到那少年俊美的面容，眉如墨畫，眸若點漆。

她微微瞇了瞇眼，陽光刺得眼睛有些疼，待回過神來，那少年已經帶著之前的夥伴向考場大門走去。頓時，一股悵然若失之感湧上心頭。

當謝意回來的時候，顧媛媛還在發呆，他喚了她兩、三聲，她都未曾聽見，待她反應過來的時候，謝意已經一臉不耐煩了。

「在想什麼呢，這麼出神。」

顧媛媛搖了搖頭。「沒什麼。三爺已經進去了嗎？」

謝意點頭。「去了，依老三的學識，不會有問題的，只是不知道他這身子熬不熬得住；但願他能順利考完，取個好成績才是。」

「爺對三爺很是上心呢。」顧媛媛直直看向謝意道。

謝意神色一頓，半晌才道：「那是自然……他是我弟弟，身為兄長多關心他一些也是應當的。」

顧媛媛笑了笑，沒有再問下去。謝鈺是謝意唯一的弟弟，身為兄長關心弟弟自然不會錯，只是顧媛媛心裡頭卻很清楚，謝意向來對什麼事都不怎麼上心，這關心顯然有些反常。

或許這次科舉不僅僅對謝鈺來說很重要，對謝意來說也是很重要的？不過究竟關乎到什麼事，恐怕只有謝意自己心裡才清楚了。

三日後，顧媛媛隨著謝意來接謝鈺出考場。

雖然謝鈺臉色看起來有些蒼白，但精神還是不錯的，眼神似乎比進考場前更加有自信，言談間也帶著笑意，想來是考得不錯。

對於考試，謝意沒有過問任何一句，只是叮囑謝鈺回去好好休息，養足精神，準備下一場考試。

謝鈺笑著應下，臨到謝府時，謝鈺稍稍落後謝意幾步，朝顧媛媛和善地笑了笑，將琉璃圓壺塞回她手心。

「只怕味道都淡了吧，明日我再去找沈郎中重新拿一瓶給三爺。」顧媛媛輕聲道。

謝鈺偏過頭看著顧媛媛道：「好，這瓶子很漂亮，就繼續用這個吧。」

顧媛媛看了看手中的琉璃圓壺，點了點頭。

今日沒有一點風，樹葉被太陽曬得蔫蔫的。

今天是鄉試的最後一日，考的是「策問」，也是其中最難的一項；可謝意今天事務纏身，早早就出了門，於是來接謝鈺的就只剩下顧媛媛。

顧媛媛給自己倒了一大杯水，慢悠悠地喝著，手中的團扇有一搭沒一搭的搧著風。喝完水，她趴在車上有些昏昏欲睡，突然嘎吱一聲，馬車停了下來，她微微抬了下眼皮子，思量著應該是到了。

挑開簾子，果然看到已經有考生陸續出來了。顧媛媛打起精神，在人群中搜尋著謝鈺的身影。

時間一點一滴過去，本來熙熙攘攘的門口此時只剩下幾個人，可謝鈺還沒有出來。

顧媛媛有些不安，莫不是出了什麼事情？她整理了下裙裳，下了馬車，吳桐站在一旁，有些擔憂道：「阿鳶姊姊，三爺還沒出來呢。」

「上前去問問吧。」說著，顧媛媛跟吳桐一起走到門口，林英和林傑兩兄弟不放心，便跟在他們後頭一起去詢問。

「考生都已經離場了，如果還有沒出來的，那恐怕是沒熬過去，病倒在裡頭了。今兒個也是怪了，好幾個人都昏厥過去，不省人事，也不知道是太熱還是題目太難給急到昏頭，此時那些人應該是在裡面郎中那裡。」門前的差人說道。

顧媛媛聽了這話，心揪了起來。難道謝鈺真的出事了？

「大哥，我們現在能不能進去？我家三公子還沒有出來。」顧媛媛問道。

那差人見一個水靈靈的小美人這般求著，便答應了下來，反正此時已經考完，人家家奴去接主子倒也沒什麼。

顧媛媛見那差人應下，連忙跟吳桐往裡頭走，只是剛走沒幾步，就遇上了謝鈺。

謝鈺身旁站著那個開考第一天遇到的俊美書生，此時那少年正扶著另一個面容憔悴的書生。

「阿鳶姑娘？」謝鈺有些驚訝。「你們怎麼進來了？」

「三爺您沒事吧？見您久久沒出來，奴婢這才來尋。」顧媛媛口中說著話，眼神卻控制不住地看向謝鈺身旁的少年書生。

謝鈺察覺到顧媛媛的視線，掩袖輕咳道：「我無事，咱們先出去吧。」

顧媛媛木然地點點頭，跟在幾人身後。看著那少年書生洗得發白的衣裳，有一種難言的感受在心頭滋生。

那少年書生見謝鈺停在一輛華貴的黑楠木馬車旁，便知曉這是謝家的馬車，微微點頭道：「謝兄回去吧，我跟興源哥回客棧了。」

謝鈺眉頭一皺，道：「賢弟住在哪裡？我送你一程。」

若不是今天發生了這種事情，謝鈺本來想將他請到家中住的。這個少年是他這幾日考試時遇到的，餐飯時曾與之相談幾句，甚是投機，待幾日下來，兩人便生了相惜之情，深感遇上知己。

謝鈺知曉對方家中困頓，便想著等考完試就跟謝意商量一下，讓這少年來謝家住，兩人一起作伴，準備明年的春闈。

那少年書生本想拒絕，但看了看身旁臉色蒼白的同伴，只得道：「那就煩勞謝兄了。」

吳桐幫著少年將那病懨懨的同伴扶上馬車，顧媛媛也跟謝鈺一同上了馬車。謝意的黑楠木馬車很寬敞，容納五、六個人也沒問題，倒也不覺得擁擠。

顧媛媛將謝意平時喜歡用的茶具放在一旁，從暗格中拿出一套新的茶具給幾人倒了茶。

當她將茶杯遞給那少年書生時，手指微微顫抖著，一抬眸，正好對上少年烏黑純淨的眸子。一旁臉色蒼白的同伴——也就是當初給乞丐銅板的那個考生，生著一張方正臉，面貌算是明朗，只是氣色太差，似乎生了什麼病。

「程弟，是我拖累了你，若不是我……」那病懨懨的書生一臉自責，眼神很是痛苦。本來今天考完最後一項就能結束了，可在這最關鍵的時刻，他卻中暑昏厥過去。

如果不是快不行了，考官是不會給考生打開考室的門，但見他口吐白沫，人事不省，考官連忙命人將他拉出來。程弟因為擔心他的身體，執意跟他離開照顧他。

考場有考場的規矩，若是出了考室，那就再也不能進去答題。

當時考官嚴肅地告訴顧程，若是出了這道門，那這場考試便算是作廢了，可顧程只是坦然道：「考試三年後還會再有，但兄長只有一個，若是兄長出了什麼事，我也無顏面對兄長父母的照養之恩。」

那考官雖然尊重顧程的決定，但還是不住嘆道可惜了。

少年書生笑了笑，眼中一片清明。「興源哥，這種話就別說了。咱們是同鄉，當初在臨塘村的時候，你就對我多有照顧，如果不是你和大叔、大嬸，顧程今日哪裡能來這裡考試？」

少年口中的話是對著同伴說的，但眼睛卻一直盯著顧媛媛。

聽他這麼說，顧媛媛手中的水不小心灑了出來，浸濕了身上水青色撒花裙襬，但她沒有拿帕子去擦，只是怔怔地看著眼前的少年。

謝鈺有些疑惑，自從相遇之後，阿鳶姑娘便一直盯著顧程看，而顧程也同樣一直看著阿鳶姑娘。這兩人的性子，謝鈺也大概知曉，並非是會被皮相所迷惑的人，可是為何會這般對對方移不開眼？

就連一旁滿面病容的陳興源都察覺到有些不妥當，悄悄伸手拉了拉顧程的衣袖。

他知道這幾日程弟跟這個容貌極美的謝家公子關係不錯，但當看到謝家的馬車時，他還是十分驚訝，沒想到對方是如此高門大戶，就連婢女的容貌和氣度都這般出眾。

不過他畢竟是讀書人，只看了一眼便不敢再無禮相視，只是不知為何，他這一向穩重的程弟卻是盯著人家不放。

謝鈺皺起眉頭，腦中有個想法一閃而過。他第一眼看見顧程時，總覺得在哪裡見過，此時忽然想起，顧程的這張臉，分明與阿鳶姑娘有七分相似。

「……程程？」顧媛媛咬了咬唇，千言萬語只化作一聲輕喚。

俊美少年揚起微笑。「阿姊，終於找到妳了。」

馬車行駛在路上，輪子在地上碰撞出低沈的聲音。不知道天空從何時開始起了風，將馬車四周裹著的金絲布幔吹得飛揚。

顧媛媛看著眼前這個身量高眺的少年，想到多年前在臨塘村的日子。

那時顧程還是個剛會到處挖坑刨土的淘氣孩童，每天跟小夥伴滾得一身泥回家，趴在門檻外面，可憐兮兮地探頭問：「阿姊，阿爹有沒有在家？」

若是聽到阿爹不在家，程程就會高興地一溜煙跑到她面前，伸出髒兮兮的小手道：「阿姊，這次不是程程淘氣，真的……阿姊妳要相信程程……」

阿娘疼愛兒子，經常會背著她悄悄給程程塞好吃的，單純的程程每次都會轉過頭來分給她一半。

那個整天揪著她衣角問她今天吃什麼的孩子，那個纏著她給他糊紙鳶的孩子，那個最後哭著追著馬車讓她不要走的孩子……

看著顧程臉上的笑容，以及身上洗得發白的袍子，耳裡聽著他再次喚她阿姊，顧媛媛只覺得鼻子一酸，有種想落淚的衝動。

謝鈺有些驚訝，難怪兩人容貌如此相似，竟然是姊弟；而陳興源也很吃驚，顧程的父母幾年前就去世了，他爹娘見他無親無故，年紀又小，便一直接濟他。這也就是為什麼，顧程寧願放棄考試，也執意要照料他的緣故，只是沒想到顧程竟然還有個姊姊。

「阿姊可莫要哭，我萬分歡喜能遇上阿姊，即便今後不考科舉也值得了。」顧程一臉認真道。他從不後悔放棄考試去照顧興源哥，若不是陳家大叔、大嬸的接濟，他根本就不可能來這裡參加考試；而若是他沒有來，又怎麼會遇上阿姊？

這一刻顧程覺得老天待他實在是太好了。方才看見阿姊的時候，他只覺得眼前的姑娘很是熟悉，即便已經十多年未曾相見，即便阿姊離開的時候他還少不更事，可那種血緣親情騙不了人。

所以剛剛他才故意說出自己的名字，果然，對面這美麗的女子就是自己的親姊姊，巨大的欣喜頓時湧上心頭。

顧媛媛看著顧程，顧程也看著顧媛媛，兩人一時間竟是無言。

「程弟，你還有個姊姊？」陳興源率先出聲問道。

這般一問，才讓對視的兩人回神。顧媛媛眉間微蹙。「程程，是阿姊不好，讓你受苦了。」

一開始顧媛媛有固定往家裡捎月錢，可後來當她知道那所謂幫忙送錢的同鄉將她之前準備的銀兩全都私吞了後，便再也沒有尋到能往家裡託寄東西的人。

看著顧程身上泛白的衣衫，顧媛媛心頭很是自責，她當不起他這一聲「阿姊」。

顧程心裡酸楚，姊弟再見時竟相隔這麼多年，他那溫柔的阿姊出落得這麼出色，可是爹娘都已不在了。

雖然難過，但他面上依舊笑得和煦。「沒關係，如今能見到阿姊，我已經很滿足了。」

這時馬車停了下來，車伕劉叔的聲音從前頭傳來。

「三爺，前面的胡同太窄，馬車進不去。」

顧媛媛撩開簾子，外面是一條破舊的小胡同，那小路還不及馬車的一半寬，著實是進不去。

「阿姊，我和興源哥住的地方就在這前面。」顧程開口道。

顧媛媛這才想起程程是來參加考試的，如今秋闈結束，他豈不是要回臨塘村了？可他們才剛剛相見，連話都還沒有說上幾句……

「阿鳶，眼看今日天色漸晚，不如就接他們回謝府吧。」謝鈺提議，又轉頭對顧程道：「你們姊弟兩人才剛重逢，想必還有很多話要說，陳兄的身體也需要靜養。」

顧程本就捨不得再和阿姊分開，與源哥身體又不好，這會兒也趕不了路。

「那就在此先謝過謝公子了。」顧程打從心底感謝謝鈺。

顧媛媛欣喜道：「好，我這就下去幫你們收拾東西。」

「不用了阿姊，我去就好了，你們在這裡等著吧。」

顧媛媛不想錯過跟弟弟相處的任何機會，搖頭道：「我跟你一起去！」

顧程見顧媛媛執意要跟，便笑著同意了。跟著一同過去的還有吳桐和陳興源，顧程本想著陳興源生病，讓他在馬車裡等就好，但陳興源覺得不太好意思，便一起跟來了。

第四十九章

小巷子很窄，就像弄堂一樣，約莫只能讓兩人並肩而過，旁邊還放著人家生火用的爐子、做飯使的鍋子，地上的飯菜渣還沾上顧媛媛腳上潔淨的繡鞋。

顧程看著顧媛媛髒了的鞋子，有些抱歉地朝阿姊笑了笑。

顧媛媛回以一個微笑，眼中澄淨，似乎並不在意，這讓顧程覺得心裡暖暖的，他的阿姊還是同記憶中一樣。

穿過巷子，拐了幾個彎，這才到達一個院子前。顧程敲了敲門，裡面有人應了聲，不多時門就被打開了。

開門的是個中年人，那人看見顧媛媛時不禁愣住，不曉得這打扮體面的姑娘怎麼會來這種地方？

顧程不著痕跡地將姊姊擋在身後，遮住了中年人的視線。

「馬叔，我們是來收拾東西的。」

那被喚作馬叔的中年人這才回過神來，連忙應著。「哦，瞧我竟給忘了，你倆今兒個考完了吧，考得怎麼樣？」

陳興源臉色一滯，他喜歡讀書，可卻不是讀書的料，平日的學習也不太出色，但家中爹娘執意想要供養出一個讀書人，所以這次秋闈他是抱著很大的期望來的。誰知當他看到策問的時候，一陣緊張，手指開始哆嗦，再加上天氣炎熱，急火攻心，一下子就昏厥過去。

雖說這只能怪他自個兒不爭氣，但這次還拖累了顧程。顧程跟他不同，無論是容貌還是功課都十分出色，可顧程卻選擇放棄考試來照顧他，這讓他心頭既是難受又是感動，更多的是深深的愧疚。

顧程顧慮到陳興源的感受，沒回答馬叔的話，只是岔開話題道：「馬叔，我倆是回來收拾東西的。」

馬叔有些好奇地瞅了瞅顧程身後的顧媛媛，口中應著。「哎，好好。這是今兒個就要走了？」

顧程不想說太多，只是含糊地應下，和陳興源帶著顧媛媛跟吳桐往裡面走去。

他們住的屋子在院子的拐角處，屋內沒有窗戶，陽光照不進來，顯得陰暗潮濕，但也就因為如此，租金比別的地方便宜一些。

屋中的門沒有上鎖，直接推開就能進去了。只見屋裡黑漆漆的，只有兩張用長條凳子組成的床板，上頭隨意鋪著一張蓆子，還有一個案桌，雖然陳舊，但被擦得乾乾淨淨的，案上還擺著幾本書，上面蓋著一塊素色的布，防止書上落了灰塵。

顧程先讓陳興源坐在一旁歇會兒，顧媛媛則彎腰將桌子上的書籍整理好，裝在一旁的書箱裡。

兩個人的行李很少，沒多久就收拾完了。

「小書生，既然你們不住了，那是不是要把房錢結一下？」方才那個馬叔瞅了一會兒，開口問道。

聞言，顧媛媛從腰間取下荷包，顧程見狀，先一步上前，從懷裡掏出一個小袋子，從裡面摸出些碎銀兩遞了過去。「馬叔，這幾日多虧你幫忙了。」

接著幾人便離開巷子上了馬車。

路上，顧程跟顧媛媛講了她離開後這些年家中的事，其實剛開始幾年倒也還好，雖然不寬裕，勉強還能餬口，只是前幾年又鬧了澇災，田中沒有收成，加上又出了時疫，阿爹、阿娘兩人都染了病，終究是沒有熬過這一劫。後來他就靠著村裡陳叔、陳嬸的接濟和幾畝祖產過日子。

顧媛媛聽完，一陣默然。如今離她當初離開臨塘村時已經過去十多年，阿爹和阿娘的面容已是有些模糊不清。儘管是被賣為奴，可那裡畢竟是她曾經生活過的地方，現在聽到兩老已經不在人世，難免會難過、會失落。

顧程也問起顧媛媛這些年來過得如何，顧媛媛只是笑著跟他說起謝府的富饒與寬厚，卻不想跟他提及其中的凶險和束縛。

不知是不是血緣使然，只是短短一段路程，姊弟兩人已無一絲生疏。

到了謝府，謝鈺讓顧程和陳興源兩人住在玉竹苑，又命人去請沈郎中過來給陳興源瞧瞧。

顧媛媛幫兩人收拾好了床鋪，對顧程道：「這些日子累壞了吧，阿姊給你做好吃的補補，看你這孩子瘦的。」

顧程笑著道：「倒也不是很累，阿姊我來幫妳打下手。」

「你啊，就留在這陪陪三爺吧。」顧媛媛笑道，古代講求君子遠庖廚，何況謝鈺身為邀請人，在馬車上就被冷落了一路，他們姊弟總不能一直話舊。

顧程也認為阿姊說得對，便沒再堅持。

天色漸漸落幕，謝意忙了一整天，回到謝府，才剛走進寫意居，就見新月幾個小姑娘正在團線子。

茜草見謝意回來了，忙起身道：「爺回來了，可是用過飯了？」

經茜草這麼一問，謝意才想起今日忙了一天，卻是連飯都沒顧上吃幾口，此時倒真覺得腹中空空一片。「還沒，廚房有什麼吃的先端上來一些。」

茜草應下，帶著幾個小丫鬟去小廚房準備餐食。

謝意進了屋，把外衫脫下遞給一旁的新月，往屋子裡瞅了一圈，問道：「阿鳶呢？」方才見屋外沒有她的影子，還以為她在屋裡。

「阿鳶姊姊今兒個跟著吳桐哥去接三爺，之後便不曾回來過。方才在外面見著吳桐哥，聽說阿鳶姊姊遇到了她弟弟，現下在三爺的玉竹苑那邊呢，說是會在那裡陪弟弟用晚膳。」新月回道。

弟弟？謝意一怔，有些驚訝，才短短一天，他怎麼就多了個小舅子？

另一頭，玉竹苑的園子裡植著幾株翠竹，夜風拂動，倒也顯得清爽愜意。

關於考試一事，謝鈺一直為顧程感到可惜，顧程笑著勸慰了他幾次，現在心中倒也通透了。見屋外涼爽，便讓小廝將八角桌移至院子裡，再燃上燭火，今夜就在此用晚膳。

顧媛媛先讓吳桐去寫意居那邊報備過會晚點才回去，接著就帶著紅茗幾個丫鬟去廚房準備晚飯。

待謝意來的時候，顧媛媛恰好正將手中那盤粉蒸土豆盒子擺在靠近顧程的桌上。

「今兒個三弟這裡好熱鬧。」

顧程和陳興源聞聲，抬頭看去，見開口的是一位年輕公子，眉目英朗，面容俊俏，身著玄色鑲邊寶藍撒花緞面袍，裡面是鴉青色的暗團花紋直裰，墨髮只用一根玄金色的髮帶簡單束起。

「大哥你來了。」謝鈺率先起身道。

顧程和陳興源兩人聽謝鈺這般叫喚，便知曉這是謝家的大公子。

陳興源自從進了謝府之後，心裡便十分緊張。他曾聽聞城中世家貴族規矩多，一直深怕自己做了什麼失禮的事，好在謝家三公子為人溫和，幾番言辭下來，倒也令人放鬆了些。只是這凳子還沒坐好，又來了個謝家大公子，見他容顏華貴，氣勢逼人，著實令他心中再度惶恐起來，同時也心嘆鐘鳴鼎食之家出身的人物氣度真是猶若雲間之月。

原本在陳興源心中，顧程的容貌已是百裡難挑其一，可當遇上謝鈺的時候，他又再度改觀，心裡不禁感慨世間還有這樣容貌之人；本以為謝鈺已是無雙，待看到謝意，更是深深覺得自己見識短淺。

謝家兩公子雖容貌有別，氣度迥異，但都同樣奪目出色。
顧程神色平和地起身給謝意見禮，陳興源這才回過神，跟著顧程一起給謝意見了禮。
謝意掃視一圈後，目光落在顧程身上，看著他俊美的容貌，心道這便是他那未來的小舅子了。
謝意示意大家都坐下，才對謝鈺說道：「今日本該去接你，奈何事務繁忙，回來得也晚了些，三弟可莫要怪大哥。」
「大哥說笑了，大哥手上事務多，本就因考試耽誤了些時日，我已經頗為感激了，哪裡還會怪大哥？對了，這兩位是我在這次秋闈中所結識的朋友，兩位德才兼備，使我深感欽佩，故相邀於家中一聚。」謝鈺介紹顧程和陳興源兩人給謝意認識。
兩人口中皆說著不敢當。陳興源有些不好意思，謝鈺欽佩的是顧程，他這次倒真是沾了顧程的光。
紅茗替謝意重新添置了一副碗筷，謝意並未直接詢問顧媛媛和顧程之事，只是示意顧媛媛將酒斟滿，舉起杯盞道：「三位都辛苦了，謝意敬三位。」
謝鈺三人皆舉杯回敬，將酒飲下，顧媛媛幾人替他們重新將酒滿上，謝意再舉杯道：「第二杯敬三位早日金榜題名。」
謝鈺聞言，微微一頓，但見顧程神色一如既往，眸中也無陰霾之色，這才放心飲下。
謝意接過顧媛媛手中的琉璃酒壺，先自斟一杯，又轉而起身為顧程斟滿酒杯，此舉令三人皆是一驚，顧程連忙站起身來，卻見謝意眉梢微挑，說道：「此杯便是敬顧賢弟了。一來今日考場之事，意聽聞後十分敬佩；二來我與顧賢弟頗有熟悉之感，如此算得上是一見如故了？」

顧程有些驚訝，端看這謝家大公子，就知道並非是同謝鈺一般溫和的人物，第一次見面就對自己這般青睞，實在讓他有些疑惑；但見謝意眼神中並無一絲打趣之意，倒像是真心之言，便也舉杯回敬。

「謝大公子客氣了，顧程只是一介書生，向來只問初心，憑心做事，並無可欽之處，當不得大公子這般稱讚，若說一見如故，實則是大公子抬舉了。」

謝意笑著飲了酒，心中對顧程很是滿意。

原本聽說自家丫鬟遇上了多年未見的親弟弟，還有些擔憂是碰上什麼插科打諢的人，怕她讓人騙了去，便仔細叫來吳桐詢問到底是怎麼一回事。

吳桐將今日考場上與馬車上的事情大概講述了一遍，言談中聽得出對顧程的讚賞，如今見到，果真如此。

他言辭間不卑不亢，雖是自謙之言，神色中卻無絲毫的輕賤，既沒有年輕的浮誇倨傲，又沒有過多的自卑自憐。

單看容貌來說，顧程和顧媛媛有幾分相似，皆是清明純透之人。都說相由心生，眼睛是騙不了人的；況且現下謝意管理的事務繁多，看多了各色嘴臉，識人這方面並不差。

顧媛媛在一旁見到謝意神色中的讚賞和認同，心頭一陣微暖。她將最後一道槐花鱸魚擺上桌，這場小宴才算真正開始。

顧程早就知道阿姊是謝家的丫鬟，如今見到阿姊站在謝意身後替他布菜，也猜到阿姊大約是在謝家大公子院子裡當值。

顧媛媛見顧程一直盯著自己，側頭回以一笑，待幫謝意布菜布得差不多後，便轉而替顧程布菜。

「謝謝阿姊。」

「傻孩子謝什麼，看你瘦成這樣，要多吃些才好。」說著顧媛媛為顧程挾了一個粉蒸土豆盒子。

顧程看著面前的土豆盒子，先是一怔，接著心頭一暖。這是他小時候最喜歡吃的食物，那時候他常纏著阿姊做給他吃。

不過如今桌上的土豆盒子自然不可能跟顧媛媛在臨塘村時做的一樣了，這土豆都是精挑細選過的，佐料用得更是細緻，反覆用雞湯和醬料煨了好幾回，蒸出來自然香味撲鼻，鬆軟可口。

謝意看著這兩人姊弟情深，心中也很歡喜。顧媛媛這滿是寵溺的神色他從前也見過，那時候她才剛來到謝府，偶爾看他吃得歡，時不時就會流露出這般目光，還因此被他訓誡了好幾次。

現在想來，那時候的她也只是一個思念弟弟的姊姊吧？

這一頓飯下來，主客盡歡，其間謝意也吃掉了好幾個粉蒸土豆盒子。

這飯沒少吃，酒更是沒少喝。謝鈺考完了秋闈，心中輕鬆了，平日不常飲酒的他也喝了不少；陳興源則是心頭鬱結，一醉消愁，便喝了很多；謝意和顧程兩人則是你來我往，相互敬著，吃到最後，四人都已經喝得醉醺醺了。

顧程拉著顧媛媛的袖口，仰著臉，一雙烏黑的眸子亮晶晶的，口中不停地喚——

「阿姊那時候妳走了，我好想妳……」

「這麼多年來，我每天都想著什麼時候才能見到阿姊……」

「阿姊當初妳說等妳回來後要給程程紮一個最大的風箏，用最鮮亮的紙糊……」

「阿姊，我每天都在等妳回來……」

「阿姊……」

顧程漸漸合上了眼睛，最後沒了聲音，頭直直往下栽去。

顧媛媛連忙上前扶住他，聽到他不停自言自語，心中滿是酸楚，輕聲哄道：「阿姊在這，阿姊不會走了，哪兒都不去。程程聽話，阿姊扶你進去休息，等明天阿姊再給你紮一個最大的風箏，用彩紙糊，好不好？」

顧程乖巧地點點頭，任由顧媛媛扶著他往廂房走去。到了屋內，顧媛媛將他扶上床，幫他脫去身上那件泛白的衣裳，又為他褪下鞋襪，接著端來熱水給他仔細擦了臉、淨了手。

「程程來，把茶喝了。」顧媛媛倒了杯清茶湊到顧程嘴邊，輕輕抬起他的頭，餵他將茶喝下，去去酒意，省得明天宿醉頭疼。

看著顧程安穩睡下，顧媛媛這才鬆了口氣，細心地替他蓋上輕絲薄錦的毯子，免得夜裡著涼。

「妳想伺候這小子到什麼時候？」

顧媛媛聞聲抬頭，見謝意雙手環抱在胸前，正倚著門看著她。

她豎起食指擺在唇上，悄悄比了個噤聲的手勢，接著轉頭看了眼顧程，見他依然睡得香甜，這才起身往外走。

「爺還沒回去？」

謝意酒量比他們要好得多，儘管晚上喝了不少，此時也只有三分醉態，人還是清醒的。

「有了弟弟就把爺給忘了。」謝意酸溜溜道。

顧媛媛輕笑，扶著他。「怎麼會，奴婢這就扶您回去休息。」

謝意順勢將顧媛媛攬在懷中。「我都聽吳桐說了，把顧程留在這裡吧，給老三做個伴讀。聽老三說他文采出眾，今後也一同走科舉出仕，怎麼樣？」

顧媛媛心頭感動。「奴婢替家弟謝謝爺了。」

謝意眉梢一挑。「謝什麼，都是一家人。」

只是幾天之後，令顧媛媛意想不到的事發生了，她的弟弟考完試後竟然一舉成名！

原來當日顧程為了同鄉兄長放棄考試的事情，不知怎麼的竟在外頭傳開了，如此一傳十、十傳百後，吸引許多人慕名而來，知曉顧程如今在謝家，成為謝三公子的伴讀後，更是有各家名門遞上帖子，盼能一會。

這事來得突然，令顧程有些措手不及，對於四面八方而來的拜帖，他直言自己年少，才疏學淺，當日棄考，並未求聞達，只求無愧於心。誰知此番話一出，更是將顧程的名聲推到頂峰，許多高門世家都希望自家子弟能與顧程交好。

對此顧程有些苦惱，身為名人的苦惱。

謝意聽聞此事後，只是笑著勸慰顧程先放輕鬆，並將所有的拜帖都壓了下來。

第五十章

住了一段時日後，陳興源差不多要啟程回鄉，準備回去好好努力，可望三年之後再來參加秋闈。

謝意給顧媛媛准了假，讓她和顧程一起回鄉祭拜父母。到了月底，三人便收拾東西準備上路。

謝意此時也正好準備出門，見顧媛媛那頭的車馬已經備好，東西也收整完畢，便示意顧媛媛到他車上來。

顧媛媛上了車後，謝意放下簾幔，揉了揉她的頭頂道：「本來想陪妳一起去的，無奈現下事多，難以抽身……」

「奴婢明白，爺的心意奴婢心領了。」顧媛媛回道。

謝意嘆了口氣，將自家丫鬟攬入懷中。「讓林家大哥、二哥跟你們一起去，路上當心些。」

顧媛媛將臉貼在謝意胸膛上，輕聲道：「不過是一個月而已，爺不用擔心。」

謝意撫著顧媛媛的長髮，笑道：「知道爺會擔心的話，就記得早去早回。」

顧媛媛自是應下了，謝意怕他們耽誤上路的時間，就讓顧媛媛離開了。

大約走走停停有半月餘，顧媛媛終於回到闊別十多年的臨塘村。

村中情景依舊，似乎十多年的時光並沒有給這個安靜的小村落帶來不一樣的變化。

晚上，大家都在陳叔、陳嬸家吃飯，陳家兩老聽到兒子因中暑並未完成考試，不免遺憾，可聽到顧程為了自家兒子放棄考試，又是一陣感激。不過顧程沒有接受兩老的感謝，對他來說，多虧陳家兩老的照顧，他才能有今天，何況他還因此和阿姊重逢，實在當不得他們的感激之情。

這次回鄉，謝意讓顧媛媛帶上許多銀錢物件，顧媛媛盡數給了陳家兩老，感謝他們對顧程這麼多年來的照顧。陳家兩老都是老實憨厚的人，死活不肯收下，顧媛媛好說歹說，最後才讓兩老鬆了口。

「嬸子，這些菜就夠了吧？」顧媛媛一手翻炒著菜，一邊問道。

陳嬸正在刮魚鱗，笑著回道：「今兒個你們都回來了，咱們就好好吃一頓，待會兒把這魚也燉了，給程程和興源補補。他倆讀書都辛苦，可是費腦子咧。」

顧媛媛笑著應道：「好，嬸子您先歇會兒吧，我來做就好。」

陳嬸看著顧媛媛白嫩嫩的小手，忙道：「大姑娘，你們都是大戶人家出來的，沾不得血腥，殺魚這活兒還是讓嬸子來吧。」

顧媛媛抹了把頭上的汗。「嬸子說哪的話，阿鳶就是丫鬟，在府裡也是做這些的。」

陳嬸搖頭道：「我都聽興源說了，大姑娘是謝家公子身旁的紅人，是比小姐還要矜貴的，這次多虧了妳，興源的病才會這麼快就養好了，只是咱們這鄉下也沒什麼好吃的，真是委屈大姑娘了。我們家是這幾年才搬到臨塘村的，竟是不知道程程還有個這麼好看的阿姊。」

陳嬸一陣感慨，當初顧家大哥、大嫂怎麼會忍心把這麼好的閨女賣了？不過看顧媛媛如今的穿著，倒也覺得個人有個人的造化。程程那孩子能有個這樣的姊姊，也算是有了依靠，是好事一件。

顧媛媛手上忙活著，口中回道：「興源哥跟大叔和嬸子一樣，淳厚良善，讓三公子有意結交，哪裡是我的功勞？我能與程程再度相遇，倒真是多虧了興源哥和嬸子、大叔對程程的照顧了。」

說了一會兒的話，陳嬸越看顧媛媛越覺得順眼。姑娘生得美，性子也溫和，她是打心眼裡歡喜她。

吃完晚飯，顧程和顧媛媛便跟陳家大叔、大嬸暫時道了別，走回以前的家中。

鄉間的小路寧靜又安詳，天上的月光柔和且明亮，顧程沈默著，似乎是想了很久才問道：「阿姊，謝家大公子是不是於妳有意？」

顧媛媛一怔，抬頭看向身旁的弟弟。「咳……這個……唔……」在弟弟面前承認倒真是有些不好意思。

顧程斂了笑，神色裡帶著嚴肅。「阿姊，謝家公子真的喜歡妳是吧？」

「謝家大公子不好嗎？」顧媛媛不答反問。

「大公子心思縝密，卓爾不群，自然是好的。」

顧媛媛偏過頭看向他。「程程不喜歡他？」

「阿姊，妳知道我要說什麼。」顧程認真道，烏黑的眸子盯著顧媛媛，不容她閃躲。

顧媛媛頓下腳步，看著顧程道：「身分地位有雲泥之別，這個阿姊明白。程程，你心中如何看待阿姊？」

「阿姊自然不是攀附權勢、願意以色事人的女子。我與阿姊分別雖久，但我清楚阿姊絕不會願意與人為妾，所以我才想問阿姊是怎麼想的。大公子很好，可他不是阿姊的良配。」顧程一字一句清楚說道，他不想讓阿姊受委屈。

顧媛媛看著弟弟，忽然展顏一笑。「只要程程不誤會阿姊就好。」

顧程皺緊了眉頭，忽然像是想到了什麼，也跟著笑了起來。「阿姊別擔心，若是阿姊喜歡大公子就耐心等等，等弟弟金榜題名，上得金鑾殿之時，阿姊便不再為人奴僕。」

顧媛媛看著顧程意氣風發的模樣，十分欣慰。儘管她知道就算弟弟金榜題名，她不再為奴，恐怕也難以與謝家匹配，但她此時心裡卻不再擔憂了。

從前讓她心安的只有謝意，如今讓她心安的又多了一個人。

淅瀝瀝的雨聲連綿不絕，燭火映照下的寫意居格外安靜。

新月拿著一把傘走進主廂，踮著腳尖輕輕靠近茜草，拍了拍她的肩膀。茜草見是新月來換班，點頭示意。

此時天色已近四更，謝意反覆看著手中的信，半晌忽然嘆了口氣，開始提筆書寫。新月見狀，連忙上前研墨。

屋中一片寧靜，還能聽到外面的雨聲與墨石輾轉的聲音，有種愜意的氛圍，只是此時謝意心中輕鬆不起來。

桌上的信是司徒先生給他的，信上說京都那邊已經開始蠢蠢欲動了。宮中傳出皇帝心力不及，如今已經頻頻召喚太醫，無心朝政，四下隱隱傳出將要換天的消息。

如果換天，是要換誰？是被皇帝冷落多年的太子，還是備受皇帝寵愛的三皇子？謝意深深吐了口氣，抬手揉了揉眉心。三皇子已經沈不住氣了，早些年便勾結了江南一帶的軍處，而謝家一直是三皇子的財力來源，如今謝意主事，依舊按照之前的模式慢慢填餵三皇子，只是他在帳目上做了些手腳，逐漸減少供給三皇子的金錢。

三皇子雖然不滿，但在帳目上又查不出個所以然來，只當是江南這幾年財力有所不濟。

「爺，若是累了便歇會兒吧，這天馬上就亮了。」新月見謝意實在疲乏，出言勸道。

謝意聞言，微微睜開了眼，看著一旁的新月問：「阿鳶走了多久了？」

新月想了想。「如今已經有一個月了。」

已經一個月了嗎？看來也是該回來了。謝意心道。

果不其然，第二日顧媛媛和顧程兩人便回到謝府。鄉下的日子清閒，顧媛媛每日想的就是給顧程做好吃的補補身子，而陳嬸每日想的就是給這三個孩子做些好吃的，這樣吃來吃去，到最後顧程和顧媛媛兩人都胖了一圈。

晚上謝意回來，見到相別月餘的顧媛媛，忍不住將她圈在懷裡，捏了捏她臉頰上的肉道：「我說妳這丫頭怎麼這麼沒良心，每次離開爺一段時間就能這樣好氣色的回來，平日爺是哪裡虧待妳了？」

顧媛媛從謝意手中救下自己的臉頰，揉了揉道：「真的胖得這麼明顯？」

謝意斜了她一眼。「可不？都跟大黃一個樣了。」

顧媛媛想到廚房那隻被她餵得胖胖的中華田園犬，不禁黑了臉。「爺，為了您的禮物，請注意措辭。」

謝意一聽，頓時來了精神。「給爺捎禮物了？是什麼？拿來看看。」

見顧媛媛遲遲沒有動作，臉色有些沈，謝意趕緊縮回手，在顧媛媛頭上揉了幾下，試著彌補方才的言辭。「珠圓玉潤，爺甚是喜歡。」

顧媛媛臉色這才好了些，她指尖繞著衣角，垂著頭道：「可禮物只是個小東西而已……爺不見得會歡喜。」

謝意嗤的笑出聲來。「來來來，讓爺瞅瞅我家丫頭害羞的模樣。」

顧媛媛拍掉謝意試圖再摸上自己臉頰的手，從包袱裡取出一個小匣子。「爺打開看看。」

匣子很普通，沒有什麼裝飾，只是四周刻了一圈古樸的暗紋。謝意小心翼翼地打開上面的鐵釦，只見匣子裡鋪著玄色的黑絲絨布，上面放著兩只精緻的木雕，一男一女，可以分辨出正是謝意和顧媛媛兩人。

「這個跟白芷的不同，不是期望能得到對方愛慕而選的合歡木，而是連理枝。」顧媛媛開口道：「是陳嬸告訴我的，正巧村裡有一棵連理樹，陳叔便幫我鋸了連理枝。」

謝意用指尖輕輕撫過兩只木雕。「連理枝？」

顧媛媛只覺得心裡一陣躁熱，耳朵也不禁紅了一圈，佯裝要拿回匣子。「爺不喜歡就算了……」

謝意將匣子一收，轉而抓住顧媛媛伸來的手，笑著道：「喜歡得緊，誰跟爺搶，爺就跟他急！」

顧媛媛看著謝意真把匣子當寶貝一樣收起來，唇角也跟著揚起。

天氣漸漸變涼了，謝望的宿疾又犯了，反反覆覆吃了幾次湯藥，卻也一直沒見好。江氏每日除了仔細照料丈夫外，其餘的時間都貢獻給了佛堂，因此謝家中饋便交給謝妍管理。謝妍已經接受了小定，婚期訂在明年五月，既然已經快要出嫁，便剛好開始學習管家。

自從上次發生錯慕蘇涼生的事後，謝妍變得越發沈默，也變得很聽話，父母之命都一一遵從，倒是有了些大姑娘的穩重模樣。之後謝意又找她談過一次話，似乎是荒唐了這麼多年終於醒悟了般，謝妍也不再似從前驕縱了。

如今謝鈺正在備戰明年的春闈，顧程則在一旁伴讀，準備三年後的秋闈，為此，謝意花重金請來一位學識品性皆是頂尖的老先生給兩人在家中做西席。這老先生姓諸，從前一直在墨山書院任教，如今年紀大了，原想要享幾年清閒，奈何來請他做西席的人是謝意，這謝意又是司徒先生的弟子，這面子不能不給，只得答應。

原本諸先生不怎麼情願，但一段時間下來，他發現這兩位學生都極為優秀，實在令他歡喜，不禁深深慶幸自己當初答應了這件事。

當院子第一枝早梅開花的時候，顧媛媛才意識到一年又將要過去了。

外面的天色早已黑透，風吹得凜冽。屋中鑲金鏤花燭檯上，蠟淚一滴滴無聲落下，顧媛媛有些昏昏欲睡，掩唇打了個呵欠，發現謝意還沒有回來。

顧媛媛微微皺起了眉，最近謝意回來得越來越晚，雖然每天面對她的時候依舊帶著笑意，可她還是看得出他眼中的焦慮和疲憊。

她不禁猜測怕是京都那邊的形勢不太好，可讓顧媛媛更感到不安的是謝意看她的眼神，他偶爾會失神地看著她，眼中滿是依戀，這讓她有些心驚。

看著平靜的謝府，她心底總有種莫名的緊張，不過似乎沒有人感受到這一點，大家都很平靜的在自己的崗位上忙碌著，就像是暴風雨來之前的安寧……

應該是自己想多了吧？顧媛媛在心裡勸慰自己。

每年的新年都是一樣的忙碌、熱鬧，只是今年顧媛媛比以往還要開心，因為她不是獨自一個人了，如今還有弟弟顧程。她用實在不怎麼高超的女工給顧程做了雙鞋子，儘管做出來的成品算不上太好，不過貴在心意滿滿。

畢竟這可是她熬了好幾個夜晚做出來的，還因此讓謝意發了脾氣，最終她妥協說會為謝意做兩雙鞋，才止了大少爺心中的醋意。

顧程收到阿姊做的鞋子後十分歡喜，回送了她一對垂珠彎月璫。顧媛媛收到之後大為感動，常常戴著，誰知此舉再次引起謝意的不滿，說她太沒良心，從前送過她那麼多首飾，也沒見她戴過幾次。

對此顧媛媛也很無奈，誰教謝意送的首飾太過華貴，她也不敢天天戴在身上，先不說引人眼紅，便是磕著碰著弄壞了，少不得要一陣心疼。

後來她見謝意每日都盯著她耳上這對垂珠彎月璫，彷彿充滿怨念，只得從他送她的首飾中挑了支設計較為簡單的纏絲茶花珠釵戴著，這才平復了大少爺的怨氣。

就這樣在寫意居常常上演著與小舅子爭風吃醋的戲碼中，新的一年來臨了。

天色漸深，透過竹窗依稀可以看到謝家大少爺房內影影綽綽的身影。

謝意與顧程相對而坐，顧媛媛站在一側，默默為紫砂掛紫金釉茶壺填上新茗。今夜謝意特地把顧程叫來，她心裡有些忐忑。

凝重的氣氛隨著茶香飄散，雖然她不知道謝意叫顧程來要做什麼，不過她一個女兒家在這種場合裡待著，顯然有些不太合適。

「大爺，既然您和小弟有事相商，我就先退下了。」顧媛媛衣袂翩翩，微微欠身後就要離開。

「妳敢？在這裡老實聽著。」謝意冷喝一聲，沒給顧媛媛好臉色。

平時也就算了，今日和她家小弟密商的事她一點都不關心，難道她就不想知道今天叫顧程來要做什麼？

顧媛媛眨巴著眼睛，又站回原來的位子。以往謝意和某些人密商之時，她總能找到各種理由離開，這也是一種自保手段。在深宅後院待了這麼多年，她深刻地體會到什麼叫做「多一事不如少一事」、「知道的越多就越危險」的意思。知道的秘密越多，就越是會深陷其中，不能自拔。

看來這一次，她是不能全身而退了，不過事關自家小弟，她也想知道謝意到底有何用意。

謝意與顧程對視著，突然他的眼神變得如同鷹隼一般銳利，與他平時的模樣大不相同，就連顧媛媛也只有在幾次萬籟俱寂的深夜，看到謝意觀看密信時才會流露這種犀利的目光。

他的眼神就如同一把鋒利的尖刀，狠狠刺中別人的心臟，讓人無法呼吸。

第五十一章

雖然顧程心中有萬丈才氣，凜然身正下自有一股不懼鬼神、不畏強權的氣勢，但是面對謝意的灼目，他還是微微避開了眼。

看到顧程閃躲，謝意這才開口。「顧程，聽聞這次秋闈，你為了自己一個同鄉兄長，放棄了考取功名的機會？」

顧程一聽，心裡一驚，沒想到謝意找自己密談的居然是這件事。

「不瞞謝大公子，的確如此。」顧程微微點頭。

「多少才子為了功名奔逐一生，多少佳人苦苦等候，熬盡紅燭清淚，而你卻為了一個同鄉而放棄，這等心胸令我佩服。」謝意雖然說得淡然，可佩服兩字倒也有幾分是真。

顧程苦苦一笑。「讓大公子取笑了，但顧某心中已有考量，功名雖重，但怎能比得上同鄉知交的性命？人命關天，區區功名自可來年再考。」

好一個來年再考，敢說出這種話的人，不是極度自負，就是真有幾分才學，那秋闈考取的功名就像是囊中取物一樣，隨時都可得到。

謝意從手邊拿出一個看似不起眼的黑色小匣子，輕輕打開，從中取出一物。

那是一卷答題試卷，卷上筆走龍蛇，字字珠璣，可惜的是只有半卷，還有半卷仍未寫完。

這份試卷不是顧程在秋闈時所答的那份，又是何物？

「你……怎麼會在你的手上？」顧程心中一驚，盯著謝意手中的試卷。按照規矩，這試卷乃朝廷之物，就算秋闈結束也應該交由朝廷收存，怎麼會跑到謝意的手中？

但是仔細想想，顧程也明白了，江南謝家何等家大業大，在朝廷中更是中流砥柱，想要拿取區區一份試卷還不容易？

謝意微微一笑。「此等佳作，作廢實在可惜，雖然只有半卷，但是也遠遠超過了那些庸才。我謝家在朝廷裡也有些勢力，這半卷佳作已經遞給中書大人看了，破例添加一個名額，現在你已經是顧舉人了，來年自然可以上京參加會試。」

顧程騰的一下站了起來。這是什麼意思？半卷佳作？破例錄取？

說得好聽，其實不就是給他走了個後門嗎？

顧程心中雄心萬丈，對於自己的才學自然有萬分自信，他是萬萬不想以這種方式得到功名，這簡直就是拿朝廷官員當兒戲，你說破例就破例，你說錄取就錄取，那朝廷豈不是你家後花園？

「顧某不才，雖然這次鄉試未能答得圓滿，考取功名，但也不願意做這種苟且之事。功名還須顧某自己努力，來年自然可以再考，就不勞謝大公子掛心了。」說完，顧程一個稽首，轉身就走，直接拒絕謝意的條件。

他現在雖然是一個白身，但也有寒門學子的傲骨與自尊。

謝意彷彿早就料到顧程會這麼做，給顧媛媛遞去一個眼神，示意她攔下自己的小弟。

顧媛媛一愣，怪不得剛剛兩個男人談事情，他不讓自己離開。她走到門口，攔住自家小弟。

「程程，先別急，大爺一番苦心，為你的前程做了許多準備，但絕對不是你口中說的苟且之事，你先聽阿姊的話，坐下。」顧媛媛拉住顧程，緩緩說道。

「阿姊！」顧程一跺腳，但最後還是嘆息一聲，無奈地被顧媛媛拉了回去。

「顧程，你有這分傲骨，我是欣賞的，但是你年紀還輕，朝廷中的事錯綜複雜，想要在仕途上有所作為，總逃不過『門戶』兩字。」謝意故意加重門戶兩字。

顧程冷笑。「門戶？朝廷之所以設立科舉，就是要撇開門戶之見，廣納賢才，讓我等寒門學士有一線生機，怎麼到了謝大公子嘴裡，反而成了齷齪事？

「我知道謝家財大業大，江南鹽業都歸謝家所有，甚至茶業也被謝家掌握，但是不要以為有些黃白銅臭，就可以染指朝廷，並不是所有士子都會為金銀折腰。」

他肆無忌憚地譏諷著，絲毫不畏懼謝意的身分，此時看向謝意甚至有了一絲鄙夷。

謝意並不生氣，只繼續說道：「士農工商為國之基石，但世人都以商為不齒，彷彿只要沾上了，就與清廉公正再也扯不上邊，被爾等這些寒門士子所鄙夷；但我要說的是，對於朝廷，那些清廉之人才是真正的無用之輩！」

謝意說著大逆不道的話，特別是最後一句，氣得顧程嘴唇發紫，臉色蒼白，伸出手指顫抖地指著謝意，似乎不相信謝大公子居然會說出如此逆天之言。

顧程氣得發抖，這和他讀的聖賢書完全不符，什麼叫做清廉之人才是真正無用？朝廷風氣如果只剩貪污腐敗，那整個朝廷遲早會被這些蛀蟲啃光食盡！

謝意不管氣得發抖的顧程，繼續說道：「清廉公正？好一個大招牌，但是水清則無魚，那些清廉之官的作用只是樹立風氣罷了，真正到了朝廷為難的關鍵時刻，用到的是誰？

「建元十四年，天下大旱，朝廷銀庫搬空也沒湊到足夠的銀兩賑災，所謂清廉公正的好官在做什麼？他們只知道說些無用的好聽話，說我朝廷必定能度過難關。最後我謝家出銀八十萬兩，江家出銀五十萬兩，李家出銀三十萬兩……糧款才能湊齊。

「建元十六年，旱災剛剛過去，突厥入侵，邊疆差點失守，朝廷國庫無銀。所謂清廉公正的好官只會在大殿上辱罵突厥人的無恥，說我邊疆戰士的無能，最後我謝家出銀二百萬兩，江家出銀一百萬兩，李家出銀八十萬兩，籌集資糧，攜帶盔甲武器、戰馬棉被奔赴前線，解決這差點滅國的災難。

「新慶三年，洪水來襲，千里浮屍，一路上樹皮、草根都被挖光吃盡，災民無數，那些所謂清廉公正的好官又在哪裡？最終依然是靠我們鎮住災情。」

謝意一件一件說出這些年發生的災情，每一年朝廷遇到的難處，最終還不是他們出資相助？

而那些渾身傲骨的好官，又能做什麼呢？

只是用嘴說說罷了。

顧程臉色蒼白，他知道謝意說的這些事是實情，是赤裸裸、最為殘酷的事實。

「可、可是你們的錢也是平時搜刮來的民脂民膏！」顧程反駁，只是在傲骨之下，他的話有些無力。

謝意聳了聳肩。「沒錯，我們的錢是搜刮民脂民膏得來的，南方的鳳梨、龍眼、荔枝、榴槤拿去北方都能賣上一個好價錢，北方的糧食我們也會以低價收購，再賣給南方一個合理價位。

「但是，沒有了我們會怎麼樣？這些東西連一個固定的價格都沒有，所有人坐地起價，導致市場混亂，國家根基不穩，最終得到的結果是什麼，又有多麼嚴重，你知道嗎？」

謝意的話讓顧程無法反駁。他說的是真的，雖然在人民眼中，他們這些商人和「狡詐」、「奸猾」這些辭彙掛鉤，但國家若沒有他們，將會徹底混亂。

這其中的衝擊實在是太大了，顛覆了顧程從小到大苦讀的聖賢書……難道真的是水至清則無魚嗎？

片刻後，謝意繼續說道：「當初，建元十四年，天下大旱，那時謝家還是我的祖父掌權，那一年朝廷派來一位戶部大名鼎鼎的欽差大臣，公正嚴明，清廉謹慎。

「他拿著我們幾個家族湊齊的錢糧，把能買到的糧食全部買下，發放到災區。他的苛刻與廉政曾得罪當地許多官員，但他身為欽差，這些官員也只能按照他所說的來辦；可是即便錢糧全部發放下去，也依然不夠災民所需。那一年，死了很多人。

「最終，朝廷上下官員都參了他一本，他落了個辦事不力的下場，被皇上貶為九品知縣，發配到偏遠地區。」

謝意說著，語氣中盡是唏噓。雖然那清正廉明的官員的確做得很好，但是災民實在是太多了，資糧卻是有限。

顧程聽到這裡，也不免感嘆。「你說的是陸淵博大人，很久以前我就聽過他的事蹟，但是事在人為，天命不可違抗，陸大人盡力了。」

這位陸淵博大人是一位清廉的好官，被寒門士子們所崇敬。

謝意輕笑一聲，繼續說道：「新慶三年，發生水災，那一年我父親已經把持整個謝家，最後籌集百萬銀兩賑災，加上其他家族提供的資糧，足足有五百萬兩銀子，和那一年天下大旱情景類似。而這一次，皇上派遣為欽差的，正是當朝紅人戶部大臣甯敬書。」

謝意玩味一笑，用戲謔的眼神看著顧程。「你知道，他是怎麼做的嗎？」

顧程搖了搖頭。「不知。」

雖然嘴上說不知，但是他心裡隱約猜到其中必有故事。因為這戶部大臣甯敬書在人們眼中是一個大貪官，和陸淵博大人正好相反，他在人們心目中的形象幾乎就是一個絕對的反派，完全就是「朱門酒肉臭，路有凍死骨」的最佳代表。

謝意繼續說道：「五百萬兩銀子可謂數目龐大，他拿著這些銀兩，沒有去買糧食稻米，反而去買人們餵給豬狗的糟糠，從中拿取差價，上下打點關係，每個人都拿盡好處……」

顧程聽到這裡，手掌在桌子上狠狠一拍，氣得差點站起身。「當朝命官，怎麼會做出這樣喪心病狂的事情?!那些銀兩都是災民的救命錢，怎麼可以私扣揮霍，這簡直違背仁義道德，他的罪過萬死都不能原諒！」

謝意擺了擺手，示意他不要激動。「沒錯，連救難的錢都可以私相授受，他的罪過萬死都不能原諒。但是你可知道，就是這樣一個大貪官，救下幾十萬的難民，最終挺過洪水之災，所有官員的奏摺上都只有對他的讚譽？」

顧程一愣，這怎麼可能？

他拿錢去買豬狗吃的糟糠，反而讓幾十萬的難民活了下來？

謝意眼神冰冷，隱隱透露著一絲無奈。「你可知道，原本買一斤糧食的錢，足夠買五斤的糟糠？扣掉他私扣的那筆錢財，再扣掉他上下打點所用的銀兩，最終買一斤糧食所用的錢，買了三斤糟糠。

「如果這些錢都拿去買稻米或白麵，肯定會和當年天下大旱一樣，遠遠不足，到時候同樣會有無數凍死、餓死的難民。但是現在不一樣了，糧食多了三倍，三倍的糟糠發放下去，所有的難民都有了食物，活了下來。」

顧程臉色古怪，他無法接受這個事實，受人敬仰的陸淵博用真金白銀買了那些糧食稻米，沒有救下大批難民，而那個大貪官甯敬書換取糟糠的貪污行為，反而救了大家？

「這……怎麼會這樣？那些糟糠是畜牲吃的啊，怎麼能用那些去賑災，就算救活了難民，也遠遠不能與公正廉明的陸淵博相比！」顧程無力地辯解，他無法接受拿糟糠取代賑災的糧食。

「迂腐！陸淵博用大筆糧款賑災，最終難民餓死，受到你們的尊敬；而甯敬書救下那麼多難民，反而被你們鄙視，僅僅是因為他採取的手段不夠光明？」謝意看著顧程，冷笑道：「糟糠？在災民餓到極點的時候，那是好東西！別說糟糠，就算是樹皮、草根，只要是可以吃的，都會被人爭搶。」

「一斤的白麵、稻米能拯救他們，一斤的糟糠同樣也能救活他們，既然如此，為什麼不買更多的糟糠，救活更多的人呢？真正有用的，不是那些清廉的名聲，甯敬書打點好關係，給足了別人好處，所有人都願意為他辦事，盡心盡力。那些糟糠都平安發放到災民手裡，雖然吃得不好，但最終仍度過了難關，解決了這場災禍。」

謝意的話堵得顧程啞口無言，這一刻，他對官場，甚至是對整個世界，又有了新的看法。

謝意又把那半卷試卷攤在顧程面前，繼續說道：「其實，甯敬書是我謝家的人。」顧程驚得說不出話來，甯敬書是謝家的人？這麼說……那次災情也是謝家在後面推波助瀾，最後拯救了幾十萬的難民？

「你好好想想，你是想做一個對朝廷真正有用的甯敬書，還是想做一個只知道打著清廉旗號的陸淵博。」

最後謝意把話說得明白，顧程有才學、有傲骨，是一個真正的人才，所以他此刻必須自己做出決定，要放棄這難得的機會，三年後再從頭來過，成為無數寒門士子所羨慕、敬仰的清廉學士，還是成為他手下的一枚棋子，承擔著罵名，但卻能為朝廷、人民做出更實際的作為。

名譽。

實事。

孰輕孰重，都要顧程自己掂量。

第五十二章

良久，顧程終於做出決定。

他考取功名，並不只是為了名聲，而是要成為真正為朝廷、為國家做事的人。

他微微起身，再次作了個揖。「那就請謝大公子多多操勞我的事情了。」說罷便頭也不回地離開了。

這一次，謝意沒有再阻攔他，也沒有讓顧媛媛去攔他。

看著小弟走出房門，顧媛媛似乎有話想說，但最終還是憋回了肚子裡。

謝意瞥了她一眼。「阿鳶是心疼了？」

看她臉上的表情，顯然是在為自己的小弟擔心，不過也是，今天顧程受了這麼大的打擊，從小學到大的觀念幾乎完全顛覆，這樣的他怎麼可能讓她不心疼？

「哼，大爺這洗腦的本事也是厲害。」顧媛媛白了謝意一眼，剛剛謝意那番話可像極了二十一世紀給人洗腦的言論。

「我的阿鳶又在說胡話了，不過洗腦這個詞用得好，沁人心腦，洗刷曾經迂腐的觀念……」

謝意嘴裡不斷唸著洗腦兩個字，笑意越發深濃。

過了一段時日，有衙門的人前來報信。

「哎呀，顧秀才真是有福報啊，中書大人看上了您的半卷佳作，為之讚嘆；又得知您是為了同鄉舊知的性命而放棄了科舉，有情有義，最後竟然讓您破例錄取了！哦，對了對了，我現在不該叫您顧秀才，應該叫您顧舉人！」

衙門來的小役被引進謝府，在顧程面前儘量說著好話，眉開眼笑。

本來一個中了舉人的秀才還不至於讓他這般，但是住在謝府的舉人那可就大大不一樣了，加上也考取舉人的謝鈺，誰知道他倆未來會有什麼成就？

進士？或者更高？

顧媛媛也在一旁陪笑著，眉毛笑成了一彎月牙。看著弟弟中了舉人，她心裡還是有幾分歡喜的，雖然這其中有謝意的推波助瀾，可顧程也是靠著幾分真本事才有今天的境地。

她從荷包裡拿出幾兩碎銀子，打賞給衙役，那衙役笑得更歡了，嘴裡繼續說著好話。

「顧舉人來年春闈定能高中進士，到時候小的再來討喜錢。」

其實，會試考中理應被稱為「貢士」，下一階段的殿試考取後才是「進士」，但其實殿試只是按照皇帝的意思為這些貢士重新排列名次，能參加殿試的貢士通常都能成為進士，只不過是時間早晚而已。

所以這衙役道喜時稱被錄取的「貢士」為「進士」，也並不過分，當然這話也是討個吉利，提前恭賀，也算是個會說話的。

顧媛媛又給了他一些錢，衙役笑得見牙不見眼，這才離開謝府。

顧程的眼睛中隱隱閃著淚光，雖然他知道這背後定然也有謝意的幫助，但他心中還是感慨萬分，眼神熠熠生輝。他回過頭來，盯著顧媛媛，堅定地說：「阿姊，雖然現在我還只是個舉人，可來年春闈，我定去京城考取一個真正的功名，到時候阿姊妳就不用為奴了！」

顧媛媛看著自家小弟真的長大、懂事了，不免欣慰地揚起笑容。

春日遲遲，卉木萋萋。倉庚喈喈，采蘩祁祁。

轉眼已是離別時，謝鈺和顧程兩人準備要進京參加春闈，而江家的兩位姑娘也要在之後回京了。

謝家不能沒有謝意，所以即使謝意有心，也沒辦法陪著兩人到京都，只得仔細叮囑，又好生鼓勵他們一番。

顧媛媛一邊幫弟弟收拾行李，一邊絮絮叨叨地說：「京都那邊比咱們這裡更冷，衣服要多添點，可不要圖方便就少穿了衣裳；吃食上也要留心些，你身子不好，吃不了辛辣的，那邊飯食味道重，不要貪嘴吃了不該吃的；莫要總是熬夜看書，傷了眼睛不說，保不定會把身子熬壞的，便是做功課也要合理安排時間……」

顧程在一旁笑吟吟地聽著，看著顧媛媛轉來轉去的忙活。「阿姊，妳歇會兒吧，我待會自個兒收拾就成。」

顧媛媛點了點顧程的腦袋。「就知道笑，阿姊說的你可都記下了？還自己收拾呢，萬一忘記了什麼東西怎麼辦？」

「知道了阿姊。」顧程聽話地應下，這才讓顧媛媛鬆了口氣，繼續想著還有沒有什麼沒安排妥當的地方。

謝鈺和顧程這次去京都參加春闈，預計要住在江府，謝意和江氏兩人已經提前給江家那邊打了聲招呼。儘管謝鈺只是庶子，可到底是謝家的公子，而江家也因為自家閨女在謝家過得好，養得氣色紅潤有光澤，斷沒有拒絕的道理。

唯一讓江睿夫婦感到可惜的，就是謝家竟然沒有結親的意思。

江家曾含蓄地表示過這方面的意思，但見謝望幾次敷衍過去，江睿也不願自降閨女身分再去提此事，之後思來想去倒也想通了，沒這意思是謝家沒福氣，他家閨女這麼知書達禮，要上哪兒找去？況且江、謝兩家相隔又遠，倒不如尋個京都的好人家結親，以後見面也方便些。

江睿夫婦這般安慰自己一番，也不再強求了。

謝鈺和顧程離開的那日，天氣格外好。

顧媛媛一遍遍叮囑弟弟萬事小心，一定要照顧好自己。儘管連顧媛媛都覺得自己有些囉嗦，可顧程仍是逐字逐句耐心聽完，一一應下。

之後謝意也提點兩人幾句，讓他們安心備考便是，其餘的不用多想。

顧程待謝意說完，俯身端正地行了個大禮。謝意眉頭微微皺起，將他扶起來後說道：

「這是做什麼，何故這般客氣了？」

顧程看了看一旁的顧媛媛，對謝意道：「大公子之恩，顧程沒齒難忘，若非大公子和鈺兄兩人的厚待，也沒有今日的顧程。還有一事，顧程有求於大公子……」

謝意明白顧程的意思，同顧程一起走到一旁。顧媛媛見弟弟和謝意兩人心領神會地避開了自己，不禁有些好奇。

只見他們嘴巴一張一合，也不知道說了些什麼，最後謝意拍了拍顧程的肩，兩人相視而笑。

待顧程上了車後，顧媛媛好奇地湊到謝意身旁問道：「爺，您方才跟程程說了些什麼？」

謝意似笑非笑地瞅了她一眼。「想知道？」

顧媛媛一臉期待地點了點頭。

「這是男人間的約定，不能告訴妳。」謝意揉了揉她的頭髮，笑道。

顧媛媛覺得謝意根本是故意的，他越是這般說，她就越想知道。只是謝意這次似乎是篤定了絕不告訴她，任她怎麼威逼利誘，都沒能套出話來，無奈之餘只得作罷。

幾天後，江家的兩位姑娘也要出發了。

江氏十分不捨，一遍遍叮囑著路上小心，又讓江雨姝代她向老太君、老太爺問安。

這段日子，江雨姝在江南養出了好氣色，整個人精神了不少，許是南邊氣候溫潤，就連舊疾也很少再犯。

謝妍紅了眼眶，拉著江雨心的手不捨得放開。江雨心也有些難過，雖說最初跟謝家二姑娘交好不過是權宜之計，有些小心思在裡頭，可到底相處了這麼久，姊妹之情總是有的。

雖然不捨，可天下無不散的筵席，終是到了要出發的時候。

江雨心再次看了眼謝家恢宏大氣的宅門，長長舒了口氣，正要轉過頭去放下簾子，只聽得外面一陣急促的馬蹄聲，眼角餘光看到了一抹熟悉的身影。

「五妹妹！」一個身著寶藍銀貂大氅的少年勒馬停在馬車前。

江雨心只覺得心頭一跳，抬眼看去，只見謝遊已經翻身下馬，站在馬車前。

「五妹妹，我……這個送妳……」謝遊想說些什麼，話到嘴邊又說不出口，支支吾吾了半天，只得從袖中掏出一物遞給江雨心。

江雨心低頭看去，見謝遊手心上是一把精巧的小匕首，外面鑲嵌著璀璨的寶石，十分耀眼。

「這是我從小最珍愛之物，是外公請名家打造的，五妹妹一定要收下！」謝遊見江雨心遲遲不動，有些急了，怕這匕首不被江雨心所喜歡。

江雨心臉上一紅，伸手接過。「多謝四爺。」

見江雨心收下，謝遊這才鬆了口氣，看著她大大的眼睛裡隱隱閃爍著光芒，他神色滿是不捨。

「四爺若是無事……雨心跟姊姊就上路了。」江雨心看著眼前傻愣愣的謝遊，不禁好笑道。

謝遊點點頭，傾身在江雨心耳邊道：「五妹妹，待妳回去後，我就讓母親去提親。」

謝遊的聲音很輕，卻十分堅定。

江雨心頓時紅了臉，垂下頭，小聲應下。

馬車駛動，江雨心看著越來越遠的謝府，只覺得這段日子猶如夢一場。雖然那個大表哥，她依舊沒有贏得他的心，不過那已經不重要了，重要的是她遇上了一個願意小心翼翼喜歡著她、將她放在心尖上的人。

她想起初來謝府時，愛慕江南繁華，愛慕這偌大謝府中的金碧輝煌，她想要留下，成為這輝煌中的一角。

謝家大表哥身分矜貴，出類拔萃，她曾渴望能夠嫁給這樣一個男人，無關於風月，只為了能夠過上好日子。

誰知謝遊卻闖進了她的生命裡，那些精緻的小玩意兒，藏著少年滿滿的心意，帶著幾分青澀、幾分稚嫩，還有熱烈且真摯的情感。

她第一次感到何謂茫然。

之後，謝遊漸漸走進了她的心裡，或許是因為早冬的一枝紅梅，或許是錦盒裡的一隻草編螞蚱，或許是她生病時他站在窗外悄悄守了半夜，也或許是她拒絕他時，他臉上落寞難過的神情……

或許，是她也渴望著有一天能夠被人捧在手心裡，去呵護，去疼愛。

直到此刻她才終於明白，謝府的金碧輝煌比不上他一個關切的眼神、一個堅定的微笑，更抵不過他在她耳畔訴說等他來提親的承諾。

距離很遠，謝遊的臉已經模糊得看不清了，但是江雨心的笑容卻悄悄漫上了唇角。

前往京城的路上，顧程與謝鈺覽遍無數美景，雖然路途遙遠，可有知己相伴，倒也不覺寂寞。

顧媛媛給他們準備的肉餅與五珍雞已經被兩人吃個精光，路上他們又買了些食物和日用品，繼續趕路，一路上順風順水，沒有吃到什麼苦頭。

終於，在春闈即將到來的半個月，兩人抵達京城，暫住在江家。

江家自然對兩人好生招待，每天吃的是山珍海味、精緻點心；住的是無人叨擾的雅致小院，最適合考生靜心讀書。

春闈，對進京趕考的考生來說是一件大事，對某些人來說更是一件苦差事。

幾十年苦功，在朝夕間就能見真章。一旦得道，那便是雞犬升天；若是失敗，不只是浪費了數年的光陰，還要忍受周圍人們的冷眼。三年又三年，有多少青年的黑髮熬成了白髮，有多少人在這京城中鬱鬱不得志。

距離京城近的還好說，有些偏遠地區，上京趕考要跋山涉水，耗時數月，甚至是以年來計算。所以有很多考生一旦落榜，就會留在京城等待下一次的考試，否則光是來回的時間就得耗費許多，得不償失。

也因為如此，京城裡的客棧常常都是客滿的情況，有些比較富裕的考生會直接包下廂房，而那些比較窮困的則是跟別人合租，甚至是數個人一起合租。

這些年來，有人放棄，有人還在堅持著，而謝鈺和顧程則是初生之犢不畏虎，萬丈豪氣蓋雲天，勢必要拿下一個功名。

在江家待了半個月，兩人每日飽讀詩書，有時還會互相切磋，論述各自的見解，彼此都有新的體會。

終於，春闈來臨了。

和秋闈一樣，春闈也是連考三場，每場三天，以四書五經為主，詩詞歌賦為輔。

由於先前有考生在考試期間吃一些太過油膩的東西而吃壞了肚子，影響考試，所以基本上貢院會發放素餅和清水給考生們。

貢院紀律嚴明，如果發現任何作弊行為，不但考試不算數，舉人的身分也隨之取消，甚至會被流放到偏遠地帶，十分嚴苛。

第五十三章

考生們先隨機抽取了各自的考牌，最後集合在貢院旁邊。

這次的主考官是翰林院的大學士杜毅，杜毅身邊的副官聲如洪鐘，大聲宣讀考場紀律，如果違反會有何後果云云。

考試終於開始，每一個考生都被安置在一個五尺圍牆內，裡頭有一張長桌、一張坐床，以及筆墨紙硯。

這場為期三天的考試，都要在這個小小的房間中進行。

科舉如同一場拉鋸戰，十分耗費體力，三天內還不一定能夠完成試卷，由於沒有太多時間考慮，所以必須要做到快、狠、準。

有考生苦思冥想，浪費大半時間，最後日夜不休息趕著答題，活活累死在考場上；也有白髮老者，在考場上心力交瘁，當場猝死。

而謝鈺與顧程，一個生活在富貴之家，自小練習武藝，身子骨兒自然不會太弱；一個生活在鄉下，農活慣了，身體很是硬朗，不怕這場拉鋸戰。

顧程看著手上的考題，眼神閃過一道精芒，就要在草稿上書寫，突然之間，他手上的筆又停下了。

他忽然想到那天夜裡和謝意的深談，心中突然生起一股堅定，待他提筆時，不再遵循四書五經中最制式的方式回答，而是用謝意所說的那句話做開場，寫上「士農工商為國之基石……」

顧程心中堅定，已經有了自己的信念，下筆如行雲流水，蒼勁之力似要穿透稿紙，靈感如同湧泉一般源源不絕，有如神助。

寫完後，顧程仔細檢查了一遍，頓時有一種神清氣爽、酣暢淋漓的感覺。

雖然這篇文章蘊含了許多道理，但是又有著些大逆不道的意味，似乎要徹底顛覆窠臼與傳統。

顧程看著手上的草稿，既然已經確定了未來要走的路，那就不需要再有遲疑。

他開始在草稿上修改，讓整篇文章變得更通順，最後再把草稿上的內容填寫在試卷上。

他放下筆墨，深深吐出一口氣，抬起頭來，窗外的天色竟然已經黑了。

原來不知不覺中他已經寫了整整一天。

咕嚕——

肚子的叫聲早已提醒他許多次，只是他太過專心，沒有注意到罷了。他拿起素餅吃了幾口，又喝了幾口清水，覺得全身的力氣彷彿已經用盡。

看著這寫得洋洋灑灑的試卷，他突然站了起來，決定提前交卷。

這是極少見的情況，一般來說考生要在第一天交卷是不太可能的事，誰不是軟磨硬泡在草稿上寫出好幾個版本，到最後一天才決定要抄錄哪一個。

會提前交卷的人，除非是已經放棄了考試，要不就是對自己的文章極有信心。

看著顧程的卷子，主考官杜毅慎重地提醒道：「顧程，你可想清楚了，一旦交卷，走出貢院，就不能再繼續答題了，無論有什麼理由也不能再進入考場。」

「我明白。」顧程語氣堅定。

杜毅眼中閃過一抹讚許與敬佩，有如此氣魄和膽識，就算沒有錄取，將來也必成大器。

杜毅攤開試卷，準備捲起封存，眼睛瞄了眼上面的字跡，只見筆跡蒼勁有力，內容字字珠璣，官場上的種種都被他一一道出，見解精闢，一針見血，就像是在官場多年的老臣，不顧身分進諫一般。

他把顧程的名字深深記在了心裡，金鱗豈會是池中之物，早晚有一天會化龍騰翔。

春闈的三場考試，顧程都是第一個交卷的。

可在其他考生眼中，顧程到底是初生的牛犢，雖然不懼猛虎，但終究還是太嫩了。在場的考生幾乎都經歷了好幾次的考試，像顧程這般自負的人，他們也見過不少，可是最終還不是都被現實給打敗了。

九天之後，春闈結束。

緊繃許久的身心終於可以放下，許多人相約去慶祝，好好發洩一番。

就在這既放鬆又忐忑的氣氛下，好不容易迎來了放榜之日。

這天，許多考生都在酒樓上等待，來回碰杯，想藉由這種方式釋放心中的焦躁，就連謝鈺和顧程也不例外。

「兩位進士公，吃好喝好啊。」小二把一盤盤美食端到兩人桌上。雖然還沒放榜，但是這小二是何等機靈，先在嘴上占一個彩頭，提前預祝這些舉人為進士。

「賞！」謝鈺立刻掏出二兩銀子賞給小二。

小二喜上眉梢，點頭哈腰又說了幾句好話，這才退了下去。

「程弟，聽說這次你可是大大占了風頭，每一次都是第一個交卷的。」謝鈺和顧程碰杯。

「哪裡，只是我心中已經有了自己的答案，心無旁騖罷了。」顧程微笑回應。

「佩服、佩服，程弟此回一定能中得貢士。」謝鈺由衷說道。

兩人的話引起旁人注意，碰巧其中有幾個人也見過顧程，酸不溜丟地道：「第一個交卷的可不一定就會中貢士，如果是按照交卷順序決定人才的話，豈不是貽笑大方？」

說完，身邊許多考生都跟著附和，讓顧程和謝鈺的臉色變得難看起來。

到了開榜的時辰，穿著大紅衣裳的衙役穿梭在大街小巷。

「恭喜王泊遠舉人，高中貢士第四十七名！」說完，銅鑼一敲，整個街道都沸騰起來。

在謝鈺他們所在之處斜對街的酒樓上，一個中年男子站起身來，意氣風發，滿面紅光。

當他聽到自己名字的時候，激動得差點就要流下淚水。這是他第四次參加春闈了，從一個不到二十歲的青年，苦讀十二年至今，終於熬出了頭。

他朝周圍的人一一致謝，又趕緊拿出些碎銀兩，遞給穿著大紅袍的衙役。「官爺辛苦了，這些銀兩略表心意。」

衙役笑臉相迎。「貢士公客氣了，和貢士公比起來，我這小小衙役算什麼？」

雖然嘴上這樣說，那衙役還是收下了銀兩。

一般來說，一旦考取貢士功名，也就等於是進士了，是真正的守得雲開見月明，成為一方父母官。

街道上，鑼鼓聲繼續敲響，考生們的心情越來越緊張，頻頻豎耳傾聽有沒有唸到自己的名字，看向顧程和謝鈺的眼神也變得更加戲謔。

三年一次的春闈，錄取率極低，絕大多數的人都要黯然離去，更何況是這兩個初生之犢？

突然，一聲鑼響，穿著大紅袍的衙役嘴裡喊道——

「恭喜謝鈺舉人，高中貢士第三名！」

謝鈺站了起來，周圍的考生們鴉雀無聲，全都用不可思議的表情望著他。

居然真的中了？

沒想到這個剛剛被他們戲謔的初生之犢，第一年參加春闈就高中，而且是第三名。

這下再也沒有人敢說什麼，全都默默地低下頭，眼神中盡是酸意。

謝鈺下樓，對衙役稽首。「官老爺辛苦了，略備薄銀，不成敬意。」說著就拿出二十兩銀子塞進衙役手中。

衙役同樣說著客套之語，可這回不同的是，衙役還多叮囑了幾句。「貢士公可不要忘了，四月就要舉行殿試，也望貢士公要考一個好名次啊。」

如果殿試同樣考取第三名的話，那麼他就是探花了。

酒樓上的人幾乎都要捶胸頓足，萬分懊惱剛剛為了占嘴上便宜而得罪了他們，失去和這個極有可能成為探花的貢士公結交的機會。

就在這時，又一聲鑼鼓響起。

「恭喜顧程舉人，高中會元——」

這一聲把整座酒樓上的人都驚呆了。他們萬萬沒有想到，剛剛被他們嘲諷的顧程，竟然拔得頭籌！

顧程心中一驚，本來一直沒聽到自己的名字，還以為自己要落榜了，誰知這最後關頭，喜從天降，他居然高中會元。

這不可能是謝意在背後幫忙，就算他有後臺，頂多也只能讓顧程得到一個貢士身分而已，畢竟會元是會被皇帝另眼相看的人，萬一出了任何紕漏，那可是大罪。

唯一的可能，就是他是靠著自己的實力，高中會試第一名。

周圍的考生都覺得臉龐彷彿被人打了一巴掌，一陣火辣辣的疼。每個人的臉上只剩下尷尬，恨不得把自己的頭埋進胸口，甚至有幾個人已經灰溜溜地逃離這裡，再也沒有任何臉面繼續待下去。

顧程趕緊下樓，那穿著大紅袍的衙役迎了上來，嘴裡說著吉祥話。

「恭喜會元公，賀喜會元公，高中會試第一名。」

顧程從懷裡掏出顧媛媛給他的幾錠白銀，塞進了衙役手中，酒樓的掌櫃也走出來為新科會元公慶賀。

謝鈺和顧程相擁在一起，沒想到他們這對以兄弟相稱的人會同時取得功名。

因內心高興，謝鈺和顧程兩人皆酣暢痛飲，喝了不少，最後是江家派人來將醉醺醺的兩人接回去。

從這天開始，江家對他們態度更是不敢怠慢，如果以前是看在謝家的面子上，那麼現在就是看在兩人未來的成就上，這可是有可能被賜為進士及第的人啊，自然要好好招待。

四月，謝鈺與顧程一同參加科舉的最高榮譽——殿試。

殿試只考一題，由皇帝親自選題。顧程看著試卷上的題目，心中已經有了答案。

和春闈一樣，他下筆如神助，鐵筆銀鈎，在草稿上龍飛鳳舞。

良久，他心中最完美的答案已經全部寫下，接著他又填詞刪句，潤飾文章，這才抄錄在卷上。

卷子在第一時間傳遞到皇上手中。

皇上深沈老練的眼睛迸射出精光，這答案超乎他的預料，道出了他心中對官場的無奈，每一個字都印在了他的心坎上。

清廉公正這個名頭，誰都喜歡，誰都想要。

可是能夠在關鍵時刻真正救國救民的，卻不是那些只會動動嘴皮子的人。

皇上只覺驚為天人，寫出這種文章的人，真的是一個尚未接觸官場的人嗎？

以往皇上總要和翰林院的學士們商討多日，才會決定進士前三甲，可就在今天，皇上已經決定了一甲首名。

幾日後，聖旨降臨，江府上下皆跪地聽旨。

「奉天承運，皇帝詔曰，朕親封貢士會元顧程為狀元……」

江府上下一片震驚，顧程這個上京趕考的鄉下書生，居然真的名列榜首了？

誰知接下來又是一則喜訊砸了下來，謝鈺高中進士及第第二名，也就是榜眼。

這下兩人的身價立刻水漲船高，京城中的各個貴女、郡主都在打聽關於這兩人的事，甚至有幾個王公大臣親臨江家提親，差點為了搶女婿而撕破顏面。

別說是他們，就是其他錄取的進士們，也因為這榮耀的一刻而成為眾所矚目的焦點。畢竟他們可都是國家未來的棟梁，只要能與之聯姻，就能多一分勢力，多一分力量，家族也就會壯大一分。

第五十四章

當京都的牡丹遍開之時，滿城的話題便是——「金殿之上，天子欽點，一字千金，顧家狀元。」

江南那邊也在第一時間得了書信，便是謝望，也激動地一遍遍念叨著他那忽略了二十年的兒子。

「恭喜少爺，賀喜少爺，三爺高中進士及第第二名，成了榜眼公！」

管事慌張地跑進寫意居，激動之情溢於言表。

謝意一驚，沒想到自家老三還真是個讀書的料，居然成了榜眼公，這可是光宗耀祖的事。

「還沒完呢，阿鳶姑娘的弟弟顧程公子也中了！還是中了狀元呢！」管事興奮地說著。

顧媛媛聽到消息，連忙從房中趕了出來。

程程，你終於做到了，完成了自己的承諾和夢想。

顧媛媛看向謝意，眼神中滿是柔情。如果沒有他的幫助，程程不可能有現在的成就，最重要的是，成了狀元，遲早也會成為朝廷中的一名重臣，她這個阿姊的身分也會水漲船高。

她與謝意之間，終於出現了一絲可能，不用再躲躲藏藏，不用再擔心門戶之見。

謝意回望她，意有所指地一笑。「阿鳶看到了吧，那天我對顧程說的話還是有用的。」

顧媛媛被謝意氣笑了，敢情自家大爺把高中狀元的原因全歸功到自己身上，就好像狀元公是他教出的徒弟一樣。

「爺又胡言亂語。」顧媛媛心情大好，難得還嘴。

謝意一把摟住她，惹得她一聲驚呼。「不然妳以為那天晚上我為什麼把他叫去？」

謝意說得沒錯，如果沒有他，顧程在作答時就不會如此果斷決絕，也不會贏得皇帝的心；若沒有謝意打通他的思想，就算錄取，也只是進士幾十名罷了，最後也會隨波逐流，泯然於眾。

「爺，趕緊鬆開奴婢，三爺高中榜眼，一會兒老爺怕是要差人來請爺過去了，若是被旁人瞧見……」顧媛媛掙扎著，面如桃花，滿臉羞澀。

「看就讓他們看，難道他們還以為我家阿鳶只是個小丫鬟嗎？妳現在可是狀元公的姊姊。」

謝意笑意更濃，惹得顧媛媛更加害羞。

直到院子外傳來了細碎的腳步聲，謝意才鬆開手，理了理身上的衣袍，等待父親喚他過去分享謝家的喜悅。

過了幾天，讓所有人意想不到的事情發生了。

按理說，新科及第的狀元應會授與翰林院修撰一職，之後一步步往上升，走上封侯拜相的道路。

因此身為狀元的顧程被留在京都，成了翰林院修撰是合情合理的，可身為榜眼的謝鈺，卻是被授與浙江寧波知州一職。

依照老皇帝之言，謝鈺為人謙和，品行端良，有擔任父母官之能，留在京中實在不適，故命他為地方知州。

這讓人有些摸不著頭腦，說起來，擔任地方知州絕對是皇恩浩蕩，謝鈺之幸，畢竟他還這般年輕，才剛中了榜眼便能取得高位；可換個角度來看，京都才是權力的中心，若遠離了京都，就等於無法插手朝廷之事，地方官做得再好又能怎麼樣？

不過對此謝鈺倒是一片淡然，似乎並不在乎是留在京都還是到其他地方當官。在他看來，無論在哪裡他都已經實現了他的夢想，唯一令他有些失落的是，他不捨得和顧程分離，兩人相識這麼久，早已親如一家兄弟。

江南這頭，謝意聽聞此事後，雖然心有遺憾，但也不怎麼意外。

如今皇帝已經開始忌憚謝家，江南一帶的經濟已被謝意掌握在手裡，若是謝鈺還留在京都，插手權力的核心，那才真是令皇帝苦惱。

所以這明升暗貶地將謝鈺調離京都倒也是必然的，不過謝意在給謝鈺的信中並未提及這些，只是稍作安撫，提點他幾句官場應注意的地方，反正寧波與蘇州距離也不是太過遙遠，這樣一來倒也省心。

過了幾日，顧媛媛接到上京傳來的書信，正是顧程親手所寫。雖然內容簡單，但弟弟在信中的喜悅以及對姊姊的思念之情顯而易見。

顧媛媛看到後面，心頭五味雜陳，思來想去，還是將書信拿給謝意過目。

顧程在信末表示希望顧媛媛能夠去京都。如今他在京都為官，身分自是不同，顧媛媛是他的親姊姊，不該再與人為奴，於理不合。

多年來顧媛媛一直盼著能夠脫離奴籍，如今夢想終於觸手可及。

謝意看完信後，只是淡淡道：「這是好事。」

顧媛媛心中有些翻騰，美夢即將成真的感覺似乎沒有像預期中那般讓她興奮。

「確實是好事……」半晌她才開口道。

謝意看著顧媛媛，視線在她臉上掃過一遍又一遍。「狀元的姊姊，斷沒有還與人為奴的道理。」

顧媛媛心頭一緊，聲音有些顫抖。「爺……」

謝意笑著將顧媛媛的小手握在掌心裡。「傻丫頭，妳不是等這一刻等很久了？」

是，她等這一刻等了不知多少年，如今自由就在眼前，為什麼她反倒有些惶恐了？

「阿鳶，妳去京都吧。」

過了許久，謝意極輕的聲音傳來，彷彿下了很大的決心。

夏天的雨總是來得那樣急，又那麼不講道理。

顧媛媛坐在馬車裡，正在前往京都的路上。她手中抱著謝意給她的匣子，匣子裡放著五萬兩銀票還有她的賣身契。

五萬兩是一筆極大的數目，謝意說讓她在京都買個房子，他會交代江家那邊幫忙留意；謝意還告訴她，人際往來少不得要花銀兩，餘下的錢不管是用來打點也好，買間鋪子賺錢也好，都由她自個兒決定。

京都那裡有她的親人，今後的她自由了，又有錢，她可以琢磨自己的小生意，過舒心的小日子，多麼美好和愜意，這是她從前夢寐以求的生活不是嗎？

可顧媛媛覺得自己一點都高興不起來，距離蘇州城越遠，她就越不安。

她想起謝意放手讓她去京都的決定，以及最後落在她唇畔的吻和那句輕語，緊緊握住了手中的匣子——

阿鳶，等我去娶妳。

隔年暮春，慶元帝駕崩，舉國為喪，太子朝禮登基。

皇帝駕崩的當晚，三皇子便趁亂逃往江南一帶。半個月後起了「清君側」的旗號，直言先皇本是傳位於他，是太子朝禮圖謀不軌，竄改先皇旨意。

天下局勢大動，三皇子的黨羽眾多，其中最重要的是江浙一帶的艦隊兵力統領朱索。三皇子一路逃到江浙之後，便立刻與他會合，準備攻下江南一帶，直取京都。

形勢轉變之快，令眾人措手不及。

朱索帶領的艦隊駐紮地是江寧海外，三皇子先是一路攻下上海，之後便把目標放到寧波一帶——

而此時寧波的知州正是謝鈺。

京都，顧府，南苑書房。

顧媛媛皺緊了眉頭，指尖無意識地在案桌一角畫著圈。她對面坐著的是顧程，此時姊弟倆的神色都有些凝重。

「三皇子注定是要失敗的。」顧媛媛忽然開口。

這句話不僅僅只是一個猜測，依她來看，儘管先皇對三皇子似乎更偏愛些，可最後屬意的天子一定是太子。

就像秦始皇對大公子扶蘇十分嚴厲，卻十分喜愛小兒子胡亥，可最終遺詔依舊是讓扶蘇繼位。那是因為扶蘇是他所培養的儲君，而胡亥是一名父親對兒子的喜愛。

顧媛媛深知自己沒有多高瞻遠矚的政治眼光，可當初謝意能這般篤定地謀劃，應該也是經過仔細分析的。

顧程看著阿姊面上的神色，沈聲道：「寧波……那是鈺兄任職的地方，三皇子的叛軍來勢洶洶，這可如何是好？」

想到謝鈺，顧媛媛心頭也是一緊。這次攻城謝鈺能不能守得住？現下新皇帝朝禮已經下令調遣山西一帶的兵將去捉拿叛軍，只是就算山西軍的先鋒隊抵達江寧一帶，最快也要十幾日。

謝鈺撐得住嗎？撐不住就是死，若是降了……依舊是死。

屋內的空氣十分沈悶，顧媛媛閉上眼睛，有些想念謝意。

不知道他現在在做什麼？

如果是謝意……會不會有辦法？

另一頭，謝府的寫意居內。

此時的謝意心情比顧家姊弟還要沈重得多。

三皇子憑什麼敢這麼狂妄地起兵造反，因為他有兩大靠山，一個是朱索麾下的兵力，另一個是謝家的財力。

「不過這次可要讓你失望了……」謝意將三皇子那邊傳來的密函一封封燒掉。

三皇子是不會成功的，因為從一開始先皇給他的寵愛越多，他就越是跟皇位無緣。如今三皇子還沒醒悟——不，或許他已經醒悟了，只是箭在弦上，不得不發。

「老三，你可要挺住啊。」謝意看著紅豔的燭火吞噬掉手中的信函，眼前忽然映照出謝鈺那張絕豔的容顏。「如果你死了，哥哥可就真的要內疚一輩子了……」

手中最後一封密函化成了灰燼，謝意再抬頭時已是一臉的決然。他看著書桌上那個古樸的匣子，手指控制不住地將它打開，裡面是一對精緻的小人。

謝意微微勾起唇角，合上匣子，起身走出書房。

三皇子那邊的情況其實一點都不樂觀，此時的他已經氣得快要升天了，每天都在咒罵謝意，將謝家上下十八代都恨不得罵上一遍。

若是謝意此時出現在他面前，他一定會撲上去一刀刀活剮了他。

他以為謝家是忠於他的一條狗，沒想到在這關鍵時刻，卻是被狠狠地反咬了一口。

原來謝意傾盡謝家全部的財力，支援平亂的軍隊，有馬匹、裝甲、軍餉……這雄厚的財力不禁讓京都世家全部震瞎了眼，也令新皇帝朝禮咂舌不已。

寧波府的城牆外萬樹燈火，星星點點很是絢麗，一眼望去是有幾分恢宏氣勢，只是這種絢麗帶著一股肅殺之意，逼得城中每個人心頭惶惶。

「三爺，您去休息會兒吧，這樣沒日沒夜地熬，身子會垮的。」

一旁的護衛謝軍神色淒然，他是當初謝鈺來寧波上任時，謝意特意調派給謝鈺的十個護衛之一。

如今十個護衛只剩下他自己了，其餘的人……都已經戰死。

「幾天了？」謝鈺聲音有些嘶啞。

「已經十天了……」謝軍嗓音顫抖。這十天裡謝鈺沒有離開城牆半步，以僅有的兵力，生生扛了十日。

沒想到這個容貌漂亮得有些不像話的知州竟是寧死不降，當初上城牆時，謝鈺曾對城中的官僚、商戶、百姓們說些激勵之言，這個年輕的知州大人，以身守城，讓城中上下團結一心。

此刻謝鈺身上的官袍已經滿是灰塵，如墨的黑髮凌亂一片，臉頰蒼白而消瘦，那雙豔麗的眼睛深深陷了下去，帶著濃濃的疲憊與困乏。

明明十分狼狽不堪，可謝軍只覺得此時的謝鈺就像一塊堅硬的石頭，一動不動地守著他身後的城。

「快了。」謝鈺輕聲道。

他在等，等待援軍出現的那一刻，等待黑暗過後的黎明。

大哥，你會來的對吧。謝鈺在心中默唸著。他已經開始感覺到視線漸漸模糊，四肢彷彿也逐漸僵硬。

第十天，寧波本是一座美麗又富饒的都城，如今卻只剩下滿目瘡痍。濃稠的鮮血、凌亂堆疊的屍體、糊在城牆上的碎肉、落在地上的殘肢……

這就是戰爭。

第五十五章

謝鈺手中拿著一把沾滿鮮血的刀，他用這把刀斬斷了兩個叛軍的脖子。

這是他第一次殺人，他從來沒有想過這雙提筆寫字的手有一天會染上鮮血，也從沒想過有一天他竟然會站在城牆上向那些爬上來的叛軍狠狠砍去，可如今他卻做了，沒有絲毫猶豫。

從城牆爬上來的叛軍漸漸變多，身旁那些熟悉的面孔已經越來越少，謝鈺覺得或許下一個倒下的就是他。

他曾經想過自己會過著揮灑筆墨、登高而詩的愜意生活，也曾經想過會封侯拜相為國效力，甚至想過一直留在這裡當一個清廉為民的好官；可如今他卻站在城牆上，倒數著他的生命。

如此似乎也不錯，謝鈺這樣想著，至少他實現了自己的誓言，以身守城，城在人在。

耳邊忽然響起更大的殺伐聲，他聽到謝軍欣喜若狂的聲音直直衝破耳膜——

「援軍來了！寧波城得救了！」

謝意是跟著援軍一起到的，寧波城外的慘狀觸目驚心，此時他遠遠地看著城牆，說不出是何滋味。

沒想到老三竟然真的守住了，這也令朝中上下一片驚喜。

新帝朝禮大悅，在朝上直嘆謝鈺忠君愛國之心。本來他對寧波城已經不抱期望，沒想到謝鈺會給他這麼大一個驚喜，眼下朝中有許多搖擺不定的臣子，朝禮便將謝鈺作為榜樣，大肆讚揚。

三皇子心中窩火，他的謀反大計完全被謝意毀了，本以為謝家是他最大的保障，誰知謝家臨時倒戈相向，之後又遇上謝鈺這個硬釘子，寧死不降，如今他竟是活生生地栽在了謝家兄弟手裡。

朱索幾次要求暫且退兵，可現在的三皇子早就急紅了眼，眼看著就能拿下這座城，怎麼能就此放棄？

他咬牙堅持不能退兵，在巨木柱的撞擊下，固守了十三天的城池終於被撞開了。

「走，從一旁繞進城裡！」謝意見城門已破，心知不能再等了，眼下三皇子敗局已定，清理這些叛軍只是時間上的問題，此時最重要的是謝鈺的安危。

「爺，太危險了！前線叛軍太多，已經進了城！」林英勸阻道。

謝意眉頭緊皺。「就是這樣才要去，老三還在裡面！」

謝意身旁全是謝家的護衛，一半是謝家以前養的死士，一半是這次清剿叛軍徵召來的，約莫有兩百人左右。

聽謝意這樣下令，眾人以及朝廷的援軍跟著謝意繞過軍隊向城中衝去。

另一頭，城內已經血流成河。

謝軍看著眼前的刀盡數沒入他的胸膛，視線被鮮血浸染，他用盡最後一絲力氣將謝鈺推向一旁，想大聲叫他快走，卻發不出聲音。

謝鈺看著這個十幾天來一直陪伴在他身旁的謝家護衛，手上的刀砍下的力道比心口的痛楚更加猛烈，那個叛軍手裡的刀還沒能從謝軍的胸口拔出來，腦袋已經飛落城頭。

謝鈺知道援軍已經來了，可那又怎麼樣？身旁已經死了太多太多的人。他麻木地揮動著手中的刀，然而那些保護他的人一個個都倒下了。他能喚出他們每個人的名字，他能記起他們每個人的樣子，他知道城中為他送蛋餅的李嬸的兒子已經死了，他知道那個腦袋被削去一半的小夥子下個月就要成親了，他知道方才謝軍最後想說的一句話是讓他快走……

他都知道……可是已經晚了……

眼角餘光看到旁邊有叛軍的刀已經向他揮來，刀鋒在陽光下刺得人睜不開眼，可此時的他已經沒有半分力氣再去抵擋。

就這樣吧……他想著。

刀鋒插進肉裡的聲音很沈悶，劃過骨頭，撕扯過肌理，鮮血濺開的畫面像極了祖母從前在院中種植的大理花。

可那血卻不是他的……他微微側過頭，看見謝意那張蒼白的臉。

謝意苦笑，血順著指尖滴落。

天邊浮起一片淡淡的薄紅，不知是夕陽還是被眼前的血染紅的，硝煙薄暮，一切都要結束了。

視線因為鮮血而模糊，謝意恍惚想起好久以前的燭光下，一個清美的小丫頭偏著頭，認真挑著燈花的樣子。

她回頭，眉眼淡淡，唇畔的笑意似有還無。

他想著，若是此生無望，那下輩子……下輩子且讓他再疼她一世。

「姑娘！」

顧媛媛蒼白的指腹上滿是鮮血，夏蟬連忙上前去拉起她的手，按住傷口，從懷中拿出手絹包紮。

「姑娘，杯子碎了就碎了，等奴婢來收拾就好了，看您這般不小心，好端端地劃這麼大個口子，待會兒讓爺看到又要心疼了不是？」夏蟬看著被血浸透的手帕，擔憂地皺緊了眉頭。

「姑娘？」夏蟬察覺到不對勁，偏過頭看向顧媛媛，這一看卻是把她嚇了一跳。只見顧媛媛面色蒼白如紙，唇色發青，眼睛失神地看著前方，像是被魘住了一般。

夏蟬大驚，連忙衝到外頭喊人過來，正巧遇上了迎面走來的顧程。

「怎麼了？」顧程見到夏蟬大呼小叫，趕緊問道。

「爺，您快來看看姑娘！」

顧程一聽，連忙進了屋，看見顧媛媛正坐在案桌前的羊毛榻上，地上有一只碎掉的杯子，杯子上繪的是一株鮮豔的海棠，此時杯口的碎片上滿是鮮血。

「阿姊！」顧程心疼地看著顧媛媛手上被血浸濕的手帕。「阿姊，怎麼這麼不當心？」

顧媛媛聽到顧程的聲音，回過神來，語調顫抖。「我要去寧波。」

聞言，顧程嘆息。「現下戰況不明，那邊正是動亂，妳怎麼能去？」

謝意支援寧波的消息早就傳遍了整個京都，他知道阿姊放不下謝意，他又何嘗不擔心？可眼下他是不可能讓阿姊去那邊的。

顧媛媛有些痛苦地閉上眼睛，她知道這個提議毫無道理，江寧一帶正在戰亂，她也去不了，可是她每天過得寢食難安，數次從睡夢中驚醒。思念就像是一把火，灼得她失魂落魄，甚至滿心後悔。

她怎麼就走了呢？她不該聽他的話離開的，她應該待在他身旁才是，哪怕幫不了他，也要一直站在能看得到他的地方……

「阿姊，妳聽我說。」顧程將手帕從顧媛媛的傷口上移開，重新拿了條乾淨的紗布。「大公子心思縝密，此時估計已經到達寧波，鈺兄也堅持了下來，現下局勢已定，謝家會沒事的，鈺兄會沒事的，大公子也會沒事的……」

他小心翼翼地重新幫顧媛媛包紮好傷口。「阿姊，守得雲開見月明，這幾日應該就能收到那邊的戰報，大公子也應該快要回京了。」

「程程，你不懂他。」顧媛媛看著自己的手，用力閉了閉眼睛，聲音微顫。「他那個人有什麼事情從來都是獨自一肩扛著，那麼多年來，我走的每一步，他都恨不得給我安排好。」

顧媛媛扯了扯唇角。

「他總是希望把一切都掌控在手裡。他得，要盡在掌握；他失，也得由他自己來斷了那條路……

「我後悔了，程程，若是當初不曾離開他，如今就不至於落得一個日思夜想的境地。」顧媛媛緩緩起身，窗外的夕陽將青色的籠紗窗染上一層淡淡的緋紅，好似點點滴滴的血霧噴灑在上頭，泛著細碎的金光。

「程程，阿姊從小時候就跟在他身旁，他是主子，我是丫鬟，便是曾經拿他當孩子，也未曾真正忤逆過他半分，可是這次……我不想只有等待。」

「阿姊！」顧程有些緊張，一把攥住顧媛媛的手腕。

顧媛媛笑了笑，一雙眸子亮得驚人。「程程，我要去找他。」

顧程看著面前的阿姊。他的阿姊已經不是當初那個面黃肌瘦的小丫頭，她出落得清美無瑕，像是一株亭亭玉立的水蓮，溫柔且堅定。

誰又能猜得出她心底那抹倔強，究竟能固執到什麼程度？

「阿姊，妳又要離開程程了嗎？」顧程輕嘆，好似又回到了當年離別那天。

顧媛媛心下一顫。「程程，阿姊沒有想要離你而去，阿姊只是——」

「我知道了，阿姊。」顧程勉強笑了笑。「阿姊，答應我，這次不要讓我等太久，好嗎？」

溫暖溢滿了心頭，顧媛媛握住弟弟的手，鄭重道：「程程，這次阿姊不會再讓你等那麼久了。」

南下之路，兵荒馬亂，狼煙四起，不知何時休。

流民一路北上，路邊掩著森森白骨，透著一股難掩的淒涼。

距離顧媛媛離開京都，已經兩個月了。

這趟前去寧波，顧程派了四個護衛一路護送，誰知越往南走，難民就越多。

這些流民們離鄉背井，已經幾近窮途末路，若是看到馬車和身穿錦衣的人經過，無不上前討食，因此馬車一路上走得斷斷續續。

顧媛媛身邊的一個護衛小李見流民可憐，分了些銀子給他們，顧媛媛沒來得及阻止，就看到流民們一見到銀子，頓時暴動起來，差點把他們給圍困在裡面。

小李心有餘悸，卻又有些不甘。

「生死面前，能保持理智的人少之又少，況且他們多數人還拖兒帶女，為了一家人能活下去，便是丟了人性也在所不惜。」顧媛媛一邊給小李包紮傷口，一邊嘆氣。

小李身手雖然不錯，可年紀尚輕，心性到底有些浮躁。聞言，他不解道：「可這些人太過不知好歹了，我們只是好心。」

顧媛媛拍了拍他的肩頭，安慰道：「世道就是如此，做事情之前先三思再行，免得再有今日遭遇。」

小李心下愧疚。「拖累了姑娘，是我的不是。」

顧媛媛搖了搖頭。「是我一意孤行，倒累得你們陪我跑一趟。」

「姑娘可別這樣說，我們本就是奉了大人的命來護送姑娘的，若是姑娘有個好歹，我等以死謝罪，也不能給大人交代。」

顧媛媛沒有說話，目光望向遠方，那灰濛濛的天空讓人心底陰沈沈的。

再半個月左右，她就能見到謝意了。

離寧波城越近，戰爭的硝煙味便越濃厚，一抬頭，彷彿能看到滿目的烽火。

「謝意……」她用力閉上眼睛，深吸了口氣。

你可一定要等我。

謝鈺是被夢中淋漓的鮮血給驚醒的。

睡夢中，那滿城的哀鳴與血腥還歷歷在目，火光縈繞，他滿頭冷汗，最後定格在眼前的，依舊是大哥那張蒼白到有些駭人的臉。

一個激靈，神思清明，他總算從夢魘中掙脫了出來。

他已經太久沒有合眼了，這一睡便足足睡了兩天。

他清醒時，頭還有些昏沈，彷彿兩天的休息依舊無法彌補因戰爭而消耗殆盡的體力。

「大人，您醒了。」守在一旁的僕人阿興上前將他扶起，又從一旁倒了杯水給他。

謝鈺意識還有些混沌，渾渾噩噩地接過杯子，待茶水順著喉嚨滑入腹中，激得他一哆嗦，腦中瞬間清醒過來。

援軍來了！寧波城得救了！謝鈺忽然想起身旁綻開的血花，猛地站起身來，把阿興嚇了一跳。

「大哥……大哥在哪裡?!」謝鈺抓住阿興的肩頭吼道。

謝鈺一向溫和，阿興何曾見過他這般模樣，一時有些怔住，待回過神來，連忙回道：「大人，謝家大爺在西苑青園的廂房裡。」

謝鈺迅速趕到青園，推開門，看到謝意身旁的林家兄弟兩人正神色凝重地站在床前。

林英最先看到謝鈺，俯身一禮。「三爺您來了。」

謝鈺好似未聞般急步向前走去，床上的人面容蒼白到沒有一絲血色，似乎連胸口都沒有絲毫起伏，那雙狹長的眸子緊閉著，再也不見往日的散漫。

屋中一片寂靜，寂靜到讓謝鈺幾乎站不住腳。

「大哥……」謝鈺緩緩俯在床前，想要伸出手，卻久久不敢動。

林英在這時開口。「三爺……方才郎中來過了，大爺暫時沒有性命之憂。」

聞言，謝鈺回過頭盯著林英，眼中滿是希冀，似乎是他最後抓住的一根稻草般。

林英心下不忍，安慰道：「大爺無事的，三爺且安心吧。」

謝鈺伸出手，指尖蒼白得跟謝意的臉色幾乎不相上下。

他想起在城牆上的那一幕，那綺麗的血花綻開之時，他的大哥為了救他險些喪命。

謝鈺只覺得心底一片冰涼，有說不出的悲痛。這是他唯一的哥哥，是從小一起長大的兄長，儘管謝意從小便如眾星拱月般，父母的偏寵、祖母的疼愛、尊貴的身分……這些他永遠不敢奢望的東西，他的大哥從出生起便能輕易得到。

那樣的大哥，驚才絕豔，天之驕子，讓他萬分羨慕，有時也不禁嫉妒。

可大哥對他很好，小時候總是會將好吃的或好玩的分給他，他雖不會拒絕，但也不會熱絡地表示什麼，只是神色淡淡，維持他僅有的自尊；甚至當他知道謝意喜歡顧媛媛的時候，他也選擇了放棄，也許他是有些彆扭吧。

後來大哥執掌謝家，也從未短缺過他半分，他參加科舉的時候，大哥更是從中替他打點，甚至當那把刀向他砍來的時候，大哥也半分不曾猶豫地擋在了他的面前。

他唯一的兄長為了他，如今沒有半分生氣的躺在這裡。

「大哥……」謝鈺將臉埋在錦被裡，喉中發出痛苦的嗚咽。

若是沒有謝意，那麼現在的他，是不是已經到了九泉之下？

他從未曾想過有朝一日，自己的命竟是謝意拚著重傷救下來的。

這分恩情，又當如何償？

第五十六章

寧波城的百姓們正排著長長的隊伍等著領糧食。

因為戰爭，寧波城封城十幾天，城中早就混亂一片；而謝意的到來，不僅僅是支援了兵馬，更是帶來了許多糧食。也多虧謝意思慮周全，這才解決了戰後的百姓短糧問題。

當謝意清醒的時候，三皇子與朱索等人已經被拿下了，叛軍也大多被清剿完畢。他看著窗外微暗的天色，也不知道此時是要天黑還是要天亮了。

喉嚨裡疼得似火在燒，然而跟身上傳來的痛楚相比，似乎又不值得一提了。

「爺，您終於醒了！」林英和林傑兩兄弟一直守在謝意身旁，見謝意轉醒，鎖了幾天的眉頭終於舒展開來。

謝意被傷口傳來的疼痛折騰得說不出話，只是擰著眉心看向兩人。

林英會意，跟謝意大概報告了下現在外面的情況，聽到局勢已穩，謝意才鬆了口氣。

「老三可還好？」謝意聲音沙啞，極為虛弱。

林英神色中帶著心疼，他從小看著謝意長大，如今謝意身受重傷，他看在眼裡，疼在心上。「三爺無事，之前在爺床前守了一天一夜，剛剛才把他勸回房裡休息。」

聞言，謝意微微合上眼睛。「無事就好……」老三沒事，他傷得也算是值得了。

林傑左手握拳，重重砸在一旁的案桌上，震得上面的茶具響起叮咚的碰撞聲。

林英皺起眉頭叱喝。「老二，出去！」

林傑咬牙道：「爺太莽撞了！」

林英臉色一沈，擰眉不語。其實不僅是林傑不明白，他也同樣不能理解。

謝意的嘆息輕到令人聽不清。「林二哥，我這不是沒事嗎？」

林傑是個鐵錚錚的漢子，卻還是紅了眼睛。「爺！若是刀口再深上一分，您就……折在那寧波城上了！」

「爺……那一刀，其實您是可以擋下的吧？」林英嗓音中滿是困惑。

謝意似乎有些累，不願再睜開眼睛。「瞞不過林大哥，本來這一刀我或許是不用受的，只是我忽然改變了主意，這一刀，我必須挨，當著老三的面挨下。」

林傑不明白，有什麼事能讓謝意付出這麼大的代價，連生死都可以不顧？

謝意緩了口氣，忍著傷口上傳來的痛楚，繼續道：「父親與三皇子的來往已不是一、兩日，其中關係甚大，新帝登基，謝家會有怎麼樣的下場，你們倆都明白吧？株連九族，哪裡還有活路可走？」

「可現在爺已經傾盡全力幫助新帝清剿叛軍，而且三爺也守城有功，難道還不能免謝家死罪？」林英又問。

謝意微微頷首道：「即便是免了死罪，到時候的謝家也已經不再是謝家了。一個一無所有的謝家，會落得什麼下場？謝家雖然沒了，可謝家人還在，老三如今守城有功，新帝更是將他標榜為忠君愛國之人，今後老三才是謝家的希望；父親、母親、妍兒還有謝家上下所有人，今後都只能依靠老三。」

謝意睜開雙目，苦笑道：「老三今後會前程似錦，有老三在，他們才能無憂。可是老三那孩子，從小在謝家卻是受委屈的，謝家欠他許多，我雖不疑他品性，可到底希望他能替我保全謝家；所以儘管那一刀我能擋住，可我還是選擇了傷在他面前。」

謝意漆黑的眸子裡帶了些譏諷。「我這個做哥哥的是有些卑鄙，依老三的性子，定然會愧疚好一陣子吧。」

他這次的確是算計了謝鈺，用他的傷換取謝鈺的愧疚。他知道今後不管是父親、母親還是妍兒，都會依附著謝鈺繼續過安穩的日子，謝鈺會將他們保護得很好。

說完，一股疲憊襲上心頭，謝意不再言語，再次閉上眼，沈沈睡了過去。

這次他睡得很安穩，他在夢中夢見了蟹黃包子，他想或許是自己太餓了，好幾天沒進食，難免會夢到包子，並非是他貪嘴。謝意在夢裡替自己解釋著。

只見一籠蟹黃包子剛好八個，一個個白生生、熱騰騰的，上面的褶子似花朵一般，香味撲鼻，勾得人口水都要流出來了。

謝意食指大動，準備拈一個來嚐嚐，誰知才剛伸出手，一對白玉象牙箸便輕輕打在他的手背上。

他不高興地側過頭去，見面前的少女五官柔美，眼神溫和又帶著寵溺。那一瞬間，謝意覺得眼前的人兒比蟹黃包子更令人心動。

如何才能得到美人，又得到蟹黃包子？謝意有些疑惑。

最終他得到了答案，找一個會做蟹黃包子的美人。

從那時候起，謝意便立志娶顧媛媛為妻，只是這般下了決定，目光卻再也無法從她身上移開。

顧媛媛沒想到臨到寧波城會出事，由於寧波城先前被叛軍撞開城門，流民們往城外四處逃竄，硬是沖散了她和四個護衛。

她身無分文，孤身一人，在流民群中逆行，悄悄往寧波城趕。途中有熱心的人看見她竟是往寧波城去，忍不住勸她。「姑娘，聽說寧波城正在打仗呢！妳還是趕緊跟我們往北走吧！」

顧媛媛抹了把髒兮兮的小臉，苦笑著搖了搖頭。「大娘，我……我的夫君在寧波城，我得去找他。」

那跟著家人一起逃難的大娘嘆了口氣，說道：「姑娘，妳看看所有人都往北去，萬一寧波城被攻陷了，妳就算過去也沒用啊。」

顧媛媛抿緊唇，沒有說話。她相信謝鈺，更相信謝意。因為他說過會來娶她，他讓她等他，等著真正成為他的妻，在這之前，他又怎能失了承諾？

顧媛媛緩緩蹲下身子，在地上攥了把土，抬手把小臉抹得更加烏黑，然後堅定地往寧波城趕去。

謝意，這次我不等你了。

換你等我，等我去找你。所以在那之前，你可不能失信於我！

由於她身上沒有盤纏，於是她混在難民群裡，白天跟著他們挖野菜，晚上打地鋪，裹著星辰當被子，過了幾天難民的日子。

約莫走了三、五日，她終於抵達寧波城。

還沒靠近城門，她遠遠就看見新帝的旗幟在城樓上飄揚。

瞬間，她渾身的力氣彷佛被抽光了，雙腿一軟，跌坐在地上，笑著抹掉眼淚。

寧波城到底是守住了，謝鈺不會有事，謝意也一定不會有事。

心頭懸著的大石轟然落下，震得顧媛媛有種無力感。她在地上坐了許久，才站起身繼續往城裡趕去。

寧波城封城了那麼多天，在戰火熏染下，頗有種百廢待興之態。顧媛媛才剛走到城門口，就被人給攔住，盤問了大半天，那人見她一個孤零零的女兒家，實在是沒有什麼可疑之處，這才勉強放她入城。

畢竟戰亂方歇，不少謀反的水兵四處竄逃，這幾日寧波城戒備森嚴也是難免的。

顧媛媛行經街角，看到粥棚正在施粥，本想上前去問路，誰知還沒開口，就被人塞了一個瓷碗在手裡。

「哎哎，領粥的到後面排隊去！」

顧媛媛被人不由分說地拽到了後面，夾雜在人群中，她有些哭笑不得地抹了把臉。

兵荒馬亂的年代，她一個大姑娘，自己獨身一人總歸是不太安全，所以她把自己弄得跟個小乞丐似的，看起來倒真是跟難民沒什麼兩樣。

看著手中的碗，她默默跟著人群排著隊，耳裡聽著旁人的談論——

「唉，幸虧謝大公子帶來了這麼多的糧食，不然就算守住了城，咱們也很難活下去啊。」

「可不是嗎，總歸是夠家裡老小果腹的。」

「謝大人不知如何了？好多日不曾見到。」

「聽說沒什麼大礙，只是前些日子守城耗損了太多心力，才……」

顧媛媛在一旁聽著，聽見謝鈺沒事，心裡頭悄悄鬆了口氣，接著她又想到這些糧食是謝意帶來的，不知為何，心中竟有幾分以他為榮的驕傲。

她心中五味雜陳，迫不及待地想要去找謝意，轉眼間竟是排到了最前頭。

倏地，她手中一沉，粥碗裡已是盛滿了粥。

「官差大哥，請問衙門怎麼走？」顧媛媛捧著碗給後面的人騰了位置，小心問道。

那施粥的官差見顧媛媛這麼問，詫異地看向她。「妳不是城裡頭的人？」

顧媛媛搖了搖頭。「我是來尋親的。」

「哦，原來是這樣。」那衙門的官差也是個熱心腸的，聽見顧媛媛這樣說，忙問道：「是在衙門當差的？」

顧媛媛想了想後說道：「不算吧，是前兩日跟著謝家大爺一起來的。」

「謝大人的兄長？哎呀，說起來真要謝謝他，要不是謝大人的兄長提供糧食，只怕城裡頭要亂起來了！」

顧媛媛忙道：「那他們現在在哪？」

衙門的官差十分肯定地道：「若是在謝大人兄長身旁當差的，許是住在謝園那邊，謝大人的兄長在那裡養傷，應是不會去別的地方。」

顧媛媛的臉色刷地一白，她聽到牙齒像打顫似地咯咯作響，許久後才顫著聲音問：「養……傷？誰、誰受傷了？」

「聽說那日在城樓上，謝大人的兄長為了救謝大人，被敵寇所傷。許是傷得不輕，到現在也沒聽到什麼確切的消息……」

手中的粥碗砰地掉在地上，熱粥濺在顧媛媛那髒兮兮的緞面繡鞋上，她恍若未聞般，一動也不動。

「哎喲姑娘，好端端的怎麼鬆手了？白白浪費了一碗粥，來來來，我再給妳盛一碗……哎？妳跑什麼啊？不喝粥啦？」

顧媛媛聽不見後面那官差喊了些什麼，她心頭一片茫然，就像是所有力氣都被抽乾了一樣。

恍惚間，眼前已是一片模糊，她停下腳步，深吸了口氣，抬手一抹，不知何時竟已淚流滿面。

謝意……你答應過我會娶我的，你怎麼能食言？

你說好要我等你的……

她一路跌跌撞撞，問了謝園的方向，半晌才摸索到謝園門前。

只是她還沒進去，就被人攔住。

「妳是誰，謝園也是妳能隨便闖的？」大管事打量了眼面前穿得破破爛爛的姑娘。

顧媛媛抬手抹了把臉上的灰土，心急道：「這位管家，我、我找人！」

「找誰？」

「謝家大公子如今可是在謝園？」

大管事有些疑惑地看了眼顧媛媛。「妳找謝大公子？」

「是的。」

大管事有些狐疑，面前的姑娘跟外頭那些流民沒什麼兩樣，若說有什麼不尋常之處，實在是看不出來。

「妳可有信物？如今外頭亂，這謝園是不能隨意進出的。」

顧媛媛往身上摸了摸，略微猶豫片刻，還是從袖口掏出一個細細長長的錦盒遞給大管事。「若說信物，唯有此件，還勞管事能託予大公子之手。」

大管事接過後，點了點頭道：「行，妳且在這裡等會兒。」

顧媛媛雖心急如焚，也只得咬牙在外頭等待。

大管事拿著錦盒走到半路，忽然有人來報，庫房裡有一批米糧要他過去清點簽字。由於這謝園中很多事宜都是由他掌管，沒有他的簽字，米糧是無法挪作他用，這可是件當緊的事。

「昭雪，妳把這個送到西苑，就說有人在外頭等著，問是不是什麼重要的人，若是，就差人去外頭說一聲，讓那姑娘直接去西苑就成了。」大管事匆匆吩咐完，把錦盒往一旁的丫鬟手裡一塞，就往庫房趕去了。

昭雪忙應了聲，按照管事的吩咐往西苑走去。

錦盒是用檀香木做的，上面有鏤空的花紋，還帶著淡淡的幽香。昭雪不禁好奇裡面放的是什麼，指尖忍不住打開上頭的鎖釦——

只見盒內是一支翡翠雕琢的冠笄，上頭精心雕刻著藤花紋，一看就知道價值不菲。

好美的冠笄！昭雪有些挪不開眼睛，許久才嚥了嚥口水，顫抖著手把盒子重新合上。

雖然蓋上了盒子，可是那華美的冠笄不斷在眼前繞啊繞，讓她心癢難耐。

如今在這兵荒馬亂的時刻，每個人都帶著劫後餘生的歡喜與慌亂，誰還顧得上別的？比如……丟一支冠笄這種事情，定然是沒有人會追究的。

昭雪雙手攏起，將那精緻的錦盒收在了自己的袖中。

第五十七章

顧媛媛站在謝園門口，從白天等到了傍晚，夕陽如血，灑落一地。

奔波了那麼久，一顆心日日都在煎熬，如今與謝意近在咫尺，卻遲遲不得相見。

她怔怔看著地上的緋紅，眼前越來越模糊，腳下突然一個踉蹌，竟是一頭栽倒在石階上。

顧媛媛覺得頭上有些疼，伸手一摸，一手的黏膩，還帶著絲絲縷縷的腥甜。

夕陽灼灼，她恍惚想起那天謝意送她去京都時的情景……他送她上馬車，然後在她耳畔低聲細語。

阿爲，妳走吧。

可是他的手卻緊緊拽住她的衣袖，彷彿恨不得將她從馬車上拉下來一樣。

她知道，謝意捨不得她，但卻不得不推開她……

她真傻啊，怎麼就信了他的話呢？如果當初沒有離開他，是不是就不用忍受分離之苦？

從前她只覺得為人奴僕，此生不得自由是一件很可怕的事情，所以她總是一心想要逃離，逃離那個枷鎖，逃離那些低人一等的桎梏。

可當真正離開那灰濛濛的四角大院時，她才明白，自己其實已經將心落下了。

鮮血模糊了眼睛，顧媛媛看見有人從她面前走過，然後低聲詢問她怎麼了。

她張了張嘴，抬眼看了看那人，雖入目是一片血紅，可面前的人卻很熟悉。

她趴在地上，緊緊拽住那人的褲腳，哽咽道：「林家大哥……」

這一聲輕喚讓林英心下一驚，連忙將顧媛媛扶了起來。

他本來是要出來給謝意取藥的，看見有人倒在門口，便過來問問，誰知道這人竟然會是阿鳶姑娘。

「阿鳶姑娘？怎麼會是妳？」

顧媛媛知道自己此刻已經夠狼狽得了，沒想到林英居然還能認出自己。

「爺……怎麼樣了？」她實在顧不上別的，一開口就先詢問謝意的情況。

林英頓了頓，轉移了話題，說道：「阿鳶姑娘，妳頭上流血了，先跟我進去包紮一下傷口再說吧。」

顧媛媛心裡涼了半截，但也只能點頭，被林英帶進謝園。

林英先讓丫鬟用溫水替她洗去身上髒兮兮的灰土，接著又命人給她尋了件乾淨的衣裳換上。顧媛媛心裡著急，來不及將頭髮擦乾就去找林英。

「謝意在哪？」她直接喚他的名字，眼神裡是不容置疑的堅定。

「放心吧，阿鳶姑娘，爺沒事。」林英先替她包紮了頭上的傷口，原本清美可人的大丫鬟，如今卻蒼白消瘦成這樣，任誰看著都有些於心不忍。

待包紮完，他略微猶豫片刻，才又續道：「只是……大爺受了些傷，妳且跟我去看看，這會兒爺恐怕還沒醒。」

顧媛媛心裡疼得緊，只恨不得能替他難受。

她跟著林英來到西苑的青園，挑簾而入，屋內飄著一股藥味，濃郁到讓她有些呼吸困難。

她抿了抿唇，往前走了幾步，挑開床幔，這才瞧見躺在床上的人。

只一眼，她就忍不住掉下淚來。

恍惚記得當初分別時，謝意還好端端的，可如今他那蒼白的臉色遠比她想像中的更嚴重。他的胸口彷彿沒有一絲起伏，冷冰冰的毫無生機。

顧媛媛咬牙忍住抽泣，緩緩坐在床沿，握住謝意蓋在錦被下的手。

他的手很冷，她不由自主地打了個哆嗦。

不知道是不是感應到了，謝意竟從昏睡中驚醒。

「爺？您、您醒了？」顧媛媛怔怔地看著他。

謝意有些恍惚，一時間竟搞不清自己眼下身在何處。

「阿鳶……？」他聲音有些嘶啞，出口的全是氣音。

這些日子，他幾乎沒有多少時候是清醒的，一天頂多醒那麼一回，不過片刻便又會昏睡過去。

他到底是太高估自己了，一開始本以為沒什麼事，誰知道不出兩天，就開始迷迷糊糊的燒了起來，高燒不退，手腳冰涼，又出現了失溫的症狀。

可現下寧波城裡最缺乏的就是藥材，哪怕盡力醫治，也沒能好起來。

顧媛媛哽咽道：「爺，阿鳶來找您了。」

謝意有些恍惚地看了眼顧媛媛，隨即漸漸清醒過來，神色先是一驚，隨即喜悅湧上，最後又變成了淡淡的惱意。

若不是身體情況不允許，他鐵定要跳起來拍拍面前這丫頭的腦袋，問她在這兵荒馬亂的時候為什麼還敢從京都跑到這裡來！

「爺，您怎麼樣？好點了沒？」顧媛媛一雙小手緊緊握住謝意冰冷的手指，企圖給他溫暖。

謝意繃著一張臉，冷聲道：「妳來幹什麼？」

本該是極嚴厲的一句話，奈何他此時身體太虛弱，一出口全成了有氣無力的問句。

顧媛媛抽了抽鼻子，有些難受。「爺，阿鳶想您了。」

顧媛媛性子向來含蓄，謝意從來沒有在她口中聽到過什麼情話，如今這一句「想您了」，硬是聽得謝意臉色紅潤了幾分。

他反手握住顧媛媛的手，眸色緩和許多。「當真？」

「自然是真的，不然我為何千里迢迢趕來一趟。」顧媛媛垂著頭說道。

提起這個，謝意還是不免有些惱怒。「顧程是怎麼回事，我把妳託付給他一段時日，他竟這般由得妳亂來？」

「爺還敢說，爺才是亂來。」顧媛媛說著，眼淚忍不住簌簌落下。

謝意艱難地伸出手抹去她眼角的淚水，內心十分心疼。

他的大丫鬟自從跟在他身邊起，他就沒捨得虧待過她，雖然算不上錦衣玉食，但至少沒受過什麼苦；可如今看她身子清瘦，臉色蒼白，原本圓潤的臉蛋已不復見，這一路定然是吃了不少苦頭。

謝意嘆了口氣，捏了捏顧媛媛的手心。「早知道妳會跑來，我當初就不該讓妳走，還是爺時刻看著妳比較好，不然轉眼就能給爺惹出事來……妳頭上是怎麼弄的？」

顧媛媛下意識摸了摸腦袋，不小心觸碰到傷口，疼得倒抽了口涼氣，隨即搖了搖頭道：「不小心磕到而已，沒事的。」

謝意恨不得撬開她的小腦袋瓜，瞧瞧裡頭是裝了什麼。

顧媛媛將錦被往上拉了拉，嚴嚴實實地把謝意裹在裡頭，悶悶道：「還好我來了……還好你沒事……」

謝意心頭一暖，第一次不知道該說些什麼。

分別了那麼久，他曾想過有千言萬語要抱著他的丫頭說，說上幾天幾夜，一訴相思苦；可如今真的見到了，卻又覺得似乎什麼都不用說。

只要能這樣看著她，已經是上天最大的恩賜。

由於謝意眼下還是有些虛弱，說了一會兒的話，又有些昏昏欲睡。顧媛媛一直守到謝意再度睡著，才緩緩站起身。

這時謝鈺剛好忙完城中事務，過來西苑這邊看看大哥的情況，誰知卻碰巧遇到從屋子裡走出來的顧媛媛。

此時天色已經暗下，夜幕星辰下，顧媛媛清瘦的臉龐讓謝鈺覺得恍若隔世。

「鳶姑娘？妳怎麼會在這？」

顧媛媛抿唇，勉力笑了笑。「三爺，別來無恙。」

不過謝鈺當然不會是別來無恙，他比當年離開謝家時變了很多。

記憶中的謝鈺一直是個對什麼事都雲淡風輕的蹁躚公子，那副絕豔的容貌和乾淨的氣質，讓她覺得這世上竟真的有像在雲端一般的人物，好似這世上的污穢都不能染髒他半分。

可如今再相見，她才知道謝鈺是真的長大了，曾經的青澀和疏離已經消失不見，不再是那個不食人間煙火的公子，而是一個經歷過風霜、能獨當一面的成熟男人。

這樣的謝鈺，讓顧媛媛有些陌生，但卻打心底為他的蛻變而感到高興。

顧媛媛將自己一路趕來寧波的事情簡單地說與他聽。

聽完，謝鈺長嘆一聲道：「鳶姑娘，為了大哥妳竟是願意不遠千里而來。」

顧媛媛臉色微紅，接著說道：「其實我還有一件事想要麻煩三爺。」

「妳且說就是。」

她略微猶豫後才道：「我丟了一樣東西，若是三爺方便，能不能讓人幫我找找？」

謝鈺一怔，有些疑惑。「丟了什麼？」

「一支冠笄。」顧媛媛把今日的事說了一遍，有些歉疚道：「我知道三爺定然忙碌得很，這種小事還要麻煩三爺，實在是……」

「不必如此。」謝鈺聲音有些冷。「這件事就交給我吧，沒想到府中竟有這樣的人在，也是我管教不力。」

「那就有勞三爺了。」顧媛媛微微俯身一禮。

謝鈺笑了笑。

「程弟如今已是在朝為臣，我與他同為官員，本就無什麼尊卑之別。妳是程弟的親姊，又何必喚我三爺？」

顧媛媛抿唇一笑。「習慣了呀。」

謝鈺看著顧媛媛唇畔的淺笑，彷彿她還是小時候那個敢拉住他的手在雨中奔跑的小丫頭，可轉眼間，竟已經過去了那麼多年。

「三爺？」顧媛媛見謝鈺似乎有些出神，輕喚了聲。

謝鈺回過神來，有些抱歉地對顧媛媛笑了笑，眼底閃過幾分憂色，問道：「鳶姑娘，大哥怎麼樣了？」

「還是那樣子，服了藥睡下了。」顧媛媛臉色有些擔憂。

謝鈺想要開口安慰兩句，可又不知道該說什麼，兩人間竟是一時無言。

「三爺。」顧媛媛忽然開口，打破了寂靜。

「嗯？」

她朝他笑了笑，微微仰起頭道：「江南的月色真美。」

謝鈺心弦像是被撥動了一下，跟著仰起頭。今夜的月亮朦朧朦朧間帶著皎白，猶如玉盤遙遙掛在濃黑的夜幕中。

「三爺，一切都過去了。」顧媛媛看著他。「守得雲開見月明，一切都會好起來的。」

謝鈺看著顧媛媛，月色下，她清秀的臉龐有些不真實，但那雙秋水般的眸子裡，卻映著天邊細碎的星辰，遙遙生輝。

是啊，一切都已經過去了。

城中漸漸平靜下來，開倉放糧，成批的藥材、布疋運進城內。寧波城離海不遠，貿易發達，本就是極為繁榮的城市，想要恢復倒不是一件很難的事情。

謝鈺依然很忙，城中事務上下都要打點，即便如此，他每日還是必到西苑探望兄長。

不知是不是顧媛媛的到來給謝意增添了幾分盼頭，他的身子一日比一日好，不用時常纏綿病榻，精神好些的時候還可以去院中走走。

顧媛媛怕他累著，也不帶他走遠，只等天氣好的時候才帶他來院子坐坐。

她在院中放了一張搖椅，謝意便時常躺在椅子上，膝頭蓋著一條薄毯，瞇著狹長的眸子看著顧媛媛在一旁擺弄針線。

從前顧媛媛是最不愛做針線活的，她手藝不大好，又不擅長這些，便總愛推託給旁人去做，如今反倒是潛心研究起來。

謝意因為病了一場，清瘦了許多，修長的指尖搭在椅子上，晃著椅子道：「阿鳶有這工夫，不如先繡繡自己的嫁衣。」

顧媛媛臉龐漫上一層薄紅，低著頭擺弄著針線道：「爺渾說什麼……」

「何曾是渾說，阿鳶過來。」謝意蒼白的指尖朝顧媛媛勾了勾。

顧媛媛湊過去，被他一把撈進懷中。

謝意本就是半躺著，這樣一來，她不得不俯在他身上，又掙脫不開，有些著急道：「爺，當心碰到傷口！」

「無妨，阿鳶妳莫要亂動，再這麼掙扎下去，爺可是有些吃不消了。」謝意眼底帶著幾分笑意。

顧媛媛果真聽話地安靜下來，小心翼翼道：「爺好好說話就是，逞什麼能。」

「阿鳶，等回到京都，爺就娶妳為妻。」

顧媛媛一怔，隨即垂眸不言。

謝意指尖輕輕滑過她的臉頰，反問道：「妳不願？」

顧媛媛搖了搖頭。「並非不願……」

謝意頓了頓，接著輕笑一聲，鬆開了她。「也是，是爺不好，太莽撞了，總該尋個好日子提親才對，哪能這般只問妳討一句話。」

「不，不是的。」顧媛媛急忙道。

「阿鳶，妳且讓妳家小弟備好嫁妝吧，等我用一百二十八抬聘禮給妳提親。」謝意單手支頷，似笑非笑地看著她。

顧媛媛背過身去，許久才道：「爺……」

「嗯？」

「阿鳶等您。」

謝意眸色溫柔，比這江南的飛花還要綿軟，他緩緩站起身，從背後將顧媛媛抱在懷中。

「好。」

第五十八章

謝意與顧媛媛正情意綿綿之際，院外衣袂簌簌，有人進來了。

顧媛媛一驚，瞧見來人是謝鈺，後面還跟著幾個家丁，還有一個做丫鬟打扮的女子。

「大哥，鳶姑娘。」謝鈺略微頷首，跟兩人打招呼。

顧媛媛不著痕跡地理了理有些縐褶的裙裳，微微一禮道：「三爺，坐。」

「鳶姑娘，前些日子妳託我幫妳找的東西已經找到了。」謝鈺將一個盒子交給顧媛媛。

「阿鳶要尋何物？」謝意有些好奇。

顧媛媛打開盒子，只見裡面玉光流轉，精緻的冠笄完好無缺。

謝意一怔，眸色溫柔地看了眼顧媛媛。「妳此趟前來竟將它一直帶在身邊？」

顧媛媛點了點頭。「我沒有什麼好帶的，唯有此物……寸步不離。只是後來本想以此為信物來見你，誰知道竟沒了蹤影。」

說著顧媛媛再次對謝鈺屈膝一禮道：「多虧了三爺幫忙，才尋到了它。」

謝鈺虛扶顧媛媛一把，道：「本是我管教下人無方，險些弄丟了這般貴重之物。」

說罷，謝鈺示意僕役將那丫鬟帶到身前來。

「當日管家疏忽，讓這個名叫昭雪的丫鬟鑽了空子，竟起了貪念將其納為私物。我命人查詢其下落之時，這丫鬟想要私逃，被人給捉住。」謝鈺嘆息，搖頭道：「如何處置便由妳來定奪吧。」

顧媛媛看了眼那個丫鬟，不過十六、七歲的模樣，此時一臉煞白，抖如篩糠，滿目驚恐。

身為丫鬟，盜竊他人財物又私逃，這兩項罪名都不輕，若是主人狠心些，直接蓋上麻袋打死也是可以的，若是扭送官府，也會落得個砍去手足的下場。

「早知今日，何必當初。」顧媛媛搖頭道。「寧波城已經死了太多人了，三爺，若是您沒有意見，將這丫鬟打發賣了便罷了。」

無謂的犧牲已經夠多了，鮮血染過的城，不需要再多添一捧血，只是這樣手腳不乾淨的丫鬟，也不該再留在府裡。

昭雪眼淚一下子滾了出來，驚魂未定地跌坐在地上，瞬間泣不成聲。

謝鈺頷首道：「罷了，便如此吧，將人帶下去。」

顧媛媛看著昭雪被拖下去的背影，心中不免有幾分感慨。這人生一遭，世事無常，有人守得住本心，有人連自己都迷失了。

「莫要胡思亂想了。」謝意握住顧媛媛的手，輕聲道。

顧媛媛一怔，下意識地看向謝意，指尖傳來的溫熱讓她心神漸定。

世事無常也無妨，只要有他在身旁，前路如何，她已無所懼。

叛軍平復三個月後，謝鈺接到上京述職的旨意，於是謝意和顧媛媛便跟著謝鈺一起踏上前往京都的路。

第二年春天，一行人到了京都，迎接謝鈺的人馬站滿街道兩側。這位知州年紀輕輕就是榜眼，又是當今聖上每日必要表揚的後起之秀，哪家不趕著結交？

兄弟兩人進宮面聖後，皇帝先是大肆褒獎了謝鈺一番，之後便讓謝鈺先下去，單獨留下了謝意。

書房裡只有皇帝和謝意兩人，皇帝眼神微微閉合，香爐中的煙霧在屋中繚繞，謝意則微微欠身站在一旁，等著皇帝的吩咐。

突然，皇帝睜開眼眸，鋒芒閃爍，一股凜然殺意襲來，加上他自小在皇宮中養成的霸氣，普通人只要看上一眼就會馬上嚇得跪下。

不過謝意臉上依然保持著淡淡的微笑，巍峨不動。

「謝意，你可知罪？」皇帝聲音冰冷刺骨，如同煉獄中的審判官，要讓那些漠然於世的無情之人受盡身體凍裂之苦。

「不知。」謝意淡淡說道。

皇帝一聲冷哼，從背後拿出一份卷宗攤開，上面密密麻麻畫滿了關係網。

「江南謝家，包攬江南一帶所有鹽業、茶業，每年私扣的銀錢有多少，你以為朕不知？謝府上下吃喝用度堪比皇宮，朕皇宮裡的這些玩意兒，還真不一定有你謝家的好。」

皇帝將手中的五彩琉璃樽朝地上一摔，立刻碎裂。

謝意再次彎腰，但口中只是淡淡說道：「只是生意罷了。」

只是生意？皇帝再次冷笑，手指著卷宗上的關係網繼續說道：「那你看看這個，京城謝家、李家，還有陸家、王家……哪一個和你謝家沒有關係？你們私相授受，結成聯盟，以為朕不知道？你們這麼做有何用意？是要造反嗎?!」

「造反」兩個字說得鏗鏘有力，如果真的被冠上造反之名，謝家恐怕就要被抄家了。

「生意上的夥伴罷了。」謝意還是如此回答。

皇帝冷笑，再拿出一份卷宗。「生意？夥伴？那這個你怎麼說，戶部尚書甯敬書、禮部尚書吳志遠，甚至連司徒先生都和你私交甚篤，更不用說你家老三，還有那被朕格外重視的顧程。朝廷裡裡外外凡是有實權的重臣，都和你謝意有幾分關係，你又作何解釋？」

說到這裡，謝意終於抬起了頭。

當他迎上皇帝的目光，眼神突然變得銳利，如同鷹隼一般。

敢這樣在皇帝憤怒的時候直視聖上，此舉已經可以被殺頭了。

「陛下，您拐彎抹角說了這麼多，到底想讓謝意做什麼？」謝意沒有回答，而是直接反問皇帝。

皇帝和謝意對視良久，終於收回眼神。

「你的父親曾經是當朝砥柱，但是他已經老了，你、顧程和謝鈺都不錯……」皇帝嘆息。「便留下來幫朕吧。」

皇帝沒有再提之前的罪責，而是要讓謝意留在身邊。

他才剛登基，諸事尚未平息，大小事務亂成一團，朝廷中的老臣倚老賣老，已經讓他煩透了心。

如今是時候該進行一次大換血了。

「不，陛下，我認為謝鈺和顧程已經足夠。」謝意拒絕了皇帝的提議。

聞言，皇帝大怒，手掌狠狠拍在桌子上。這謝意居然敢拒絕？光是剛剛那些證據，已經足夠安他一個「結黨營私」之罪，把謝家全抄了都沒問題！

「你竟敢拒絕朕？你以為朕不知道，你對朝廷上上下下幾千名臣子的背景知之甚詳，他們的習慣、弱點、喜好，你沒有一個不知道的，甚至比朕還清楚？」

其實皇帝憤怒的原因也能理解，無論是顧程還是謝鈺，都遠遠比不上謝意來得重要。如今新帝剛剛登基，最需要的就是像謝意這樣的人才，如何整治朝廷、如何換血，怎麼換、用什麼頂替，謝意都可以提出最恰當的建議。

謝意沈吟片刻，說道：「陛下，不是謝意不願意留下，而是不能留下。」

皇帝一愣，但轉眼就明白了謝意的想法。「你怕朕殺了你？」

謝意直言不諱。「是，我怕陛下殺了我，剛剛陛下的卷宗裡寫得很清楚，既然已經認為我有結黨營私的嫌疑，我更是不敢再入朝為官。陛下才剛登基，正是部署人脈的最佳時機，如果這個時候全部安插我推薦的人才，那這次換血還有什麼意義？遲早有一天，他們也會被清洗。」

謝意說得很明白，他現在的勢力已經如此龐大，若將來有一天，皇帝手下的一眾官員全都換成他的人，到那時他的權勢更大，功高震主，皇帝還能睡得安穩嗎？

假如他現在答應皇帝的提議，就真的只有死路一條了。不得不說，謝意在顧媛媛那裡學來的唯一本事就是「保命」。顧媛媛是在宅子裡保命，而謝意是在朝廷上保命，雖然格局不同，但意義是一樣的。

皇帝微微斂下怒氣，深知謝意想要自保其實是對的。

「狡兔死，走狗烹，你是怕我利用完你之後再把你殺掉，甚至把謝家這個錢罐子摔了，把你家財產都抄出來？」

話都明說到了這個程度，謝意也打開天窗說亮話。

「沒錯，謝家家大業大，我還沒有入朝，陛下您就已經如此惦記了，如果有一天我位高權重，那我謝家真的就是必死無疑了。

「謝鈺和顧程都不錯，雖然還很年輕，但是陛下可以重用。我這裡還有一份名單，上頭列了許多人的身家背景及平時來往的人，陛下可以參考是否能用；至於我就在謝府種種花草，陪著妻眷遊覽四方，這樣陛下您也放心。」

說著謝意從袖口拿出一份卷宗，上面寫著許多人的名字，以及各自的背景，一目了然。

皇帝被謝意氣樂了，沒想到他早就準備好了，這番說辭恐怕也是早早就擬好了吧？

皇帝苦笑著搖頭，拿起卷宗仔細看著，許久後，臉上露出了笑意。「罷了罷了，朕就放你歸鄉，讓你做個閒散野人，不追究你了；不過你以後就給朕好好賺錢就好，朝廷上的事你就不要多管了。」

皇帝的話雖有幾分幽默，可最後一句卻是十足的警告。

如果謝意再管，恐怕就真的要被殺頭了。
聞言，謝意眉開眼笑，朝皇帝跪拜謝恩。
「謝陛下恩典！」

第五十九章

後來皇帝擬了聖旨，謝鈺守城有功，任命他為「翰林院掌院學士」。

謝鈺年紀輕輕便在京都擔任從二品官職，可見聖上的栽培之意；然而謝家與三皇子曾經勾結的事，到底知道的人不少，彈劾的摺子也多。

不過謝意在最後關頭棄暗投明，全力清剿叛軍，並將茶園等家業上繳國庫，也算是功過相抵，最後皇帝只是削去謝家的爵位。

謝家看起來似乎已經一無所有，但誰也不敢小瞧了去，畢竟謝家還有個謝鈺在。

一切終於塵埃落定，就像是顧媛媛曾經所言那般，守得雲開見月明。

顧媛媛看著銅鏡中的人，明眸皓齒，清麗嫻靜，髮綰雲鬟，柳眉輕掃，雖妝容淡雅，卻也是極為用心捯飭過一番的。

「這是虞美人的胭脂，姑娘不妨試試？」丫鬟雲蟬將一個精緻的盒子拿了出來，用銀簪挑起一些，湊了過去。

顧媛媛垂眸看了眼，指尖抹過，均勻點在唇間，方才還呈現淡粉的唇色立即生動起來，整個人也多了幾分嫵媚的氣質。

「倒是不錯。」顧媛媛緊張得手心都是汗，沒話找話的跟雲蟬說著。

雲蟬笑了笑，突然有些疑惑地問道：「姑娘這大早上起來便開始梳妝，待會兒可是有誰要來？」

顧媛媛抿唇，僵硬地笑了笑道：「沒有，只是……」

她話還沒說完，就聽見外面傳來一陣腳步聲，竟是有十幾個丫鬟走進屋內，在她面前一字排開。

「這是做什麼？」顧媛媛不解。

那為首的丫鬟道：「姑娘，這是謝家大公子託人給姑娘送來的，說是直接讓姑娘過目。」

那一排丫鬟每個人手上都端著一個托盤，上面蓋著錦緞，也不知裡面放的是什麼。

顧媛媛有些好奇地湊過去道：「且都掀開瞧瞧。」

謝意說了，待從宮裡出來便來尋她，如今已經三日不見，也不知他在忙些什麼，怎麼這會兒派人送了這些東西過來？

待掀開錦緞後，她才瞧見每個托盤中的東西都不一樣——

芙蓉纏臂金環一對、海水紋青玉戒指一枚、點翠垂珠藍玉耳墜一對、銀絲線繡蓮花荷包一只、鑲金翡翠玉鐲一對、碧璽月形玉珮一枚、盤花鑲珠一支，五彩金簪頭一支、琉璃翠玉玳瑁釵一支、銀紫色鳳尾圖案絳綃裙裳一件，而最後一個托盤上的，竟然是一件淺綠色挑絲雙窠雲雁的中衣。

顧媛媛愕然，半晌才明白謝意的用意，心下是既感動又好笑，指尖忍不住輕輕拂過那一件件禮物，心柔軟成一團。

外面傳來輕喚，顧媛媛一怔，隨即提裙轉身往外走去。

屋外種著桃樹，此時桃花隨風紛飛，謝意身穿暗紫色的袍子，如墨長髮半束，倚在桃樹下，一張英朗的面孔好看得不像話。

這般美好的畫面讓顧媛媛眼睛忍不住有些酸澀。

謝意勾起唇角，一雙狹長的眸子滿是散漫，朝她伸出雙臂，笑問道：「看在爺那般費心的分上，可不可以主動一些？」

顧媛媛撲進了謝意的懷中，用盡她全部的力氣緊緊抱住他。謝意的身子往後撞向桃花樹幹，震落了滿樹花瓣，桃花如雨般灑落在兩人身上。

謝意輕輕揉了揉顧媛媛的腦袋，柔聲道：「阿鳶，妳可知爺的心意？」

顧媛媛點頭道：「阿鳶明白。」

謝意送的不是禮物，而是一首詩——

何以致拳拳？綰臂雙金環。何以致殷勤？約指一雙銀。
何以致區區？耳中雙明珠。何以致叩叩？香囊繫肘後。
何以致契闊？繞腕雙跳脫。何以結恩情？佩玉綴羅纓。
何以結中心？素縷連雙針。何以結相於？金薄畫搔頭。
何以慰別離？耳後玳瑁釵。何以答歡悅？紈素三條裾。
何以結愁悲？白絹雙中衣。與我期何所？乃期東山隅。

他送給她一首定情詩，也贈予了她此生全部的真情……

時值陽春三月，料峭春寒褪去，桃花綻滿京都。

一群小丫鬟嘰嘰喳喳圍在一起，手上各捧著不同的衣衫和首飾，面上都是歡喜之色。這時一個打扮貴氣的婦人過來，抬手朝幾個小丫鬟揮了揮，嘴裡說道：「都安靜點，鬧騰成什麼樣了？也不看看都什麼時辰了，還不快些伺候姑娘梳妝？待會兒迎親的轎子就要到了！」

丫鬟們紛紛屈膝福了一福，恭敬地道：「是。」

珠簾晃，玉珮鳴。

顧媛媛挑簾從裡屋中走了出來，身上已經換好了嫁衣。

那嫁衣紅豔豔的，似火灼灼，猶如烈焰，上頭用金線繡著金鸞鳥，展翅欲飛，猶如直上雲霄。

衣袖寬五尺，衣襬有一丈，上頭皆用金線繡著如意雲紋，端是大氣華貴。

「哎喲，姑娘，這嫁衣可真美，跟姑娘真相配。」幾個過來幫襯的婦人們看顧媛媛走了出來，連忙迎上前道。

顧媛媛彎唇笑了下，指尖輕輕摩挲過嫁衣的袖口，眸色溫柔。

這件嫁衣是謝意送她的，是江南第一繡莊煙雨閣的繡娘趕製了三個月才做出來的，最後一針則是顧媛媛自己繡的。

這件嫁衣太過華美，她收下的時候還有些心慌，可謝意只是笑。

我家阿鳶值得這世上最好的東西。他說。

顧媛媛被人扶著坐在半人高的銅鏡前，她看著自己映照在鏡子裡的臉龐，眉眼間帶著淡淡的羞意。

「姑娘快些來吧，該梳頭了！」

為她梳頭的是江家的老夫人，也是挑選出來的六福全人，這其中也是有講究的，需要找一個最有福氣的女人，且家中必須兒子、孫子三代健在，無夭折，無傷損，妯娌、兒媳婦、孫媳婦也要俱在，無合離，無不諧，如此方可為新嫁娘梳頭。

桃花木梳子落在顧媛媛的髮間，只聽江老夫人嘴裡唱道——

「一梳梳到尾，二梳白髮齊眉，三梳兒孫滿地，四梳老爺行好運，出路相逢遇貴人；五梳五子登科來接契，五條銀筍百樣齊；六梳親朋來助慶，香閨對鏡染胭紅；七梳七姐下凡配董永，鵲橋高架互輕平；八梳八仙來賀壽，寶鴨穿蓮道外遊；九梳九子連環樣樣有；十梳夫妻兩老就到白頭……」

顧媛媛看著鏡中人兒，心緒難平，沒想到她終於能夠嫁與謝意，與他舉案齊眉……她恍惚想起，好似還是昔年，那兩小無猜的歲月裡，那些允諾最終竟是都一一實現。

她本不知道人生走此一遭的意義，如今卻明白，或許輾轉過時空，流經過年華，只是為了那個一心人。

柳眉輕掃，玉膚點霞，胭脂描唇。湘白玉百鳥朝凰釵錯落有致地點綴在顧媛媛髮間，一抹嫣紅沿著眼角微微勾起，端是清麗無瑕。

通體火紅的血玉雕鳳項鍊掛在顧媛媛潔白的脖頸上，雙鸞銜壽果耳墜點綴在精緻的耳垂下，白玉雕絞絲紋手鐲纏繞在手腕上，更襯得她膚如凝脂。

「好姑娘，真真是美玉一般的人兒，跟謝家大公子郎才女貌，宛如璧人。」江老婦人有些感慨道。

顧媛媛抿唇含笑，那鴛鴦蓋頭落下，遮住她滿目的柔光。

半鸞花轎前頭有樂隊齊齊輕聲吟唱，少女清麗明亮的嗓音帶著幾分喜洋洋的朝氣。

十里紅妝，她一身嫁衣，終是成了他結髮的妻。

謝意一身喜服，寬袖窄腰，整個人猶如玉樹般挺拔俊朗。他伸手握住顧媛媛的手，將她牽下花轎。

火紅的鴛鴦蓋頭讓她看不見眼前，可近在咫尺的熟悉感卻如此強烈。

她把手交給了他，也把心交給了他。

謝意俯身，在她耳畔留下一生的許諾。

「哪怕天崩地裂，哪怕海枯石爛，哪怕斗轉星移，哪怕日月無存，此生定不負卿。」

顧媛媛握緊了手，輕輕應著。「卿心亦如是。」

自此，雲開月明，歲月靜好。

番外

建平三年，京都發生了很多事情，但最讓人津津樂道的便是關於京都第一美男子謝鈺謝大人的消息。

謝大人年輕貌美，身居高位，是當今天子身旁的紅人，最重要的是，謝大人尚未婚配。這樣的青年才俊，簡直就是最好的佳婿人選，上門來說親的人踏破了門檻，可謝大人對於這些前來議親的人總是笑得溫文爾雅，這樣不軟不硬的釘子碰上去，卻令人無可奈何。

就在京都所有百姓在琢磨著謝大人最終會花落誰家的時候，令人瞠目結舌的事出現了。兩江總督林鶴家的嫡長女林瑞雪獨身一人離家出走，千里赴京只為謝郎一顧。

當年少女懵懂、情竇初開，林瑞雪義無反顧地愛上了那個不染纖塵的男子。多少午夜夢迴之際，她將一縷相思寄託在夢中那一抹背影之上。

明明夢裡近在咫尺，現實卻觸不可及。偶有幾次，她在夢裡拚命追趕，卻趕不上他的步伐。

她將謝意這個名字記在了心底，一記就是多年。

那年，她冒著被兄長責罵的風險，贈予了他一顆紅豆。

玲瓏骰子安紅豆，入骨相思君知否？

她以為謝意會明白她的心意，將那顆紅豆好好保存，然後有朝一日為她下聘；她甚至想好等到那一天，她什麼定情物都不要，就只要那顆紅豆，將它小心翼翼串起來戴在身邊，將來等她老了，將那不再鮮豔的紅豆拿出來，坐在院子裡，曬著太陽，為她的兒孫們講述這樣一段往事……

林瑞雪想了許多，卻獨獨沒有想到，自己居然會錯付了芳心。

在江南隻手遮天的謝家，在新帝登基之際，雖為新帝剷除逆賊出了一分力，但是卻被查出當年曾與反賊過從甚密，抄了大半家業。

功過相抵，雖然謝家人沒有被聖上責罰，但如今的謝家已不再是當年的謝家。

林鶴自然不會同意再將女兒嫁入謝府，他將林瑞雪關在府中，企圖斷了她的癡念。求饒、絕食，各種方法都用過了，可是父親還是不肯鬆口。

林瑞雪心如刀絞，但就算如此，她還是心心念念惦記著那一抹身影。

再後來，她聽聞謝意再上京時已經成親，娶的是當年狀元公的姊姊。

聽說謝意與妻子琴瑟和鳴，恩愛兩不疑，林瑞雪的心徹底跌入了萬丈深淵。

這麼多年來的癡心彷彿就是個笑話，像一巴掌狠狠抽在她的心口上，讓她明白什麼叫做愛不得、放不下。

後來謝意帶著妻子回到江南，畢竟謝家的根在這裡，謝意的父母在這裡，哪怕娶了妻，也總要回來一趟。

謝意回來的那天，林瑞雪翻牆逃出家門，站在渡口上。那天的風很大，吹得她有些睜不開眼睛，但她依舊固執地站在那裡，不為別的，只是想要看一眼，再看一眼那個占據了她整個青春年華的男子，以及他溫柔如花的妻子。

她告訴自己，這是最後一眼，之後她就要將謝意這個人連同自己的愛戀都抹去，再也不去思念他了。

誰知命運再次搧了她一個耳光。

謝家的大公子謝意，眉目俊朗，芝蘭玉樹，是如此地風華無雙，可卻不是她心底那一抹白月光。

她像發瘋似地跑回家裡，找到了兄長，質問他當年的事情。

林秋然先是驚訝，隨即忍不住嘆息。

他的傻妹妹，竟是陰差陽錯，愛錯了人。

那一年，林瑞雪獨身策馬北上，向謝鈺表明心意。

她賭上了自己的全部，只為了這一次不再錯過。

京都眾閨閣小姐心中五味雜陳，有人讚揚林家大小姐的真性情，有人則嘲笑她恬不知恥；可無論怎麼說，林瑞雪依舊做到京中所有姑娘們想做卻不敢做的事情。

據傳聞，謝鈺笑著聽完林瑞雪傾訴的相思苦之後，只命人將林家大小姐安全送回江南。

本以為這事就這般過去了，林瑞雪鬧出來的笑話總有被人遺忘的一天，可誰知道跟著林瑞雪一同被送往江南的還有一份謝鈺的提親書。這親事一提，謝鈺和林瑞雪的事立刻從笑話變成了佳話，讓京都眾貴女們的芳心碎了一地。

不屑也好，後悔也罷，林家大小姐的這分勇氣卻是無人可比……

建平四年夏，廣州。

水澗閣佈置得極為精緻，進了主廂便可看到中間有一廣榻，榻上鋪著柔軟的金絲絨毯，上面繡著嫣紅的海棠簇簇。

此時榻上正坐著一大一小，大的身穿玄色繡金廣袖錦緞袍，墨髮輕束，容貌英朗，一雙狹長的眸子滿是散漫，只是這般隨意側臥，便自有一番風流氣度。

男子對面坐著一個小娃，約莫兩歲多，生得十分漂亮，臉蛋白皙，唇色櫻粉，一雙狹長的眸子黑白分明，微微上挑，似乎籠罩著一層水霧般閃亮亮的。

這一大一小正是謝意和兒子謝韞。

謝意看著兒子乖巧的模樣，伸出手從懷中掏出一支小懷錶，指尖拈住頂端的金鍊，像鐘擺一樣輕輕搖晃著。

謝韞的視線立刻被金燦燦的懷錶吸引住了，眼珠跟著一起左右移動，小腦袋一點一點的，煞是可愛。

謝意看著兒子傻乎乎的模樣，覺得甚為逗趣，忽地，他將懷錶掩入袖中。

謝韞見懷錶不見了，左右看了一圈，視線落在自家爹爹臉上，見爹爹笑得一臉不懷好意，小嘴一癟，眼睛裡蓄滿了霧氣。

謝意輕皺眉頭，小聲訓道：「男孩子整日哭哭啼啼像什麼話，嗯？」

謝韞依舊癟著小嘴，眼睛裡滿是水氣，待聽到外面傳來的腳步聲時，眸子一亮，哇的放聲大哭起來。

謝意臉色一黑，連忙捂住兒子的嘴巴。「噓……你這孩子……」

顧媛媛還沒進門就聽到兒子淒慘的哭聲，不禁頭疼起來。每次讓謝意陪著兒子，便能惹得兒子哭上半天，這爺倆怎麼就這麼不合？分明長出了同一個模樣。

「謝意！跟你說了幾遍不要總是逗他，你怎麼就是不聽？」

顧媛媛走進屋內，見謝意正捂著兒子的嘴巴，兒子一雙黑白分明的眼睛裡滿是委屈，淚珠啪嗒啪嗒地往下掉。

顧媛媛一陣心疼，連忙上前去抱起兒子，輕聲哄著。

「嘖……這小子是裝的。」謝意在一旁拆穿兒子的把戲。

顧媛媛瞥了他一眼，邊哄兒子邊對謝意道：「兒子還小，你別欺負他。」

看著這一大一小如翻版一樣的臉，顧媛媛心頭有些醋意，她辛苦巴拉生的兒子一點都不像自己，全部肖似了謝意去，這令人著實有些挫敗感。

謝意眉梢輕挑，看著兒子道：「這小子賊精著，吃不了虧。」

謝韞此時正抽抽搭搭地趴在顧媛媛肩頭撒嬌，看得謝意有些火大，伸出手去一把將兒子提溜起來，丟給一旁的奶娘。「韞兒該午睡了，帶他下去。」

謝韞從娘親懷裡直接被提溜出去，心中十分不開心，小嘴一癟，又是要哭的模樣，看得謝意連忙對奶娘道：「還不快下去。」

顧媛媛好氣又好笑，想要重新抱來兒子，卻是被謝意攬住了肩。「阿鳶，爺有事同妳說。」

顧媛媛看了看泫然欲泣的兒子，和一旁滿臉不悅、又似乎真的有事要說的丈夫，最終還是有些不捨地揮了揮手，讓奶娘將兒子抱下去。

謝韞一看自己成了被娘親放棄的一方，不禁悲從中來，扯開嗓子嚎啕大哭，只是這時顧媛媛已經被謝意半擁進了裡面的臥房，謝韞只能眼睜睜看著霸道的老爹帶走了自家溫柔的娘親。

顧媛媛有些無奈地聽著兒子的哭聲越來越遠。「你跟兒子較什麼勁……」

謝意笑道：「妳又不是不知道，這小子出門後就不會哭了。」

顧媛媛搖了搖頭，給謝意倒了杯茶遞過去。「韞兒這性子可不像我。」

言外之意就是，謝韞這些小手段絕對是隨了他老爹。

謝意接過茶盞，一臉跟他沒關係的模樣。

「老三來信說是要成親了。」謝意喝了口茶後說道。

顧媛媛想了想，也覺得差不多了，去年跟林家下了小定，婚期應該也不遠了。

一轉眼，離新帝登基已經四年過去了。

謝意早早就在廣州這邊布好了局，吳掌櫃一直按他的意思在這邊做海外貿易，利潤極大，幾年下來賺了不少。

謝意曾經問過謝望和江氏兩人是否要到廣州來，兩人只道在江南住了這麼多年，不願意再遠走他鄉，一生了了，這般相伴著便好。於是謝意也不再強求，同顧媛媛兩人一路遊山玩水，好不愜意。

之後顧媛媛有了身孕不宜奔波，謝意便帶著她在廣州定居下來。

如今謝鈺也要成親了，顧媛媛突然想到了白芷，那個她為數不多的朋友之一。當年謝鈺沒過多久便接碧玉姨娘去了京都，同樣被接去的還有被打發到莊子裡的白芷。

白芷最後還是如願以償陪在了謝鈺身旁，只是謝鈺今後會有正妻，白芷只能自己調適了……想到這裡，顧媛媛看了看身旁的謝意，來到異世，能遇上謝意是她莫大的幸運。

「既然三爺要成親，那我們便回去一趟吧。」顧媛媛道。

不僅僅是因為謝鈺成親，她與弟弟顧程也許久未曾相見了。想來程程也是快要娶親的年紀，不知道有沒有合適的人選？這般一想，她真有種馬上衝去京都的衝動。

謝意揉了揉她的長髮。「又忘記改口，是三弟。」

顧媛媛笑著應下，想著要見到謝鈺和顧程兩人，不禁開心起來，開始琢磨著要帶些什麼賀禮比較好。

挑來選去，最後她決定帶一些海外的玩意兒過去，想來也能得了個稀罕。

八月金秋，當桂花飄香的時候，謝意一家到了京都。

顧媛媛看著馬車外的街道，同幾年前並無兩樣。天子腳下，一片祥和富足，由此可見朝禮是個不錯的皇帝，自登基以來一心為民，算得上是一個實幹家。

顧程和謝鈺這兩個當年被先皇欽點的狀元和榜眼，如今都是天子極為倚重的臣子，加上兩人年輕，容貌又生得好，算得上是官場最耀眼的新秀。

兩人這般引人注目，京都也悄悄傳起一句玩笑話——「京有雙美藏，謝郎與顧郎。」當顧媛媛和謝意聽聞這句話的時候，都不由自主地笑出聲來。身為謝郎的哥哥和顧郎的姊姊，兩人也是深感榮幸。

馬車剛駛進城中便停了下來，外面有聲音傳來——

「請問這可是謝家的馬車？」

聽到聲音，顧媛媛不禁揚起唇角，掀開簾子。果然，馬車外是兩匹馬，棗紅色的馬上坐著的青年眉眼豔麗，眼角下的淚痣嫣紅，正含笑看著他們；另一匹雪白色的馬上坐著的青年容顏清麗，一雙美目似秋水般瀲灩。

「三弟、程程。」顧媛媛開心地喚道，沒想到剛到京都就見到了兩人。

顧程翻身下馬，伸出手扶阿姊下車，謝鈺也跟著下馬，謝意則抱著謝韞跟在顧媛媛身後下了車。

「大哥！」謝鈺連忙上前，待看到謝意懷中的謝韞，忍不住伸出手去接過。

謝韞也不怕生，喜孜孜地伸出小手向謝鈺討抱，看得一旁的顧程十分眼熱，也想要抱抱小外甥。

「你們兩個這是等了多久了？」謝意看著自家兒子被當成寶貝一樣被謝鈺和顧程兩人抱來抱去，笑著問道。

「下了朝後，我便跟程弟一起來這迎大哥、大嫂回去。」謝鈺笑著回道。

顧媛媛看著兒子笑得見牙不見眼的模樣，順帶著將口水蹭到謝鈺領子上，還一直用小手抓顧程的臉，不禁想笑，看來小韞兒十分喜歡叔叔和舅舅啊。

「行了，你嫂子身體不適，咱們就別站在這當口說話了，先回府再說。」謝意見外面風大，開口對謝鈺道。

顧程喜色一滯，有些擔憂道：「阿姊身子不適？可有大礙？我這就去請郎中來！」

顧媛媛耳尖一紅，忙拉住顧程道：「沒事的，別急……」

謝意微微揚眉，笑道：「郎中還是要請的，這些日子舟車勞頓，當然要好好調養一番，過不久，程弟你怕是要多個小外甥女了。唔……看來，似乎要在京都多待一段時日了……」

謝意想到不遠處那座金殿龍椅上的師兄，不禁有些頭疼起來，但願在京都能安生些才好。

顧程和謝鈺聞言，自是忙著跟謝意與顧媛媛兩人道喜，按謝意的意思，也不敢再繼續站在這城門口閒嘮，左右時間還很多，待回家後慢慢再聊。

天色漸暗，今夜倒是月明星稀。相隔幾年未見，四人皆是話不完，謝意跟謝鈺、顧程三人也是多飲了幾杯，都透著幾分醉意。

謝韞玩耍了會兒，早就熬不住去睡了。顧媛媛有孕在身，到底是精神不濟，說著漸漸閉上眼睛，靠在謝意身上睡著了。

謝意看著妻子的睡顏，對謝鈺和顧程兩人笑了笑，示意先帶她去歇息。

他攬住顧媛媛尚且纖細的腰身，輕輕往上一托，讓妻子的嬌臀置於臂彎，單手將妻子抱了起來。

謝意本就高䠷，顧媛媛身形又嬌小，這般抱著卻是別有些美感。

顧媛媛下意識地環住謝意的脖子，腦袋在他耳側蹭了蹭。這番嬌態惹得謝意有些心癢，也不再去看身後的弟弟和小舅子，直接往廂房裡走去。

「爺，鍋裡還蒸著蟹黃包子……」顧媛媛在夢中喃喃道。

「嗯，爺待會兒就去吃。」謝意笑著輕聲應道。

「韞兒……」

「韞兒睡著了，今兒個很聽話沒有鬧，別擔心。」謝意知道妻子放心不下兒子。

「爺……」顧媛媛無意識喚了一聲，咂了咂嘴在謝意懷裡蹭了兩下。

「睡吧，爺在這裡。」謝意的聲音極輕。

天上的皎月映出一室的清輝，謝意將顧媛媛放到床上，看著她恬靜的睡容，俯身在妻子眉心落下一個輕吻。

「好好睡吧，爺這一世都守著妳。」

——全書完

文創風 424-426

《追夫心切》

全套三冊

情意繾綣 真心無價／江邊晨露

她肖文卿原為官家貴女，卻遭逢意外淪為陪嫁丫鬟，名喚春喜，
在一回夢境之中，她預見自己被小姐送給姑爺為妾，
懷孕生子之後，兒子被小姐奪走，而她在產子當夜悲慘死去……
夢醒之後，她努力改變自己悲慘命運——
她在御史府花園攔截一個陌生的侍衛表白，勇敢地主動求親；
失敗之後，為了逃避被姑爺收房，還主動劃傷了臉，寧死不願為妾！
就在她將要絕望之際，
命運兜兜轉轉地，她竟然幸運地嫁給了當初她主動求親的男人，
他待她體貼有禮，照顧有加，一切都很好，只除了他不願跟她圓房。
他說，他對她動心，但卻不能在這時要了她，
他要她等著，等著時機成熟，兩人將能有情人終成眷屬。
她知道他身懷巨大的秘密，卻仍滿心願意信任他……

7/5出版，新書75折，一本送一個書套，送完為止。

文創風 427-428《丫鬟不好追》全套二冊

大宅裡藏心計 風雨中現情深／青梅煮雪

顧媛媛怨嘆啊，上輩子是個小學老師，穿越後竟被賣到大戶人家當丫鬟，
說起這江南謝家，富貴無人比，連謝家大少也霸道得很徹底，
使喚她當他的專屬廚娘，把吃貨本色發揮得淋漓盡致。
不過她沒料到這只會吃的圓潤小子，長大後竟成了個英姿挺拔的美少年！
他身邊桃花不斷，他皆不屑一顧，只對她情有獨鍾，
她這模樣看在其他人眼中，無疑成了欲除之而後快的眼中釘，
大夫人和二小姐對她不喜，丫鬟使計爭寵，各家貴女虎視眈眈。
她努力置身事外，誰知卻換來他一句——以為忍氣吞聲就可以享一世安然？
身在異世，無枝可依，她一路戰戰兢兢，不就是為了保自己無虞？
但她其實也明白，早在不知何時，她便已交心於他，
以往都是他擋在她前頭，許是這回該換她賭一把……

7/12出版，新書75折，一本送一個書套，送完為止。

文創風 429-434

《巧手回春》

全套六冊

青春甜美的兒女情長 妙手救世的女醫天下／芳菲

莫名穿到大雍朝，
劉七巧一身婦科好功夫卻受限於環境不同，
只能幫人接生，倒也在牛家莊裡有了點名號；
但她就只能這樣嗎？是否有機會改造古代產科文化？

前世婦產科醫師穿越來到這大雍朝的牛家莊，劉七巧根本是無用武之地！
但她職業病一發，看到古代婦女有難，怎能不出手幫忙？
也因此讓她一個農村小姑娘成了有名的接生婆，走路也有風～～
可沒想到在京城王府裡當管事的父親一紙家書傳來，
她劉七巧也要搬到京城，做個有規矩的王府丫鬟了?!
原本以為行醫生涯就此結束，沒想到王府少奶奶和王妃分別有孕，
她一不小心就從外書房升等到王妃的貼身丫鬟，
人人都指望她好好顧著王妃和未來的小少爺，這有何困難？
但身為太醫卻一副破身體的杜家少爺是怎麼回事，
從農村到王府，他一路能言善辯又糾纏不清，
她說東，他非要質疑是西；她好心幫產婦剖腹產子，卻被他潑冷水，
究竟西方婦科女醫遇上東方傳統神醫，誰能勝出……

7/19陸續出版，新書75折，一本送一個書套，送完為止。

關注狗屋閃報，好運就會跟著閃爆?!

狗屋大樂透舉辦多年，每年的獎品推陳出新，根據時下討論熱度，搭配實用性進行嚴選，從流行的豆漿機、棉花糖機、自拍神器，到關照讀者需求，方便又實用的循環風扇、火烤兩用電火鍋，而今年……狗屋又將推出什麼樣的獎品呢？

(記者 吉吉/台北報導)

頭獎 2名 Chromecast HDMI媒體串流播放器
長輩緣狂升！

常聽到家裡長輩看著手機哀嚎：「唉唷，這螢幕這麼小怎麼看啊？」這時就好懊惱不能把手機畫面瞬移到電視上，但現實沒有小叮噹，只能靠自己完成長輩的願望～～
只需將播放器插在電視的HDMI插槽，連上網路，手機上的畫面就會出現在電視上，長輩看得好開心，以為是佛祖顯靈……(有沒有這麼誇張？)

二獎 2名 飛利浦智慧變頻電磁爐
婆婆媽媽最愛趴萬！

堪稱人人家裡都要有一台，家裡沒廚房的更是不可或缺，煎炒/烤/火鍋/煮湯/蒸/粥/煮水一台包辦，外觀簡約時尚，是不是很心動？

三獎 3名 好神拖手壓式旋轉拖把組
婆婆媽媽最愛趴兔！

只需將拖把輕輕一壓，輕鬆脫水不費力；水桶貼心設計，倒水不再漏滿地，只能說好神拖真的好神。

四獎 3名 秒開全自動彈開式帳篷/遮陽帳
韓國熱銷款

現在野餐正流行，但又不想太陽曬，方便的彈開式帳篷幫你搞定哦！海邊玩水、溪邊烤肉也適用。

五獎 10名 狗屋紅利金200元
忠實讀者指定

關照多方需求，狗屋紅利金又來報到，堪稱書展的鎮台之寶，是不是該頒給他一個全勤獎？(笑)

讀者Q&A，豆漿下凡來解答

Q：大樂透獎品好誘人，想知道如何得到？

豆：只要在官網購書且付款完成後，系統就會發e-mail給你，附上流水編號，這組編號就是抽獎專用的！

Q：萬一我只買小本的書，是不是就無法參加抽獎了？(泣)

豆：狗屋是公平的，不管買大本小本、一本兩本，無須拆單，每本都會送一組流水編號喔～

Q：請問什麼時候會公布得獎名單呢？

豆：8/12(五)會公布在官網，記得上去看！

Q：如果平常想關注你們的活動，只能上官網看嗎？

豆：f 狗屋/果樹天地 持續活躍中！書展期間會在臉書上舉辦小活動，咱家的貓咪近況也會不定時在上面更新唷～

貼心備註：

(1) 購書滿千元免郵資，未滿千元郵資另計。請於訂購後兩天內完成付款，未於2016/8/4前完成付款者，皆視為無效訂單。

(2) 如果訂單上有尚未出版之預購書籍，會等到書出版後一併寄送。

(3) 活動期間，親自至本社購買亦享有相同折扣，但請先電話聯絡確認欲購書籍，以方便備書。

(4) 特賣書籍因出書時間較久，雖經擦拭、整理，仍有褪色或整飾痕跡，故難免不如新書亮麗。除缺頁、倒裝外無法換書，因實在無書可換，但一定會優先提供書況較良好的書給大家。若有個人原因需要換書，需自付來回郵資。

(5) 各書籍庫存不一，若遇缺書情形可選擇換書。

(6) 歡迎海外讀者參與(郵資另計)，請上網訂購或是mail至love小姐信箱(love@doghouse.com.tw)詢問相關訊息。

狗屋．果樹有權修改優惠活動的實施權益及辦法。

狗屋官網 http://love.doghouse.com.tw　狗屋臉書粉絲團 f 狗屋/果樹天地
狗屋．果樹出版社　台北市中山區104龍江路71巷15號　電話：(02)2776-5889　傳真：(02)2771-2568

2016年6月出版

莫負蓁心

文創風 415～417

謝蓁怎麼也料想不到，分別多年，
竟是在京城見到這個當初不告而別的兒時玩伴，
而他，已是不同身分的人——

纏纏繞繞　密密織就情網／糖雪球

國公府的五姑娘謝蓁，隨著知府爹爹到青州赴任，
跟隔壁李家公子第一次見面，著實不是什麼愉快的記憶。
初見面她喊了他姊姊，又「不小心」摸了他一把，
嚇得他此後看到她就跟見鬼一樣，對她也總是愛理不理，
謝蓁可不氣餒，一口一聲小玉哥哥，
總是不依不饒的跟著他屁股後頭跑，笑嘻嘻的說喜歡他。
他們一起走失，一起被綁架，一起平安回家，也算是患難與共了，
從此兩人常隔著牆頭鬥嘴聊天，關係比起從前好上不少。
他約她放風箏那日，她以為他們是好朋友了，
沒想到他卻爽約了，讓她空等一整天。
連舉家搬遷這等大事都未曾提及，從此沒了音信，
難道，他就真的那麼討厭她嗎⋯⋯

為流浪貓狗加油 和貓寶貝 狗寶貝 廝守終生(一定要終生喔！)的幸福機會

對人來說，貓寶貝狗寶貝只是生活的一部分，但妳(你)對牠們來說，卻是生活的全部，領養前請一定要考慮清楚——

▲ 擁有溫柔哥哥魂的 阿默

性　別：男生
品　種：米克斯
年　紀：1歲半
個　性：親貓，但對人的警戒心較高
健康狀況：已結紮、已完成第一計預防針，無愛滋白血
目前住所：新北市新店區

本期資料來源：責編的朋友

『阿默』的故事：

去年年初，在台大PTT的貓版看見需要中途的訊息，那時，阿默的媽媽帶著阿默以及弟弟們在外頭討生活，可是當地的鄰居非常不歡迎牠們，經常對愛心媽媽表達抗議，不得已之下只好將阿默一家誘捕並尋求中途家庭幫忙，看到這個訊息後，我決定將阿默以及牠的弟弟之一阿飛接到家中照顧。

阿默跟阿飛的感情相當地好，阿默非常照顧疼愛牠的弟弟，牠會幫阿飛蓋排泄物、會讓阿飛隨意踩踏，也會讓弟弟先吃美味的食物，甚至新的玩具也是先讓弟弟玩。但是阿默對人就不是那麼溫柔了，剛接到家中時，我還沒靠近阿默，牠就會躲開並且哈氣，甚至會出拳打人；阿飛則是對人沒那麼警戒，所以幾個月之後就送養成功了。

阿默因為個性不親人一直送養不出去，不過牠很親貓，遇到年紀比牠小的，阿默會很照顧人家；遇到年紀比牠大的，牠也跟對方相處得很好，阿默和我家的兩隻大貓就相處得不錯，牠們會一起玩逗貓棒，也會互相分享玩具。

中途到現在一年了，阿默雖然還是會怕人和哈氣，可是已經不會直接出拳打人了，不高興人家碰牠時牠也會先出聲警告；心情好的時候，阿默會翻肚討摸，現在比較會主動靠近人。如果你／妳正在找尋可以陪伴家中貓咪的小夥伴，相信阿默絕對是你／妳最佳的選擇！歡迎來信 pipi031717@gmail.com (陳喜喜)，主旨註明「我想認養阿默」。

認養資格：

1. 認養者須年滿20歲，有獨立經濟能力，並獲得家人、同住室友或房東的同意；
   若未滿20歲則須由家長出面。
2. 須同意簽認養寵物切結書(含定期健檢)。
3. 同意送養人日後之追蹤探訪，對待阿默不離不棄。
4. 希望認養者有養貓經驗，甚至家裡已有貓咪可陪伴阿默；若無經驗者，必須事前了解養貓注意事項。

來信請說明：

a. 個人基本資料：姓名、性別、年齡、家庭狀況、職業與經濟來源等。
b. 想認養阿默的理由。
c. 過去養寵物的經驗，及簡介一下您的飼養環境。
d. 若未來有當兵、結婚、懷孕、畢業、出國或搬家等計劃，將如何安置阿默？

文創風 428

丫鬟不好追 下

國家圖書館出版品預行編目資料

丫鬟不好追 / 青梅煮雪著. --
初版. -- 臺北市 : 狗屋, 2016.07
冊 ; 公分. --（文創風）
ISBN 978-986-328-613-4（下冊：平裝）. --

857.7　　105008042

著作者　青梅煮雪
編輯　王冠之
校對　沈毓萍　周貝桂
發行所　狗屋出版社有限公司
地址　台北市104中山區龍江路71巷15號1樓
電話　02-2776-5889～0
發行字號　局版台業字845號
法律顧問　蕭雄淋律師
總經銷　知遠文化事業有限公司
電話　02-2664-8800
初版　2016年7月
國際書碼　ISBN-13　978-986-328-613-4
原著書名　《少爷的正确饲养方式》，由北京晉江原創網絡科技有限公司授權出版

定價250元
狗屋劃撥帳號：19001626
網址：love.doghouse.com.tw　E-mail：love@doghouse.com.tw